不倫純愛
一線越えの代償

新堂冬樹

不倫純愛　一線越えの代償

1

洗濯機のポケットに洗剤と柔軟剤を入れた香澄《かすみ》は蓋《ふた》を閉めスイッチを入れた。主にタオル類に占領されたドラムが、重々しく回り始めた。潔癖症とまではいかないが、かなりのきれい好きの香澄は、一度使っただけでタオルを洗濯機に入れた。

外出後や掃除や料理の合間に頻繁に手を洗い、風呂上がりには髪の毛と身体《からだ》を拭《ふ》くバスタオルをわけているので、これだけで普通のタオルとバスタオルを合わせて十枚前後が洗濯機に溜まる。

洗濯だけでなく、掃除も徹底していた。

床に髪の毛と埃《ほこり》が落ちているのが生理的に受け付けられないので、ハンドクリーナーと粘着カーペットクリーナーは常に手の届く場所にあった。水道は使うたびにシンクや蛇口に付着する飛沫《しぶき》を入念に拭き取っていた。

脚本を書いているときとテレビを観ているとき以外は、一日中掃除か洗濯をしているような気がした。

もっとも、香澄は掃除も洗濯も好きなので苦にはならなかった。それに、独り暮らしになったいまは随分、楽になったものだ。

信一《しんいち》と暮らしている頃は、単純に洗濯物や汚れ物の食器の量も倍だった。

それでも、新婚当初はまったく苦にならずに、むしろ愉《たの》しかったほどだが、結婚記念日が五回目を迎えた頃から嫌気が差し始め、十回目を迎える頃には信一の使った食器を洗ったり下着に触れたりするのが地獄だった。

家事がいやになったわけではない。いやになったのは、炊事や洗濯ではなく信一のことだった。

別居する前の一年間は、寝室を別にしていたのはもちろん、同じ空気を吸っていると思っただけで苦痛を感じるほどになっていた。

洗濯機から離れた香澄は、朝食に使った食器を洗い終え、室内に掃除機をかけてからようやくソファに腰を下ろした。テレビのリモコンを手に取り、スイッチを入れた。

テーブルには全国紙の朝刊とスポーツ新聞が並べられていた。

香澄は、朝の十時から二時間ほど情報番組を梯子《はしご》することを日課にしていた。

政治、事件、事故、芸能人のスキャンダル、流行しているファッション、ブームになっている飲食店……脚本家という職業柄、興味のあるなしにかかわらず、世の中の動きを把握しておく必要がある、というのが香澄の考えだった。

昼過ぎまでテレビの前にいて、昼食を摂《と》り、午後から執筆を始める。

午後四時くらいに食材の買い出しに行き、夕食を済ませると夜はドラマを梯子する。

ドラマを視聴するのも仕事なので、好みでないストーリーでも嫌いな役者が出演していても一通りチェックする。

時間があるかぎり、全局のドラマを録画して観るようにしていた。

目的は、自分の作品のヒントにするのではなく、ストーリーが被《かぶ》らないようにするためだ。

あとは、視聴率が悪いドラマをチェックすることで非常に参考になった。

視聴率がいい作品はたいした参考にならない。

ほとんどが、そのとき旬《しゅん》の役者を使えているかどうかに影響されているからだ。その点、旬の役者が出演しているのに話題にならないドラマというのは、脚本が悪いからにほかならない。

つまり、香澄はそういった視聴率の悪いドラマを反面教師にしているのだった。

この仕事は、視聴率がすべてだ。視聴率が取れないと仕事の依頼もこなくなってしまう。

二十五歳のときに脚本家デビューしてから十五年間、仕事目線で観てきたので、ドラマや映画を愉しんだことはなかった。

テレビの中では、ブレイク中の塾講師が芸能人の離婚問題を舌鋒《ぜっぽう》鋭く一刀両断していた。

最近、こういう文化人タレントがテレビに溢《あふ》れていた。

女医、弁護士、作家……どのチャンネルに合わせても、彼、彼女らの顔をみない日はなく、本業は大丈夫なのかと心配になってしまう。

第一、夫婦生活のことを他人がとやかく言う権利はない。夫婦のことは、夫婦にしかわからない。


――離れて暮らしたいだと？　男でもできたのか？

不意に、信一の粘っこい声が鼓膜に蘇《よみがえ》った。

――あなたのそういうところに、耐えられなくなったんです。

別居の話を切り出した夜。信一は、ねちねちと香澄を問い詰めてきた。

この日にかぎったことではなく、結婚してから十年間、ずっと信一に監視されている気分だった。

じっさい、勤務中の信一から、日に最低十回のメールが送られてきた。一時間以内に返信しなければ、信一から電話がかかってきた。

判で押したように六時までには帰宅して、ちびちびと焼酎を飲みながら香澄に一日の行動を訊《き》くのが信一の日課だった。

──別居なんて、受け入れられるわけないだろう？　絶対に、絶対に、絶対に、僕は別居なんて認めないからね。

──認めなくても、出て行きます。無理矢理止めようとするのなら、警察に相談しますから。

──勝手にするがいいさ。僕は君の夫だ。警察に相談されたところで、なにも困ることはないんだからね。

──とにかく、別居します。

話し合いは難航し、信一に別居を納得させるのに一ヶ月かかった。

家賃十万円の1LDKのマンションでの独り暮らしは、単調な日々の繰り返しで刺激は皆無だった。だが、信一の顔をみなくてすむという幸せはなにものにも代え難かった。

アメリカで、十七歳の頃から十五年間に亘《わた》って女性を監禁していた犯人が逮捕されたという事件を、MCの芸人が眉間《みけん》に皺《しわ》を寄せながら報じていた。

香澄はスマートフォンを手に取り、必要なことを忘れないようにメモした。

十七年もの間、なぜ女性は逃げ出すことができなかったのか？　香澄の一番の興味は、そこに尽きた。

一般的には被害者に同情が集まりがちな事件も、脚本家としての視点は違った。

逃げ出そうと思えば逃げ出すチャンスはいくらでもあったのではないのか？　誰もが一度は心に過《よ》ぎりかけては罪悪感で打ち消してきた「疑念」をクローズアップして物語にするのが、脚本家としての性《さが》だった。

被害者に申し訳ないと思わないのか⁉　なんてひどい人間だ！　自分も同じ目にあってみろ！——こう批判《みっ》する者たちも、必ずしも人の幸せを願っているわけではない。

人の不幸は蜜の味、とはよく言ったもので、ドラマや小説は最初から最後まで主人公が幸せ続きの物語は視聴率も売れ行きも悪い。反対に、主人公に不幸と試練がこれでもかと襲いかかるような物語は視聴率も伸びるし販売部数も伸びる。脚本家として有名になるほど人間性はいやらしくなってゆくという因果な商売だ。

インタホンが鳴った。

時計に視線をやった香澄は、ため息をつきながら腰を上げ玄関に向かった。沓《くつ》脱ぎ場のサンダルを履いた香澄は、ドアスコープを覗いた。

七三分けにした髪に色白で下膨れの顔——予想通りの人物が、レンズに顔を近づけていた。

香澄はふたたびため息をつき、開錠してドアを開けた。

素早く玄関に足を踏み入れた信一が、断りもせずに廊下に上がった。

「ここは私の家です。勝手に上がらないでください」

信一のあとを追いながら、香澄は咎《とが》めるように言った。

「いいじゃないか、夫婦なんだから」

悪びれたふうもなく言うと、信一は足早に廊下を歩き洗面所に向かった。

――土日は、君の借りた部屋に僕を上げること。この条件を呑《の》むなら、別居してやってもいい。

怒りを押し殺した信一の声が蘇った。

別居するの一点張りの香澄に、条件つきながら信一は渋々と従った。

週に二日も信一と顔を合わせなければならないのは苦痛だったが、落としどころが肝心だと判断したのだ。全面拒否して別居話がこじれるのは得策ではなかった。合鍵を渡しているわけではないので、いざとなれば居留守を使えばいいだけの話だ。別居生活が長くなれば、そのうち、信一も諦《あきら》めるに違いなかった。

なにより、香澄自身、一分たりとも彼と同じ空気を吸いたくなかった。

「男を連れ込んだりしてないだろうな」

信一が、洗面台の戸棚を開き歯ブラシをチェックし始めた。

「やめてください」

「疚《やま》しいことがないならいいじゃないか？　それとも、言えないようなことをやってるのか？　ん？　ん？」

信一が、汗ばんだ顔を近づけてきた。

「疚しいことなんてありません」

「本当か？　ん？　嘘をついたって、すぐにわかるんだぞ？　ん？」

信一が、香澄の腰に手を回した。嫌悪の鳥肌が、全身を覆い尽くした。

「触らないでくださいっ」

香澄は身を捩《よじ》り逃れようとしたが、信一は腕に力を込めた。

「ひさしぶりに、どうだ？　ん？　まだ夫婦なんだから、いいだろう？　ん？」

信一は、香澄を洗面所の壁に押しつけ、首筋に唇を押しつけてきた。脳みそと内臓に鳥肌が立った。

「大声を出しますよ！」

香澄は、信一の胸を突いた。信一が二、三歩後方によろめいた。

「なんだよ。処女でもあるまいし。これまで僕と、何百回セックスしてきたと思ってるんだ？　ん？　覚えてるか？　新婚旅行の初日に、七回もセックスしたよな？　君ときたら、ほんとにスキモノでさ、僕のアレをくわえて離さなかったもんな。いつも、君とのセックスの翌日は大変だったよ。身体中の関節が悲鳴をあげて、アレはしゃぶられすぎて腫《は》れ上がってるし……覚えてるか？　ん？」

　信一は、下卑《げび》た笑いを頬に貼りつけながら言った。

「あなたって人は……」

　香澄の声は、憤激と恥辱に震えていた。

「しゃぶらせてやるよ。ご無沙汰で、ぐしょぐしょなんだろう？」

　信一が、スカートの上から香澄の陰部に掌《てのひら》を押しあてた。

　反響する乾いた音——香澄の右手が、反射的に信一の頬を張っていた。

「出て行ってください！」

「わかった。だが、覚えておけよ。別居してても、法的に僕と君は夫婦だ。もし、男を連れ込んだりしたら、立派な浮気だ。そんなことで離婚になったら、君は僕に莫大《ばくだい》な慰謝料を払わなければならない。あ、売れっ子脚本家の大先生だから慰謝料くらい屁でもないか？」

　ふたたび、信一が卑しく笑った。

「だけど、僕は絶対に絶対に絶対に、離婚はしない。僕と君は、ソウルメイトなんだからさ」

　煙草のヤニで黄ばんだ前歯を剝《む》き出す信一――香澄の背中に悪寒が走った。

「聞こえなかったんですか？　出て行ってください」

　嘔吐感に抗《あらが》い、香澄は押し殺した声で命じた。

「また、くるよ」

　勝ち誇ったような顔で言い残し、信一がドアを開け出て行った。

　ため息をつく間もなく、インタホンが鳴った。

「もう、いい加減に……」

「あ……お荷物……」

　勢いよくドアを開けるなり怒鳴りかけた香澄の正面には、書類封筒を手に困惑した顔で佇《たたず》む青年がいた。「チーター配送」のユニフォームを着ているが、知らない人だ。

「あら、人違いをして……ごめんなさい」

　動揺して、香澄はしどろもどろになった。

「い、いえ……大丈夫です」

　動揺しているのは、青年も同じだった。

　切れ長の瞼《まぶた》の奥の瞳が、不規則に泳いでいた。青年が手にしているのは、テレビ局から送られてきた初校ゲラだ。

現在香澄はドラマ二本と映画一本の三作品の脚本を書いているので、週に四、五回はゲラのやり取りで「チーター配送」を使っていた。

香澄の住んでいる区域を担当していたのは、いつもは坊主頭の三十代の男性だった。

「こちらに、サインをお願いします」

青年が、細くしなやかな指先でぎごちなく伝票の署名欄を指した。

新人なのだろう、仕事に慣れていない感じが初々しかった。指先とは対照的に前腕は逞《たくま》しく血管が浮き、隆起した胸の筋肉に汗を吸った黄色いユニフォームが貼りついていた。今日も午前中から三十度を超える猛暑で、青年の襟足も首筋も汗に濡れていた。

「いつもの男の人はどうなさったんですか？」

サインを終えボールペンを返しつつ、香澄は訊《たず》ねた。

「詳しくはしらないんですけど入院しているみたいで、しばらく僕がこの区域を受け持つことになりました」

伝票に会社のスタンプを押す青年の前腕に浮く筋に、無意識に視線が吸い寄せられた。

「新人さんなの？」

「はい。まだ、ここでアルバイトを始めて一ヶ月です」

浅黒い肌に涼しげな瞳、細身の筋肉質の身体——青年は、物書き流に喩《たと》えると若い黒豹《くろひょう》という感じだった。

「アルバイトって、これが本業じゃないんだ？」

様々な物事や人物に興味を持ち、相手を質問攻めにするのは脚本家の職業病だ。だが、いまは、脚本家としての興味だけなのか？　慌てて、自問の声を打ち消した。

脚本家としての興味以外に、なにがあるというのだ？

「僕、ダンサーなんです。まったくの無名ですけど。有名になるまでダンスだけでは生活していけないので、アルバイトをしているんです」

青年の口から零《こぼ》れる、褐色の肌と見事なコントラストをなす白い歯が眩《まぶ》しかった。

「そう、偉いわね」

「いえ……とんでもない。自分が好きでやってることですから。でも、ありがとうございます」

「え？　なにが？」

「中卒で学歴もなくて、ダンスしかやってなくて……偉いとか、褒《ほ》められたの初めてなんです」

青年がはにかんだ。

「ひとつのことに打ち込めるんだから、立派だと思うわ」

「励みになります！　お荷物、まだでしたね。はい、これ……あ！」

青年の手から、書類封筒が滑り落ちた。

屈《かが》んで拾おうとした香澄と、ほぼ同じタイミングで屈んだ青年の肩がぶつかった。

バランスを崩し尻餅《しりもち》をつきそうになった香澄の手首を青年が摑《つか》んだ。香澄も、反射的に青年の腕に摑まった。

信一の腕の感触しか記憶にない香澄には、男性の腕がこんなにも太く硬いものだということに驚きを覚えた。

「ありがとう……」

香澄は礼を言い、書類封筒を受け取り立ち上がった。

急に、鼓動が高鳴った。香澄の手首に残る青年の強い握力の感触に――青年の腕の逞しさに、心臓がバクバクと音を立てた。

「申し遅れました。僕、藤島《ふじしま》と言います。今後とも、よろしくお願いします！　では、失礼します」

青年が名刺を差し出し、爽やかな笑顔を残して玄関を出た。

しばらくの間、香澄は立ち尽くしていた。身体が高熱におかされているように熱くなり、まだ鼓動が早鐘を打っていた。どうしてそういうふうになるのか、自分でもわからなかった。

香澄は、手にしていた名刺に視線を落とした。

藤島来夢《らいむ》――。香澄は頭を横に振り、名刺を無造作に靴箱の上に置くと部屋に戻った。

「ただの配送員じゃない」

香澄はソファに腰を下ろすと、心のバランスを取り戻すとでもいうように呟き、書類封筒から取り出したゲラのチェックを始めた。

「馬鹿みたい……」

もう一度、呟いた。

2

「坂石《さかいし》さんがわざわざ出向いてくるなんて、凄《すご》くいやな予感がするわ」

代官山のオープンカフェのテラス……香澄は、向かいの席でカフェ・ラテのカップを口もとに運ぶ坂石に、冗談めかした口調で言った。

坂石は薄いピンクのシャツに白いチノパンにデッキシューズという、一九八〇年代後半から九〇年代初頭にかけてトレンディドラマに出ていた役者のような格好だった。

「サクラテレビ」のドラマ局プロデューサーの坂石は香澄より七つ上の四十七歳……典型的なバブル紳士だ。

　当時、トレンディドラマ全盛時代にヒット作を立て続けに飛ばしていた坂石は、三十そこその若さで「天皇」という呼称がつけられていたほどの敏腕プロデューサーだった。近年も、天才外科医を主人公にした漫画原作のドラマが平均視聴率二十五パーセントを記録したり、ドラマの映画化が興行収入七十億円を突破したりと、「天皇」ぶりは健在だった。

　香澄も過去に坂石からオファーを受けて二作品の脚本を手がけていた。

　一作はスペシャルドラマ、もう一作はモデル業界の裏側を描いた連続ドラマで、平均視聴率が十七パーセントを記録し、現在、十月クールから始まる続編を書いている真っ最中だ。

　今日の打ち合わせも、そのドラマの件だった。

「香澄先生にはお世話になってるからね。先生のためなら、小笠原にだって石垣島にだって出向くよ」

　坂石が、おどけたように言うと白い歯を零した。

「先生なんて呼んだことないくせに、いやな予感に拍車がかかったわ。私の脚本に、なにか問題でも？」

　アイスティーをストローで掻き回しつつ、香澄は訊ねた。

「いやいや、香澄ちゃんの本に問題なんてあるわけないよ。ただ……」

言い淀む坂石に、香澄の予感は確信に変わった。

「ただ?」

「『ダーツプロ』から、かのんの出番をもっと増やしてほしいってリクエストがきてね」

坂石が、遠慮がちに言った。

「また?」

香澄は、うんざりした顔でため息をついた。

現在脚本を書いている連続ドラマ、「永遠の蝶」にかのん役で出演している葉山《はやま》ミナは「ダーツプロ」所属の期待の新人だった。かのんは、主役のトップモデル、ミレイを脅かす後輩モデルだった。

「ダーツプロ」は業界でも力のある事務所なので、坂石の頼みもあり準ヒロインの配役にした。

正直、演技もろくにできない新人女優には荷が重過ぎる役だったが、芸能界のパワーバランスを考えれば仕方がなかった。

いまのドラマは、力を持つ事務所のタレントを各局で順番に使うみたいな流れが定番になっている。昔は、まずは物語ありきで配役を決めていたが、いまは逆だ。

大手芸能事務所のタレントが〇月クールのドラマの主役に決まったから、原作のプレゼンを行う、という感じだ。

つまり、そのタレントが引き立つ物語をチョイスするのだ。

ドラマがつまらなくなったと言われるのも、無理のない話だ。しかも、大手芸能事務所は少しでも所属タレントを目立たせようと脚本にまで口を出してくる。

プロデューサーは、大手芸能事務所の注文を脚本家に伝え、説得する「伝言役」にしか過ぎない。

「うん。マネージャーがいくつか案を出してきてさ。ひとつ目の案が、かのんの元彼が現われて、いろんな嫌がらせを受けるっていうもの。ふたつ目は、かのんの父親の会社が倒産して、娘のところにヤクザが取り立てに現われるというもの。三つ目が……」

「もう、いいわ。どれだけ聞いても、無理な相談ね。主役のミレイならわかるけど、二番手のかのんにサイドストーリーを作ったらおかしなことになるわ。本当はさ、葉山さんには準主役だって荷が重過ぎるのよ？　先月公開された、彼女が脇役で出演している映画を観たんだけど、ひどい棒読みだったわ。まだセリフが少ないからよかったようなものの、『永遠の蝶』じゃ毎回、十以上のセリフがあるんだから。それなのに、もっと出番を作ってほしいなんてありえないわ」

香澄は、これまでに堪《たま》っていた鬱憤《うっぷん》を晴らすように言った。

脚本家は小説家とは違い、自分の好きなように物語を作ることはできない。多くの場合は、プロデューサーから用意された漫画や小説の原作を渡される。

それから、打ち合わせという名の「縛り」が告げられる。

原作ではこうなっているが、ドラマではこういうふうにいきたい。この役者のために、こういう役を作ってほしい。原作とは違って、主役の言葉遣いをこうしてほしい。

プロデューサーのリクエストは、そのほとんどがメインキャストの事務所に気を遣ったものだ。

いまのテレビ業界に求められているのは、独創性のある脚本家よりプロデューサーの指示通りに書ける脚本家だ。

もともとは小説家を夢みていた香澄にとって、脚本家という職業は我慢の連続だった。

「まあまあ、そう言わずに。『ダーツプロ』の中田《なかた》一馬《かずま》にはウチの局はいい思いさせてもらってるから、ある程度言うことを聞かなきゃならないんだよ。わかるだろう?」

坂石が、苦笑しつつ言った。中田一馬は若手ナンバーワンの人気俳優で、出演するドラマは軒並み二十パーセントを超え、各局で引っ張りだこだ。

「ダーツプロ」は、中田一馬をはじめとする視聴率を持っているタレントを出演させる代わりに、知名度のない新人を交換条件としてキャスティングするようプロデューサーに強要する。これを、業界用語でバーターという。

「わかるけど……彼女のエピソードを作ったら、主役が霞むわよ？」

「プロダクションのパワーバランスを考えたら、仕方ないね」

坂石が、肩を竦《すく》めた。

「永遠の蝶」の主役……小峯《こみね》ほのかは清涼飲料水のＣＭでブレイクした人気女優だが、所属するのが父親の経営する個人事務所なので、業界における影響力は「ダーツプロ」に遠く及ばない。

しかも、「ダーツプロ」は中田一馬以外にも数多くの売れっ子タレントを抱えているので、怒らせて出演拒否になってしまえばテレビ局としては死活問題だ。だから、各局のプロデューサー達が「ダーツプロ」の顔色を窺《うかが》うのも必然だった。

「わかったわ。前向きに、努力してみるから」

香澄は、ため息をつきながら言った。

「ありがとう。恩に着るよ。ところでさ、香澄ちゃん、旦那さんとはどうなってるの？　離婚したの？」

坂石が、思い出したように訊ねてきた。

信一と別居したことは、坂石には話していた。本当は内緒にしておきたかったが、ゲラの送付先が変わるので話したのだ。執筆部屋を借りたとか適当な嘘も吐けたが、後々バレたときのことを考えると面倒だった。

「いいえ、まだよ」

「どうしてしないの？　縒《よ》りを戻すとか？」

坂石が好奇の色を宿らせた眼を香澄に向けた。

「それはないわ」

香澄は即答した。

何度生まれ変わっても、信一と結婚することはないだろう。もし、この世に信一とふたりきりになったとしても、絶対に男女関係にならないという自信がある。いまとなっては、どうしてあんな男性を愛してしまったのか、理解に苦しんでしまう。

出会った頃は、信一も優しく、なにかと香澄を気遣ってくれた。微笑みを絶やさず、物静かに話す男性だった。いわゆる体育会系の荒々しい男性が苦手だった香澄には、優男《やさおとこ》然とした信一が魅力的に映ったのだ。

だが、結婚生活を送るうちに、信一が理想の男性像からは程遠いタイプだということがわかった。優しいと感じたところは女々しさであり、信一は悪い意味で女性的な男性だった。

そんな夫に辟易してきた影響なのか、最近の香澄は理想の男性像に優しさというキーワードを求めなくなっていた。信一とは真逆のタイプ——逞しく、頼りがいがある、いわゆる男らしい男性を魅力的だと感じるようになっていた。

「もったいないな。香澄ちゃんみたいないい女がフリーだなんて。俺、立候補しようかな」

「こんなおばさん、そんなふうに思ってないくせによく言うわ」

「いやいや、香澄ちゃんは十分に現役だよ」

「はいはい、わかりました。仕事の話に戻りましょう」

香澄は軽くあしらった。十五年くらい前に言われていたなら、納得できただろう。

自分で言うのもなんだが、大学時代にミスコンで準ミスに選ばれたり、二十代の頃は美人脚本家としてマスコミに取り上げられたりと、男性にちやほやされる人生を送ってきた。それこそ、脚本家になりたての頃に、プロデューサーや映画監督から口説かれたことも数知れない。

だが、二十代後半からは、年を重ねるごとに口説かれる回数も減った。三十を過ぎた頃には、口説かれるどころか食事にさえ誘われなくなった。香澄が人妻になったことが一番の理由に違いないが、それでも男性という生き物が若い女性に弱いのは間違いない。

「チーター配送でーす。お荷物配達にきました！」

店内から聞こえてくる声に、香澄の聴覚が反応した。

ガラス越し——香澄の視線は、店員に荷物を渡す黄色いユニフォームに身を包んだ青年に釘づけになった。

「どうかした？」

坂石が、怪訝《けげん》そうに訊ねてきた。

「いいえ……ちょっと、トイレに行ってくるわ」

曖昧《あいまい》に微笑《ほほえ》み、香澄は席を立ち店内に向かった。

——トイレになんて、行きたくないでしょう？　あなたは、なにをしてるの？　声がした。たしかに、自分はなにをしてるのだろう？

心とは裏腹に、香澄の足は青年……来夢のもとに向いていた。

「お荷物四点になります。こちらにサインをお願いします」

店員と向き合っている来夢は、歩み寄る香澄に気づいていない。というよりも、一度会っただけなので、顔を覚えていない可能性があった。

香澄が来夢の脇を通り過ぎるとき、汗の匂いが鼻腔《びこう》に忍び入った。

信一の汗臭いワイシャツを洗濯するのはとても不快だったが、来夢の汗の匂いは気にならなかった。気にならないというより、むしろ、好んでいる自分がいた。

香澄は、レジの近くのショーウインドウの前で立ち止まり、ケーキを選んでいるふりをした。

——本当に、どうしたの？　いま、そこでなにをしてるかわかってるの？

また、声がした。

もちろん、わかっていた。偶然を装い、来夢が気づくのを待っているのだ。

鼓動が、速まってきた。どうしてだろう？　相手は、まだ一度しか会っていない、おそらくひと回り近く年下の青年だ。

年の離れた弟のような来夢に、恋愛感情を抱いているわけではない。それなのに、思春期の学生のようにドキドキするのはなぜ？　坂石との打ち合わせを中断してまで、「偶然の出会い」を演出しようとするのはなぜ？

「ではまた、よろしくお願いしまーす」

来夢の声に、頭の中の自問自答が吹き飛んだ。台車を転がす音と、香澄の心音がリンクした。

「すみませ……あ……こんにちは！」

少し間を置いて、香澄は振り返った。

「あら、この前の配送員さん？」

いま気づいたとばかりに、香澄は訊ねた。本当は名前も顔もしっかり覚えているというのに……我ながら、わざとらしい演技だ。

「はい。偶然ですね……っていうか、ご近所ですものね」

来夢の唇から、白い歯が零れた。

「そう。ここは、仕事の打ち合わせでよく使うの。あなたは、このへんも担当区域なの？」

「そうです。あ、そうだ。こんなところでなんですけど……」

来夢が、ユニフォームのズボンのポケットをまさぐり始めた。思わず、前腕に浮く筋肉に視線が吸い寄せられた。

「クシャクシャになっててすみません。これ、よかったらきてください」

来夢が、四つ折りにされた紙を開きながら差し出した。

「なに？」

香澄は紙――チラシを受け取り、訊ねた。チラシはモノクロで、三人の男性と三人の女性が写っていた。

男性は三人ともシルクハットで顔を隠し、迷彩柄のパンツに上半身裸で、素肌に毛皮のロングコートという出で立ちだった。三人とも、はだけているコートの前から覗《のぞ》く胸の筋肉は盛り上がり、腹筋は割れていた。女性も同様に迷彩柄のパンツで、素肌にショート丈の毛皮のコートを羽織り、同じようにシルクハットで顔を隠し、胸もとをはだけていた。

「僕、ダンスをやっているって言いましたよね？　急ですけど、明後日《あさって》、渋谷でダンスライブをやるんです。ちっちゃいライブハウスなんですけど……ご招待しますんで、よかったら、観にきてください。ちなみに、これが僕です」

来夢が、チラシに映っている真ん中の男性を指差した。

「へぇ～そうなんだ」

興味なさそうなふりをしているが、香澄は動揺していた。三人とも格闘家のように鍛え上げられた肉体をしていたが、とくに真ん中の男性はブロンズ像並みだった。

香澄は、気づかれないように来夢に視線をやった。

筋肉質だというのはユニフォーム越しにもわかるが、まさか、ここまで凄い筋肉の鎧《よろい》を纏《まと》っているとは驚きだった。

「締め切りがあるから難しいと思うけど、もし、大丈夫なようなら行くわね。じゃあ、打ち合わせに戻るから」

あくまでも興味なさげに言うと、香澄は踵《きびす》を返しテラス席に向かった。坂石の待つテーブルに戻る香澄の頭の中からは脚本の手直しの件はすっかり消え、チラシの写真が占領していた。

☆

かのん「なんの用？　私、忙しいんだけど」
志村　ニヤニヤしながらＤＶＤ－Ｒを宙に翳《かざ》す。
志村「カリスマモデルと元彼のセックス動画が出回れば、とんでもない騒ぎだろうな」
かのん「まさか……」
志村「覚えてるか？　二年前の誕生日、ヒルズの夜景を見下ろしてヤりまくったよな」
かのん　絶句し、表情を凍《い》てつかせる。
志村　下卑た笑みを浮かべる。
志村「お前、隠しカメラに気づきもしないでさ、すげえ感じてたよな？」
かのん「……なにが目的なの？」
志村「ちょっと、経済的にピンチでさ。二百万くらい、用意してくんねえかな？」
かのん「二百万なんて……」
志村「売れっ子モデルなんだから、そのくらいの金、なんとでもなるだろう！」
かのん「私はまだ新人だから、ギャラが安いの……」
志村「だったら、前借りでもなんでもして金作れよ。お前が金を作ってくれねえとさ、俺がこいつを売って金にしなきゃなんなくなる」

志村　ＤＶＤ－Ｒをかのんの鼻先に突きつける。

☆

「疲れた……」

香澄は、キーボードから手を離し、椅子の背凭《せもた》れに身を預けた。本意ではないストーリーを事務所の力で書き直すことほど、筆が進まないことはない。

坂石に承諾したものの、やはり、かのんにサブエピソードを加えるとストーリーがブレてしまう。

「これじゃ、完全にかのんが主役じゃない。馬鹿馬鹿しい」

香澄はため息をつき、デスクの上のチラシを手に取った。

——僕、ダンスをやっているって言いましたよね？　急ですけど、明後日、渋谷でダンスライブをやるんです。ちっちゃいライブハウスなんですけど……よかったら、観にきてください。

「息抜きに、行ってみようかしら……」

呟く香澄の眼は、チラシに写っている男性……来夢に釘づけになっていた。どうしたら、こんな肉体になるのだろうか？　腹など、小石を詰め込んでいるようだった。触ったら、どんな感触なのだろう？　腕も、信一の倍くらいの太さがある。あんな腕で抱き締められたなら……。秘部の奥が熱く疼《うず》いた。いつの間にか、右手が股間に伸びていた。指先を下着に滑り込ませようとして、手を止めた。

——なにをやってるの⁉

香澄は、激しく自分を叱責した。

大変なことをやりかけたということは頭ではわかったが、秘部の疼きがおさまらなかった。しかも、下着が冷たかった。

たしかめるだけ……。香澄は自分に言い聞かせ、ふたたび右手を下着に忍ばせた。恥ずかしいほど水浸しになっている秘部に、指先が吸い込まれるように入った。

香澄の顔が仰《の》け反《ぞ》り、薄く開いた唇から掠《かす》れた声が漏れた。

3

地図が描かれているライブハウスのチラシを片手に、香澄はセンター街を歩いていた。

「東急ハンズが、近くにあるはずね」

香澄は独りごちながら、あたりに視線を巡らせた。

街並みがごちゃごちゃして若者で溢れ返っている渋谷は苦手だった。原宿も若者でごった返しているが、渋谷とは違った。同じ十代のコでも、原宿にいるような奇抜なファッションやヘアスタイルをしている少女は娘のように思えた。渋谷をうろついている少女はやたら色気を振り撒き、娘という眼ではみることができない。年が自分の半分くらいの少女のことを、「女」として敵対視してしまうのだった。

渋谷の繁華街を百メートル歩く間に、そういった腹立たしい下品な少女と四、五人は擦れ違う。渋谷に出かけた日はいつも、帰宅したらぐったりと疲れてしまうのだった。

「東急ハンズ」の斜向《はすむ》かいに、黒い壁の建物があった。

壁には、香澄が手にしているのと同じデザインのポスターがランダムに貼ってあった。髪を茶や金に染めた、やたらと肌の露出の多い服装をした少女達が次々と建物に入って行った。気後れしながらも、香澄は建物に足を踏み入れた。

「チケット拝見していいっすか？」

長机に座った迷彩柄のキャップを斜めに被った肌の黒い少年が、ガムを嚙みながら声をかけてきた。

「あの、招待されたんですけど……」

怖々《こわごわ》と、香澄は言った。

「お名前は？」

「片岡《かたおか》香澄と言います」

肌の黒い少年の隣でもぎりをしていた、髪を編み込み鼻にピアスを開けた少女が、興味津々の表情を向けてきた。受付の背後のロビーでたむろしている観客らしき若い男女も、香澄のほうをみてひそひそ話をしている。

どの少年も少女もストリートダンス系のファッションに身を包んでいた。めかし込んで白いワンピースを着ている四十女は、明らかに場違いだった。

香澄は、このライブハウスにきたことをはやくも後悔していた。

「あ、片岡さんっすよね。これ、預かってます。ワンドリンクサービスっすから。あと十分で始まりますんで」

肌の黒い少年が、招待券の半券を香澄に手渡しながら言った。

「どうもありがとうございます」

香澄は半券を受け取り、会場に向かった。

「あのさ」

会場に続く扉の前で、背後から声をかけられた。振り返った香澄の視線の先には、受付にいた編み込みヘアの少女が立っていた。

「なんでしょう？」

「おばさんさ、来夢とどんな関係？　まさか、ママさんじゃないよね？」

編み込みヘアの少女が、不躾《ぶしつけ》に訊ねてきた。

「いえ、違いますけど……どうしてですか？」

香澄は、不快感を呑み下し、質問を返した。

「だって、来夢が誰かを招待するなんていままでなかったしさ。あ、まさかまさか、彼女⁉　んなわけないか。来夢が、おばさんなんかとつき合うわけないしね」

おばさんなんかとつき合うわけない……。おばさんなんかと……。香澄の頭の奥で、金属音が鳴った。

「ちょっと、あなた、ずいぶんと失礼なコね」

香澄は、押し殺した声で言った。

「は？　なにが？」

「あなた、このライブのスタッフでしょう？　招待客にたいして、態度が失礼過ぎると思わない？　いいえ、招待客とスタッフの関係じゃなくても、目上の人にたいしてその言葉遣いはないわよ。しかも、おばさん呼ばわりするなんて」

「ウザっ。言葉遣いがあーだこーだ、そういうとこがおばさんなんじゃん？」

「なっ……」

香澄は絶句した。あまりの怒りに、脳みそが沸騰したように熱くなった。喉はからからに干上がり、唇が震えた。

「キレたんなら、帰れば？」

編み込み少女の言葉に、香澄は気づいた。彼女は、自分を怒らせ帰らせるために、わざと挑発的なことばかり言ってきているのだ。恐らく、編み込み少女は来夢を好きなのに違いない。だから、ライブに招待された自分との関係を疑い、敵視しているのだ。

敵視——つまり、おばさんだなんだと馬鹿にしながらも香澄を「女」として意識しているということだ。

「私は帰ってもいいけど、来夢君が哀しむから。じゃあ、そろそろ始まるわね」

香澄は意味深に言い残し、編み込み少女に背を向け会場に足を踏み入れた。

「あのコの顔ったら……」

香澄は、編み込み少女の屈辱に歪んだ顔を思い起こしながら、含み笑いをした。気分が高揚していた。痛快だった。まるで、自分が思春期の頃に戻ったような錯覚に陥った。

ライブ会場は立ち見で、身動きが取れないほど観客がごった返していた。ほとんどが、十代と思《おぼ》しき少女ばかりだった。しかも、みな、若者だけが持つことのできる健康的な色香を漂わせていた。

香澄は、会場にこもる噎《む》せ返るような熱気に圧倒されていた。

百人はいるだろうか？　腰をくねらせる者、ステップを踏む者、上半身を揺らす者……開演が待ちきれないとばかりに、そこここで少女達がリズムを取っていた。

唐突に、あたりが闇に包まれた。それまでざわついていた会場が、静まり返った。

ほどなくして、地鳴りのように下腹を震わせるサウンドが鳴り響いた。リズミカルなラップが流れてくるのを合図に、ステージが赤や青の照明に照らし出された。

ステージに浮かび上がる六人の人影……三人の男性と三人の女性がシルクハットを被った頭を片手で押さえて向かい合い、上半身を前後に揺らし始めた。

チラシと同じように、男性は迷彩柄のパンツ、素肌に毛皮のロングコート、女性は同じく迷彩柄のパンツ、素肌にショート丈の毛皮のコートを羽織ったスタイルだった。リーダーの証《あかし》なのか、男女とも三人並んだ中央のダンサーだけがシルクハットにラインが入っていた。

男性がグレーのラインで女性が赤のラインだった。

上半身でリズムを取るたびに女性ダンサーの胸がゆさゆさと揺れていたが、香澄の視線は三人の男性……中央の来夢に釘づけになっていた。

来夢は身体を揺すり華麗なステップを踏みながら前に出て、リーダーと思しき女性ダンサーに中指を突き立てた。

来夢にスポットが当たった瞬間、会場に割れんばかりの黄色い歓声が上がった。思わず耳を塞《ふさ》いでしまった自分に、香澄は年齢を再認識させられた。

捲《まく》し立てるようなラップに乗りながら、来夢は親指で首を切るポーズをしたり舌を出したりして女性リーダーを挑発した。

「来夢かっこいい！」

「来夢ぅ〜私も挑発して！」

「マジ惚《ほ》れるんですけど！」

そここで、悲鳴のような声で女性客がステージに向かって叫んだ。ほかの男性の名前を呼ぶ客もいるが、ほとんどが来夢への声援だった。

ステージ上の来夢は、配送員として接していたときの誠実で内気な感じの彼とは別人のように、荒々しくふてぶてしかった。そのギャップに香澄は驚き、夢中になった。気を抜けば叫んでしまいそうなほどに昂《たか》ぶっていたが、さすがにそれはしなかった。いわゆる、「イタい中年女」にはなりたくなかった。

場違いなライブ会場に足を運んだのは、招待されたからだ。行かないという選択肢もあったが、今後も顔を合わせるかもしれないので無視もできない。香澄は、そう自分に言い聞かせた。

今度は、女性ダンサーのほうが前に出てきて来夢を挑発するダンスを始めた。女性ダンサーは、腰をくねらせながら尻を来夢の股間に擦りつけていた。

「なによっ、あの女！」

「来夢に、ベタベタしないでよ！」

「マジ、ムカつく！」

「離れろ！　くそ女！」

女性客達が、熱《いき》り立ち始めた。彼女達の気持ちは、よくわかる。

そういうダンスなのかもしれないが、あの女性は淫《みだ》ら過ぎる。ヒップホップかなんだか知らないが、品がないにもほどがある。ああいうタイプの女は、男なら誰でもいいに違いない。

つまり、淫乱だ。

香澄は、喉もとまで込み上げた罵声《ばせい》を呑み下した。その後も、男女交互に相手にたいして挑発的ダンスを繰り返した。だが、香澄の眼は来夢だけを追っていた。

汗に光る来夢の胸筋と腹筋がなまめかしかった。どう鍛えてなにを食べれば、あんな彫刻のような肉体になるのだろうか？

来夢がステージ上を駆け回りながら、頭上に高く掲げた両手で手拍子を取り始めた。迷彩柄のパンツの股間の膨らみに、香澄の視線が吸い寄せられた。

普通の状態であんなに……。香澄は、激しく首を横に振った。

熱気に包まれた会場を、香澄は逃げるように抜け出した。

受付の編み込み女性が、怪訝そうに香澄をみた。

香澄は、目の前のトイレに駆け込んだ。

個室に入りカギを閉めると、倒れ込むように便座に腰を下ろした。

自分はさっきから、なにを考えているのか？　頭に浮かぶのは卑猥《ひわい》なことばかりで、女性ダンサーをどうこういう資格などない。いったい、自分はどうしてしまったのか？

いまも……。香澄は、秘部に手を忍ばせた。下着がびしょ濡れになっていた。

香澄は自己嫌悪に襲われた。こんなに年の離れた青年に欲情するなど、軽蔑に値する。

いままで、同年代の女性が、息子が観ている「仮面ライダー」の主人公役のイケメン俳優に熱を上げたり、韓流スターに夢中になって追っかけをしたりという姿をみて軽蔑していた。いい年して、若い男の子に熱を上げるなんて馬鹿じゃないの？　そう思っていた。

それが、どうだ？

昨日は、チラシの来夢をみて自慰行為までしてしまった。自分のやったことに比べれば、いい年したおばさんがアイドルに熱を上げているくらいかわいい話だ。

——いつまで、そうやっているつもり？

秘部に手を入れたままの香澄の頭の中で、自責の声がした。

子宮の奥が疼いた。膣《ちつ》全体が、うずうずしていた。

香澄は、罪悪感をシャットアウトし、中指をぬかるみに滑り込ませた。思わず声が出そうになり、香澄は奥歯を嚙み締めた。中指をゆっくりと抜き差しするたびに、尾てい骨から背骨にかけて甘美な電流が広がった。抜き差しする速度を速めた。個室に響く膣液の淫靡《いんび》な音が、香澄の興奮に拍車をかけた。

隆起する胸の筋肉、割れた腹筋、首筋に光る汗……鮮明に蘇る来夢の肉体美に、「香澄」から溢れ出した液体が、太腿からふくらはぎを伝った。

中指に人差し指を添え、二本の指でぬかるみを搔き回した。膣液の量が尋常ではなく、手首までぐっしょりと濡れた。

香澄は反対側の手でワンピースのボタンを外した——ブラジャーの中に手を入れた。円を描くように乳房を揉《も》みしだき、硬く突起した乳首を指先で摘まんだ。身体全体が、神経が剝き出しになったように敏感になっていた。甘美な電流が強くなり、背筋から延髄を駆け抜けた。香澄の踵《かかと》は浮き、ふくらはぎに力が入った。

「来夢……」

半開きの唇から、荒い吐息とともに来夢の名前が零れ出た。背中が弓なりに反った……片手を便座につき尻を浮かせた香澄は、感電したように痙攣《けいれん》した。

こんな卑猥な姿を、もし、隠しカメラで撮影されていたら生きてはいけない。香澄は便座に尻を戻し、貯水タンクにぐったりと背を預けた。足もとは、自らの体液で濡れそぼっていた。恍惚《こうこつ》の余韻が過ぎ去るのと入れ替わるように、背徳感に支配された。

四十年生きてきて初めて発見した自分の姿に、香澄は戸惑いを覚えた。夫と一緒に住んでいたときには抑制していただけで、本当は淫乱な女だったのか？　自分で自分がわからなくなる……。

香澄は身繕《みづくろ》いをし、便座から腰を上げた。足腰に、力が入らなかった。

個室から出て、手を洗い、鏡の前で着衣の乱れをチェックし、トイレを出た。

凄い勢いで駆けてきた誰かとぶつかった。尻餅をついた香澄の手が、力強く引かれた。

「すみません！　次のステージまでに急いでトイレに行こうと思って……お怪我《けが》はありませんでしたか？」

香澄の手を引くステージ衣装の来夢が目の前にいた。つい一、二分前まで、頭の中で思い浮かべていたのと同じ格好の相手に、香澄の頬は火照《ほて》った。

「……大丈夫よ。私もよそ見してたから……」

「よかったです。今日、きてくれてたんですね。ありがとうございます」

野性的な身体つきとは対照的な無邪気な来夢の笑顔に、香澄は引き込まれそうになった。

「うん、たまたま時間が空いただけだから、お礼なんていいのよ。それに、もう帰るところだし」

香澄は、わざと素っ気なく言った。

「ちょっとだけでも顔出してもらえて、嬉しいです。最後まで、観ていただけませんか？」

「若いコのエネルギーに頭が痛くなっちゃって……ごめんね」

「そうですか……あの、ライブ終わったら、お礼に食事をご馳走させてもらえませんか？」

「え……いいわよ、そんな気を遣わなくて……」

「安いものしか奢《おご》れませんけど。ライブは八時に終わるので、八時十五分には行けますから、斜向かいの『スタバ』で待っててくださいね！」

「あ、困る……」

一方的に言い残すと来夢は香澄の声に背を向けトイレに駆け込んだ。

「な、なによ……勝手に決めて。冗談じゃないわ。ライブが終わるまで、まだ一時間もあるじゃない」

香澄はぶつぶつと文句を言いながら、会場をあとにした。

通りに出ると、すぐに赤い空車のランプを点したタクシーが視界に入った。

「私は、あなたみたいに暇じゃないんだから」

独りごちながら、手を上げタクシーを止めた。

後部座席のドアが開き、リアシートに乗り込もうとした香澄は中腰の姿勢で動きを止めた。

「どうなさいました？」

乗り込もうとしない香澄に、怪訝そうな顔で運転手が振り返った。

「あ、忘れ物したので……すみません」

香澄は言うと、逃げるように通りを渡った。

すっぽかすのがかわいそうなだけ。来夢が現われたら食事には行けないと断って帰るつもり。香澄は自らに言い聞かせつつ、「スターバックス」に向かった。

4

渋谷のセンター街近くの「スターバックス」。右をみても左をみても、スマートフォンをいじっている客ばかりだった。

香澄の若い頃はスマートフォンなどなかったので、カフェでの待ち合わせの時間潰しには文庫本やコミックを読んでいる者が多かった。

香澄もスマートフォンは持っているが、仕事でメールを使うときと電話専用だった。若いコ達に人気のＬＩＮＥや様々なアプリは使ったことがなかった。

メールにしても、以前の「ガラケー」と呼ばれるプッシュボタンのほうが馴染《なじ》んでおり、タッチパネルは苦手だった。華麗な指使いでメールを打っているコをみると、宇宙人のように思えてしまう。電話やメールが主な使い道であれば「ガラケー」でも不自由はなかったが、脚本家という職業柄、スマートフォンを知らないでは済まされない。

時代との二人三脚——それが脚本家という仕事だ。時代に取り残されてしまうのは、脚本家として致命的なのだ。

香澄は、腕時計に視線を落とした。

午後八時五分。来夢との待ち合わせまで、あと十分だった。

断るタイミングを失っただけ。香澄は、自分に言い聞かせた。別居中とはいえ、夫のいる四十女がひと回りも年下の青年とデートするなど……。

——これは、デートなの？　デートのつもりで、食事の誘いを受けたの？

不意に、頭の中で咎める声が鳴り響いた。

——そんなわけないじゃない。なんとなく、断れなかっただけよ。

声に、香澄は反論した。

——だったら、いますぐに帰ればいいでしょう？

——すっぽかすようなことは、人としてしたくないわ。

——人として、ではなく、女として、ではないの？

意地の悪い声が、香澄の羞恥心を刺激した。

——なにを言って……。

「すみません、遅れました！」

頭の中の声に反論しようとした香澄を遮る男性の声——息を切らした来夢が、店内に駆け込んできた。

「そんなに慌てなくていいのよ」

膝に手を置き肩を上下させる来夢に、香澄は微笑みかけた。

「無理を言って待ってもらってるんで……」

「とりあえず、座れば」

「いえ、行きましょう。お店の予約を取っていますから。貧乏ダンサーなんで、安い居酒屋ですけどね」

来夢が、茶目っ気たっぷりに笑った。つられるように微笑み腰を上げる香澄の頭の中からは、もう咎める声は聞こえてこなかった。


「雨の日に、何度も不在のお宅に伺わなければならないのが、一番つらいです」

テーブル席で向かい合う来夢は顔をしかめ、ビールジョッキを傾けた。センター街の居酒屋にきてまだ一杯目のビールで、来夢は眼の縁を真っ赤に染めていた。あまり、酒に強くないのだろう。

「不在票は入れないの？」

香澄は訊ねながら、店員を呼ぶための卓上のベルを押した。もう既に、四杯の生ビールを空けていた。

「毎回入れますけど、ルーズな人は連絡くれないんですよ。一週間荷物を預かりっ放しっていうのはザラです」

「それは困りものね。お客さんに電話すればいいのに」

香澄は、素直な疑問を口にした。

「以前までは、積極的に連絡していたようなんです。一度、借金の催促みたいなことするな、って、本社にまで苦情の電話が行ったみたいで、それからはよほどのことがないかぎりしないことになったんです。でも、だったらちゃんとしてほしいですよね。僕らだって、二度手間三度手間……へたすれば二十度手間ですよ」

来夢が、冗談っぽく言うと白い歯を覗かせた。アルコールのせいか、来夢はいつもより饒《じょう》舌《ぜつ》だった。

「彼女にも、愚痴ったりするの？」

香澄は、さりげなく鎌をかけた。

「彼女なんて、いませんよ」

内心、ほっとしている自分がいた。

「ほんとに？　会場で女の子達がキャーキャー言ってたわよ。その気になれば、いくらでも彼女くらい作れるでしょ？」

店員が運んできた生ビールに口をつけながら、香澄は好奇に満ちた瞳で来夢をみつめた。

酔いが回り、香澄は大胆になっていた。

「ファンと彼女は別ですから」

「ファンの中にも、かわいいコはいるでしょう？　私がみただけでも、魅力的なコが何人もいたわよ」

無意識に、来夢を試していた。

「僕、同年代のコとか年下のコは苦手なんです」

「え？　どうして？」

思わず、声が弾んでいた。

「いまのコ達の話題や趣味についていけないんです」

来夢が肩を竦め、イカの刺身を口に運んだ。

「いまのコ達って、来夢君だっていまのコじゃない」

「意外とアナログ人間なんですよ。ＬＩＮＥとかＦａｃｅｂｏｏｋとか、ちんぷんかんぷんですし」

「そうなんだ、私と同じ！」

想定外の共通点に、香澄は胸の前で手を叩いた。

「いろんなものが物凄いスピードで進化して、わけがわからないですよね。高齢者に不親切な社会だと思います」

「あら、高齢者って、私のことを言ってるの？」

香澄は、来夢を睨《にら》んでみせた。

「あ、いえ、そんなんじゃありません！」

「いいのよ、おばさんに違いはないんだから」

慌てて否定する来夢に、香澄はわざと意地悪っぽく言った。

「片岡さんは、おばさんなんかじゃありません！　とても、魅力的な女性です」

ムキになって言うや、来夢は俯《うつむ》き頬を赤らめた。

香澄の胸の奥が疼いた。脚本的表現で言えば、キュン、というやつだ。これほどまっすぐに、魅力的な女性、と言われたのはいつの日以来だろうか？　少なくとも、夫にはもう十年以上そんなことを言われたことはないし、いまとなってはむしろ言われたくなかった。

「あら、若いのにお世辞が上手ね」

もう一度、来夢の口から同じ言葉が聞きたくて、香澄は水を向けた。

「本当にそう思ってます。片岡さんが独身なら、交際を申し込みたいくらいです」

来夢が、香澄の瞳をまっすぐにみつめた。

突然、動悸に襲われた。物凄い勢いで全身を駆け巡る血液が頭に昇った。サウナに入ったように身体中が火照り始めた。片岡さんが独身なら……。来夢が香澄を既婚者だと決めつけていることは少しショックだったが、仕方がない。二十代ならまだしも、一般的には四十女が独身であることのほうが珍しい。

「たしかに結婚してるけど、いま、夫とは別居中なの」

香澄が言うと、来夢が微《かす》かに眼を見開いた。

「旦那さんは、単身赴任してるんですか？」

「ううん、違うわ。性格の不一致ってものかしらね」

敢《あ》えてさらりと言うと、ジョッキに半分ほど残っていた生ビールを飲み干した。

「片岡さんみたいに素敵な女性と結婚できたのに性格の不一致だなんて、信じられないな」

来夢が、納得できないというふうに言った。

「ありがとう。でも、私のこと、なにも知らないでしょう？　凄くわがままで、いやな女かもしれないし、全然家事をしない妻かもしれないし」

「僕は、片岡さんと一緒に暮らしたこともないし、それどころか、こうして食事するのも初めてなわけだし……だけど、そんな人じゃないって気がします。なんで？　って訊かれるとちゃんと理由を説明できないんですけど、わかるんです。男の直感っていうんですかね？」

来夢が、茶目っ気たっぷりに笑った。

「来夢君は、いつまで彼女がいたの？」

酔いが回り、香澄は好奇心を露《あらわ》にした。周囲の客達も泥酔している者が何人もいて、大衆酒場特有の気取らない活気が香澄をより大胆にした。

「半年くらい前です」

「いくつで、なにをやってたコなの？」

る。

二十二歳と聞いて、香澄は怯《ひる》んだ。その彼女は、自分が十八歳のときに生まれたことにな
「二十二のダンサーです」

「へぇ、同年代や年下とは合わないんじゃなかったのかしら？」

精一杯の抵抗——香澄は、皮肉っぽく言った。

「はい。だから、別れたんだと思います」

「ダンサーの彼女って、もしかして……」

香澄が思い浮かべたのは、受付にいた編み込みヘアにした少女だった。

——おばさんさ、来夢とどんな関係？　まさか、ママさんじゃないよね？　だって来夢が誰かを招待するなんていままでなかったしさ。あ、まさかまさか、彼女⁉　んなわけないか。来夢が、おばさんなんかとつき合うわけないしね。

苦い記憶とともに蘇る、不躾な少女の言動。

あのときは、来夢を好きな少女がライブに招待された香澄に対抗心を持ったのだと思っていたが、違ったのかもしれない。

もし、来夢とつき合っていたのなら、編み込み少女があれだけ敵意を剝き出しにしてきた理由がわかる。

「あの受付にいた編み込みの女の子のこと？」

「え……なんでわかるんですか⁉」

来夢が、びっくりしたように訊ねてきた。

「やっぱり……」

香澄の心は、一気に不快感に支配された。

「どうしてわかったんですか？」

「どうしてもなにも……」

香澄は、編み込み少女が浴びせかけてきた罵詈雑言《ばりぞうごん》を来夢に伝えた。

「え……美莉亜《みりあ》がそんなことを……」

来夢の表情が強張《こわば》った。

「彼女、美莉亜さんっていうのね」

「はい。昔から、気性の激しいところがあって……。本当にごめんなさい」

来夢が、深く頭を下げた。

「あなたが謝ることないわよ。でも、別れた恋人にあそこまで嫉妬するなんて、珍しいわね。じつは、まだつき合ってるんじゃない？」

香澄は、そんなこと少しも気にしていないとでもいうように軽いノリで訊ねた。

「つき合ってません。ただ、僕から別れ話を切り出したんですけど、美莉亜が納得してくれなくて……」

「来夢君と別れたくないんじゃない？　そもそも、どうして別れることになったの？」

香澄は生ビールからワインに切り替えていた。来夢は二杯目のビールを半分ほど飲んだだけで、顔が茹《ゆ》でダコのように赤くなっていた。

「僕達、もともとは同じダンススクールで知り合って、毎日レッスンで顔を合わせるたびにお互いを意識するようになり、交際に発展しました。交際してすぐに同棲を始めたんですけど、束縛がひどくて」

同棲という響きが、香澄をさらに不快な気分にさせた。つき合っているのだから当然、あの失礼な少女……美莉亜とセックスをしていたのだろう。

彼女は、どんな肉体をしているのか？　ダンスをしているので、贅肉《ぜいにく》のない引き締まった肉体をしているに違いない。以前、女性ダンサーの全裸をみたことがあるが、彫刻のように美しく肉感的だった。

香澄も、テレビ局のプロデューサーの間では、実年齢が信じられないほどに若いと評判だ。三十代半ばくらいまでは、二十代に間違われることも珍しくなかった。だが、いくらスタイルが崩れないように維持しても肌のケアをしても、本物の二十代には敵《かな》わない。

「どんなふうにひどいの？」

香澄は質問してはいるものの、頭の中では美莉亜の乳房や腰のラインを想像していた。

「一日に三、四十通もメールがきますし、少しでも返信が遅れたら電話がかかってきて問い詰められるし。レッスンでほかの女性ダンサーと話しただけで不機嫌になってスタジオを飛び出したり、相手の女性に掴みかかったり。信じられないのは、美容室でも女性の美容師が担当になるのはNGですから」

かなり酔いが回っているのか、来夢の舌は縺《もつ》れ気味だった。赤く充血した眼は据わっていた。

香澄のほうも、人のことは言えなかった。身体が揺れ、視界がときおり回っているような気がした。

香澄は、酔いを醒《さ》ますどころかよりピッチを上げて新しいワインを注文した。

「別れたのに、なんで一緒にいるの？」

「ダンス教室主催のライブなんで、仕方ないんですよ。できれば、僕もあんまり顔を合わせたくないんですけど……」

「それじゃ、女のコのほうからしたら吹っ切れなくなるわよね。割り切ってまたつき合っちゃえばいいじゃない」

シラフのときには絶対に言わないようなことを、香澄は口にした。

「僕がつき合いたいのは、片岡さんです」

「来夢君、悪酔いしてるでしょ？」

冗談として受け流そうとしたが、周囲の客に聞こえるのではないかというほど心音が高鳴った。

「いいえ、真剣な気持ちです。最初に配達に伺ってお会いしてから、ずっと忘れられなくて……。片岡さんと接点を持ちたくて、ライブに招待したんです」

「でも、つき合うっていっても、私と来夢君じゃ歳《とし》が違い過ぎるわ」

「歳の差なんて、関係ありませんっ」

誠実な瞳で香澄をみつめる来夢。これは、夢ではなく現実なのか？　来夢のように若く素敵な青年が、自分に告白してきている。もしかしたら、からかわれているのかもしれない。

「こんなおばさんのどこがいいの？」

「片岡さん……香澄さんは、僕の知っている誰よりも美しい女性です」

来夢の甘い言葉が、酔いに拍車をかけて頬を熱くした。

「ありがとう……でも、私は結婚してるの」

精一杯の抵抗――気息奄々《きそくえんえん》の自制心で、自らにも言い聞かせた。

「別居してるんですよね？」

「そうだけど、籍はまだ入ってるし、私は人妻なのよ」

香澄はもう、来夢にではなく完全に自分に言葉を向けていた。

「あなたとつき合えるなら、僕は二番目の男でも構いません」

来夢はテーブルの上の香澄の手を握り、燃えるような瞳で香澄の瞳を射貫《いぬ》いた。パンティの股間部に生温かい液体が染み渡るのがわかった。

5

これは、現実なのか幻なのか？

琥珀《こはく》色の照明、キングサイズのダブルベッド、鏡張りの壁。テレビから流されるアダルトビデオ。渋谷円山町《まるやまちょう》のラブホテルの一室に足を踏み入れた香澄の血液が、酔いも手伝い勢いよく皮下を流れた。隣に立つ来夢も、緊張しているのか、ホテルに入るときからいままでひと言も口をきいていなかった。

「凄いわね、最近のラブホテルって」

重苦しい空気に耐え切れず、香澄は言った。

「そうですね……旦那さんとは、こういうとこないんですか？」

「やめてよ。くるわけないでしょ」

つい、語気が荒くなった。実際に、夫と最後にラブホテルに入ったのはもう十年以上前のことだった。

「立ち話もなんだから、とりあえず座りましょうか？」

場違いなセリフ——香澄は、完全に動転していた。

無理もない。数回しか会っていない二十七歳の青年とラブホテルにくるなど、昨日までは想像もしていなかったのだから。

香澄は、グレイのふたり掛けのソファに腰を下ろした。平静を装ってはいたが、口の中は干上がり、喉が張りついていた。膝の上で重ね合わせた掌も、汗で濡れていた。来夢が隣に座ると、香澄の緊張感に拍車がかかった。

どうしていいのかわからないのか、来夢は天井や壁を無意味に視線で追っていた。

テレビから流れてくる女性の喘《あえ》ぎ声に、火がついたように頬が熱くなった。四つん這《ば》いになった女性の背後から、男性が激しく腰を打ちつけていた。

室内を巡っていた来夢の視線が、テレビで止まった。気まずい空気が、胸を圧迫する。

「人前で、よくこんなことができるわね」

照れ隠しの意味もあり、香澄はわざと呆《あき》れたような口調で言った。香澄の鼓膜を、来夢の荒くなってゆく呼吸が震わせた。

「知り合いとかにみられたり……」

来夢のほうをみた香澄は、彼の膨らんだ股間が視界に入り慌てて顔を逸《そ》らした。

物凄い力で、肩を引き寄せられた。香澄は、来夢の分厚い胸にぶつかるように身を預けた。来夢に唇を奪われ、そのままソファの背凭れに身体を押しつけられた。混じり合う唾液……鼻の奥に広がる酒の残り香。

「ちょっと……だめよ……」

香澄は、来夢の胸を押し返した。もちろん、ポーズだ。ラブホテルにまで付いてきていながら、いまさらだめもなにもない。

来夢は香澄を強引に抱え上げ、ベッドへと運んだ。

「なにするの……離して……」

ふたたびのポーズ——香澄は、ベッドに投げ出された。ネコ科の獣のような俊敏さで、来夢が覆い被さってきた。

来夢はワンピースのボタンをもどかしげな手つきで外し、ブラジャーを上にずらした。露になった乳房を荒々しく揉みしだく来夢の唇が、乳首を含んだ。全身から、すぅっと力が抜けた。

来夢が乳首を吸い、転がした。香澄の口から、甘い吐息が漏れた。

いつの間にか、来夢が上半身裸になっていた。溝が深く刻まれた腹筋、隆起した胸板……ステージでみていたときより、至近距離でみる来夢の裸体は迫力があった。

来夢が力強く乳房を摑むたびに、経験したことのないような快感が身体中を駆け巡った。夫には、こんなに荒々しく愛撫《あいぶ》されたことはなかった。

両手で鷲摑《わしづか》みにされた乳房は、来夢の掌の中でつきたての餅のように変形した。指の隙間から突起した乳首を、来夢が甘嚙みした。喘ぎ声が出そうになったが、奥歯を食い縛り我慢した。

来夢の頭が段々と下がった。あっという間にパンティを剝《は》ぎ取られ、来夢の顔が香澄の敏感な部分に近づいた。息が当たるたびに、骨盤が溶けてしまいそうだった。

「きれいだな……」

来夢が両足首を摑み、香澄を開脚させると、秘部をしげしげとみつめた。

「いや、恥ずかしいわ……」

羞恥に、皮膚の裏側が熱を持った。

「こんなにきれいなの、みたことないです」

来夢が、うっとりした口調で言った。

「もう、本当にやめてったら……」

顔から火が出そうとは、いまの自分のことを言うのだろう。

「じゃあ、やめます」

言い終わらないうちに、股間に顔を埋《うず》めた来夢が湿った肉襞《にくひだ》を指で掻き分けた。剝き出しになった小粒な肉球を、来夢の舌先が転がした。

香澄は顎を仰け反らせ、食い縛った奥歯に力を入れた。喘ぎ声を出すことに、昔から抵抗があった。自慰行為のときは別だ。相手に聞かれるのは、はしたない女だと思われそうでいやだった。夫との情事の際も、声を漏らしたことはなかった。

——感じないのか？　よくないのか？

情事の最中に夫が訊ねてくるたびに、香澄は冷めていった。

だが、いまは違う。我を見失いそうなほどに、精神的に昂ぶっていた。息がかかっただけで反応してしまうほどに、感度が鋭敏になっていた。それでも、香澄は懸命に声を殺した。とくに来夢のような年下の男性には、飢えた中年女と思われたくはない。若い肉体に溺れている、とそういうふうにだけはみられたくなかった。

そんな香澄に意地悪するように、来夢が音を立てて肉球を吸い上げた。

下半身が麻痺したように、力が入らなくなった。強烈な刺激が、秘部から内臓を甘美に痺《しび》れさせながら脳へと這い上がった。来夢は、「攻撃」の手を緩めることなく肉球を吸い続けた。

きつく眼を閉じ、快楽の波に抗った。そうしなければ、高波に呑み込まれてしまいそうだった。息が荒くなり、体温が上昇した——香澄の全身は、汗に塗《まみ》れていた。

来夢の逞しい腕が香澄の腰に巻きついた。回転する視界……視線の先が、天井からベッドに変わった。

うつ伏せにされた香澄に、硬く猛々《たけだけ》しくなった来夢が侵入してきた。虚を衝《つ》かれた香澄の唇が割れた。

香澄の腰を両手でロックした来夢が、物凄い勢いで腰を打ちつけてきた。ベッドシーツの上で、香澄の頬が上下に滑った。

過去に体験したことのない圧とスピードに、香澄はついに喘ぎ声を漏らしてしまった。激しく軋《きし》むベッドの音が、大声で喚《わめ》く罪悪感の声を掻き消した。子宮を物凄いピッチで突き上げられ、香澄は頭がどうにかなりそうだった。

どこかで、獣の咆哮《ほうこう》が聞こえた。いや、咆哮ではなく自分の快楽に酔い痴れた声だった。

来夢からみた香澄は、さぞ、乱れているに違いない。もう、相手にどう思われるかなど、考えている余裕はなかった。

若い力に、支配されている。香澄は、若い雄の欲望を満たす一頭の雌に過ぎない。社会的地位も収入も遥かに下の配送員の青年に、香澄は発情期の雌猫のような淫靡な痴態をみせている。

「奥さんって……淫乱ですね……」

弓のようにしなった背中に、来夢の上ずった声が降ってきた。

「こんなに濡れちゃって……ほんと、スケベな女ですね」

来夢が腰を動かしながら、香澄の臀部《でんぶ》を平手で叩いた。皮膚に走る鋭い痛み——初めての経験に、香澄は戸惑いと同時に新鮮な刺激を受けた。

不意に、来夢の動きが止まった。額に汗で張りつく髪を手で剝がしながら、香澄は振り返った。

「どうしたんですか？　動かしてほしいんですか？」

自分の腰に手を当てた来夢が、白々しい顔で訊ねてきた。香澄の視線の先で意地悪っぽく唇の端を吊り上げている青年は、爽《さわ》やかで好青年然とした来夢ではなかった。彼にこんな一面があったとは、驚きだった。そして、そういう扱いを受けて興奮している自分を初めて発見した。

「え……そんな……」

「動かしてほしいなら、ちゃんと言わないとやめますよ。いいんですか？」

サディスティックに、来夢が言った。

「やめないで……」

細々とした声――羞恥に、頬が燃えていた。

「なにをやめないでほしいか言わないと、わかりません」

徹底的に、来夢は香澄をイジメるつもりのようだ。だが、意地の悪い言葉を浴びせられるほどに、香澄の内部から生温かい液体が溢れ出してきた。

「そんなこと、言えないわ……」

「わかりました」

淡々とした口調で言うと、来夢が腰を引いた。

「来夢」が、香澄の中からいなくなった。

「いや……」

「もう一度入れてほしいなら、なにをやめないでほしいかちゃんと言ってください」

命じながら、来夢は先端を香澄の秘部に押しつけてきた。その微妙な感触が、香澄を夥《おびただ》しく濡らした。

「腰を……動かして……ほしいの……」

香澄は、切れ切れの声で言った。

「いいコです。じゃあ、自分で入れてください」

来夢が、腰を前に突き出した。十歳以上も年下の青年に、香澄は完全に従属させられていた。

屈辱に感じるどころか、法悦に浸っている自分がいた。この年齢まで、自分にマゾの気があるとは思わなかった。

香澄は腰をくねらせながら、自ら屹立《きつりつ》する「来夢」を秘部に埋めた。細胞の隅々にまで染み込んでゆくようなえも言われぬ快感に、香澄はよがり声を上げた。

「じゃあ、ご褒美をあげます」

来夢の言葉のあとに、地震でも起きたかの如《ごと》く視界が揺れた。

いままでとは比べ物にならないほどの迫力で、来夢が香澄を背後から突いてきた。両腕で突っ張っているのも苦痛になり、上半身がくずおれて顔をシーツに埋めた。

突かれるたびに身体が前後するときの摩擦で、ベッドシーツにファンデーションと口紅が抽象画のように付着した。

オルガスムスに溺《おぼ》れる香澄は、まるで号泣しているような声を上げた。香澄が我を失うほどに乱れているのは、言葉責めで昂ぶったこともあるが、それだけではない。

強靭《きょうじん》でしなやかな筋肉を纏った肉体、ダンスで鍛えた腰のキレ、若さの特権である硬さ……そのどれもが、夫との行為では体験できないことばかりだった。

セックスが、こんなにも刺激的だということを初めて知った。セックスが、こんなにも野性的だということを初めて知った。セックスが、こんなにも気持ちのいいものだということを初めて知った。

来夢との体験は、香澄のセックス観を根本から覆した。

子供を作るための行為。夫婦生活を円滑に送るための行為。夫に浮気させないための行為。

夫婦間の行為にたいしての香澄の認識は、この程度のものだった。少なくとも、欲望を貪《むさぼ》り合う行為というイメージで捉《とら》えたことはなかった。また、夫が相手では、そんなふうに考えることはできなかった。

――今夜は、上司に飲まされ過ぎちゃってね。

――会社でトラブルが多くて、ストレスが溜まってね。

――今日は、ちょっと体調が優れなくて。

夫は行為の最中に萎《な》えることが多く、そのたびに、様々な理由を口にしていた。萎えることなく行為が進んでいるときには、すぐに射精した。夫が、一度の行為の中で体位を変えることはなかった——というよりも、正常位ばかりだった。だから、いまみたいに背後から責められることなど一度もなかった。

不意に、来夢の動きが止まった。振り返ろうとした香澄は腕を引かれベッドから下ろされた。

「どこに行く……」

洗面所の壁に押さえつけられ、右足を来夢の左手で高々と抱え上げられた。

体操選手のY字バランスのような格好にさせられた香澄の無防備な秘部に、来夢が硬直した自身を突き刺してきた。

「ほら、みてください」

来夢が、洗面台の大きな鏡を顎《あご》でしゃくった。鏡に映る自分の姿に、羞恥の炎が燃え上がった。

「恥ずかしい……」

来夢は香澄の乳房を鷲摑みにし、耳の中に舌を入れた。秘部から溢れ出た生温かい液体が、太腿を伝った。

「もっと、恥ずかしい香澄さんにしてあげますよ」

来夢が耳もとで囁き、マシンガンのような勢いで腰を振った。

香澄は、来夢にしがみつき背中を爪で抉《えぐ》った。

洗面所に、甲高く艶《なまめ》かしい獣の咆哮が響き渡った。

6

パソコンのキーの上に翳した指は、いつまで経《た》っても動く気配はなかった。脚本の執筆をしていて、五分以上、筆が止まったことはなかった。

香澄が彫像のように固まって、既に十五分が経っていた。

こんなことは、初めてだった。

香澄はソファに背を預け、深いため息をついた。眼を閉じた。下半身に、昨夜《ゆうべ》の快楽の余韻が残っていた。子宮の奥まで刺激する激しい腰使いが、忘れられなかった。

来夢とのセックスは、明け方にまで及んだ。果てては再開することを繰り返し、ほとんど休憩なしに来夢は動き続けていた。

香澄は、何度絶頂に達したかわからなかった。最後は、恥ずかしいことに失禁してしまった。

セックスが、こんなにも素敵な行為だとは思ってもみなかった。

夫とのセックスは、妻として、子孫を残すための義務でしかなかった。我を忘れて、獣のようなよがり声を上げていた自分が信じられなかった。

「だめだめ」

香澄は、自らの頬を叩き気合を入れた。

次クールの連ドラの締め切りが迫っていた。年の離れた青年との情事の余韻に浸っている場合ではない。

わかってはいたが、身体が来夢を忘れられなかった。


――さあ、どうしようかな。

汗だくでベッドで横になりながら、香澄は訊ねた。

――なによ。焦らしてるの？

――焦らされたり、イジメられたりするの、興奮するでしょう？

情事の前とは打って変わって、来夢は香澄にたいしてサディスティックになっていた。

――そんなことないわよ。

――だったら、僕がイかなくてもいいんですか？

——もう、本当に意地悪ね。

インタホンのベルが、香澄を現実に引き戻した。

来夢だ。それまでのだらだらぶりが嘘のように俊敏にソファから立ち上がった香澄は、小走りで玄関に向かった。

裸足のまま沓脱ぎ場に下りた香澄は、施錠を解いてドアを開いた。

「あら……」

ドアの向こう側に立っていたのは、来夢ではなかった。

「なんだ。そんなに慌てて誰と勘違いしてるんだ？　え？」

粘っこい視線を香澄の足もとに向けながら、信一が言った。

「なんの用ですか？」

香澄は、落胆の色を隠そうともせずに訊ねた。

「僕は君の夫だ。用がなくてもくるのは当たり前だ。同じことを何度も言わせるな」

部屋に上がろうとする信一の腕を香澄は摑んだ。

「今日は締め切りで忙しいんです」

「そんなの、いつものことじゃないか。僕は全然構わないから」

信一は腕を振り解《ほど》こうとしたが、香澄は離さなかった。

「あなたがよくても、私の気が散るんです」

いまは、信一を部屋に上げるわけにはいかなかった。夕方までの数時間に、テレビ局から配送されたゲラを来夢が届けにくるのだ。

「すぐに帰るって。それとも、僕を部屋に上げられない理由でもあるのか？」

「そんなことありません。集中して、仕事をしたいだけ……」

一瞬の隙《すき》をついて腕を振り解いた信一が、強引に部屋に上がった。

「なんだ、誰もいないのか」

リビングに駆け込んだ信一は、室内に首を巡らせ吐き捨てるとソファに腰を下ろした。

「いるわけないじゃない」

「それとも、これから連れ込むつもりだったか？」

下卑た笑みを片側の頬に張りつけ、信一が訊ねてきた。

「どうして、そんなことばかり言うんですか？」

「昨日の夜、ずっと電話をかけていたけど電源が切られていた。いったい、なにをしてたんだ？」

「え……ああ、電池が切れていたことに気づかなかったの」

香澄は、咄嗟《とっさ》に嘘をついた。

「ふん、そんな子供じみた嘘を誰が信じるか。新しい男ができたのか？　ん？　どうなんだ？　え？　どんな男だ？　ん？」

ねちねちと、執拗《しつよう》に信一は質問を重ねた。その尻上がりのイントネーションに、香澄の腕は鳥肌で埋め尽くされた。

「いい加減にしてください」

そう言いながらも、香澄は来夢との濃密で刺激的な一夜を思い出していた。

「それは、僕の言葉だ。別居してるといっても、離婚しているわけじゃない。君は僕の妻だ。夫として、僕は君の行動を把握する権利があるし、君は僕に報告する義務がある」

「あの、この際ですからはっきりさせておきたいんですけど、夫婦といっても、それは書類上のことです。私達の間に実質的な夫婦関係がないのは、あなたもわかってるでしょう？」

香澄は、意を決して切り出した。いつかは、話し合わなければならないことだ。

夫婦関係を見直す意味での別居もあるかもしれないが、香澄にはふたたび信一と一緒に住むという選択肢は一パーセントもない。

「は？　君は、なにを言ってるの？　倦怠期回避のための一時的な別居だろ？　より深い夫婦関係を築くためのね。君と離れて暮らしてるからさ、最近、溜まってるんだよね。ひさしぶりに、いいだろう？」

信一が腰を上げ、香澄の隣にくると太腿を擦《さす》ってきた。血の気が引き、脳みそが粟立った。

「やめてください」

香澄は、嫌悪感丸出しに信一の手を払った。

「夫婦なんだから、悪いことじゃないだろ？」

怯むことなく、信一は香澄に抱きついてきた。

「やめて！」

香澄は、信一の胸を思い切り突き飛ばした。

「僕は君の夫だ！　いつ抱いたっていいんだ！」

尻餅をつき屈辱に顔を歪ませた信一が、叫びながら立ち上がり香澄を押し倒した。覆い被さってきた信一の荒い息遣いが、首筋を不快に舐《な》めた。

「いや……やめてよっ」

香澄は信一を押し返そうとしたが、今度はビクともしなかった。

信一の舌が香澄の首筋を舐め回し、右の乳房を鷲摑みにされた。来夢のときはあれほど燃えたシチュエーションも、嫌悪感しか湧かなかった。

「こういう場所でするのも……燃えるな」

興奮した信一が、うわずった声で言いながら手をスカートの中に差し入れてきたときに、インタホンのベルが鳴った。

信一の動きが止まった瞬間を見逃さなかった。香澄は信一を押し退《の》け、玄関に駆けた。救われたという思いでドアを開けたが、目の前に現われた配送員の姿をみて血の気が引いた。

「お荷物、お届けしました！」

来夢が、書類封筒を差し出しながらウインクした。

「ありがとうございます。サインしますね」

香澄は事務的に言うと、荷物を受け取り伝票にボールペンを走らせた。

「これから休憩なんだけど、入っていい？」

来夢が、沓脱ぎ場に足を踏み入れた。

「いまは、ちょっとまずいんです」

香澄は、来夢を外に押し戻しつつ言った。

「え？　そんなに慌てて、誰かいるの？」

「別居中の……」

「香澄、お客さんか？」

背後から聞こえる信一の声に、香澄の脳内が凍てついた。

「宅配便です。いますぐ、戻ります」

「どうして、旦那さんが？」

来夢が、小声で訊ねてきた。

「いまはとにかく、帰って」

香澄も囁《ささや》き返した。

「じゃあ、あとでまた……」

「なにをひそひそ話してるんだ？」

奥の部屋から現われた信一が、来夢に怪訝な視線を向けた。

「いえ、ほかにも荷物があったはずなのに届いてないから、どうなってるのかを訊いていたんです」

香澄は、嘘が顔に出ないように平静を装った。

「荷物を紛失したんじゃないだろうな？」

信一は言いながら、香澄の肩を抱き寄せた。来夢と自分を試している――虫酸《むしず》が走る思いだったが、ここで振り払うと疑われてしまう。

「紛失なんて、してません」

言葉こそ敬語だが、来夢は信一を睨みつけていた。

「なんだ、その眼は？　文句があるなら、言ってみろ？」

信一が、来夢を憎々しげに見据えた。

「文句なんてありません」

平静を装おうとしているのだろう、来夢は無表情に言った。

「もしかして、こういうふうにしていることを怒ってるのか？」

信一は、来夢にみせつけるように香澄の頰に頰を擦《こす》りつけてきた。これで信一が、自分と来夢の関係を疑っていることが確実になった。昔から、信一は女のように勘が鋭いところがあった。

横を向いた来夢の顔は、耳朶《みみたぶ》まで朱に染まっていた。

「やっぱりな。お前、ウチの女房とヤったのか？　ん？　なあ、抱いたのか？　え？」

信一が、香澄から離れ、来夢に粘着的に詰め寄った。来夢は、そっぽを向いたまま唇を引き結んでいた。

「おい、なんとか言えよ？　僕の女房とセックスしたのかどうか、訊いてるんだよっ。お？　それとも、返事しないっていうのが返事か？　ん？　だよな？　ただの配送員なら、僕と女房がイチャついてもそんな態度取らないよな？　え？　仲良くしている夫婦をみて気分を害する配送員なんておかしいよな？　ん？　ん？　ん？」

靴底に張りつくガムのようにねとねとと疑問符をぶつける信一を、来夢は顔を背けたまま無視していた。

「おい？　無視するなって……」

「香澄さんを抱いたって言ったら、どうするんですか？」

肩を摑んだ信一の手を振り払い、来夢が挑戦的な口調で言った。

「なんだって⁉」

信一の生白い顔が、みるみる薄い桃色に染まった。

「ということは……貴様、ウチの女房と寝たのか⁉」

うわずる声で、信一は訊ねた。

「たとえそうだとしても、あなたにあれこれ言われる筋合いはありません」

来夢は、厳しい眼で信一を見据えた。

「なっ……僕は香澄の夫だ！　浮気相手を問い詰めるのは当然のことだろう！　貴様っ、僕を馬鹿にしてるのか！」

頭皮を突き破るような金切り声を上げ、信一が来夢に食ってかかった。

「それは、愛し合っている夫婦の場合です。香澄さんに三行半《みくだりはん》をつきつけられているあなたに、そんな権利はありません」

言葉こそ冷静だが、来夢はきっぱりと言った。

「どうして、貴様にそんなことがわかる⁉ 僕達は、もう十年以上も一緒にいるんだぞ⁉」

口角沫《こうかくあわ》を飛ばしながら、信一が反論した。信一の下瞼は痙攣し、唇が震えていた。

「年月は関係ないです。大事なことは、いま、香澄さんがあなたを愛してるかどうかってことです」

「おとなしく聞いてれば、ふざけたことばかり言いやがって……香澄は僕の女だ！ 泥棒猫みたいに、手を出すんじゃない！」

信一が、来夢の胸倉を摑んで前後に揺すった。

「香澄さんは、あなたのものではありません。それと、あなたにこんなことされる覚えもありません」

来夢は、胸倉を摑んでいた信一の手首を摑んで引き離した。

「次に、こういう暴力的なことをやったら、僕もおとなしくしてませんよ」

低く押し殺した声で「宣告」すると、来夢は摑んでいた信一の手首を離した。

「……盗人猛々しいとは……貴様のことだ。このままで済むと思うなっ。貴様、『チーター配送』の配送員か？ 覚悟しろよ！ 本社に抗議して、貴様をクビにしてやるからな！」

裏返った声で捨て台詞《ぜりふ》を残し、信一は来夢を押し退け外へ飛び出した。

「なんか、ごめんね」

香澄は、立ち尽くす来夢に声をかけた。

「ううん、僕のほうこそ、ご主人に失礼なことを言っちゃったかな」

さっきまでとは打って変わって、来夢が力なく肩を落とした。

「あんなふうに絡まれたら、仕方ないわよ。それより、会社のほう、大丈夫かしら」

「担当区域のお客様とそういう関係になるのは、ウチの会社では厳しく禁じられているから。最悪、クビになるかも」

来夢が、ため息をついた。

「クビに⁉　大変……私、いまからあの人に会って話してくるわ」

「いや、大丈夫だよ」

「大丈夫じゃないわ。彼、執念深い人だから、来夢君に嫌がらせをしてくると思うわ」

「もし、クビになったらなったときさ。嫌がらせとかに、僕は屈しないよ」

言って、来夢が白い歯を覗かせた。来夢の男らしさに、胸が締めつけられた。

「それに……香澄さんが旦那さんに会うほうが、心配でいやだよ」

来夢が、少し唇を尖《とが》らせた。

「もしかして、嫉妬してる？」

香澄は、来夢の顔を覗き込んだ。

「ちょっとね」

照れてぶっきらぼうに言うその姿が、かわいらしかった。

「心配しないで。あの人のことは、もう、なんとも思ってないから」

香澄は来夢の腰に手を回し、見上げながら微笑んだ。

「でも、旦那さんのほうは、未練たっぷりみたいだし……」

「来夢君って、見かけによらず、やきもち焼き……」

突然、来夢が香澄の唇を唇で塞いできた。

「だって、誰にも渡したくないから……」

来夢が耳もとで囁く声に、香澄の下半身から力が抜けていった。

7

洗面所の鏡に映る香澄の顔は、快楽に歪《ゆが》んでいた。

鏡越しに映る香澄の背後——汗塗れになった来夢が、激しく腰を振っていた。

「君は、僕のものだ……旦那さんのものじゃないっ」

来夢は言うと、香澄のうなじに噛みついた。

「あ、当たり前じゃない……私は……あの人のものじゃ……ない……わ……」

香澄は、喘ぎながら言った。

「いつまで、旦那とセックスしてたんだ⁉」

来夢に鷲掴みにされた乳房が、スライムのように変形した。

「そんなの……覚えて……ない……わ……」

「嘘だっ。一年前？　半年前？　一ヶ月前？　もしかして、一週間前とか？　正直に言えよ」

質問しながら、来夢は腰を突き上げた。円を描くように揺れる乳房が卑猥で、香澄の興奮に拍車がかかった。

「もう、何年もなかったわ……」

嘘ではなかった。セックスはもちろん、日常生活の中で信一と腕が触れるだけで怖気《おぞけ》をふるった。別居直前は、部屋に籠《こも》った信一の加齢臭を嗅ぐだけで吐き気を催した。まさに、同じ空気を吸いたくない、というやつだ。

「旦那は、どの体位が好きだった？」

「そんなの……覚えてない……わ……」

香澄が曖昧に濁すと、来夢が腰の動きを止めた。

「どうした……の？」

鏡越しに、香澄は訊ねた。

「答えないと、やってあげないよ。それでもいいのか？」

挿入したままの体勢で静止した来夢が、香澄の耳もとで囁き耳朶を咬《か》んだ。

年下の来夢にサディスティックにイジメられるギャップが香澄を淫らにした。

「い……いいわよ」

欲望から意識を逸らし、平常心を掻き集めた。信一とのセックスなど、思い出したくもなかった。

「ここがこんなに涎《よだれ》を垂らしてるくせにか？」

ペニスを抜いた来夢は、すかさず人差し指と中指を香澄のぬかるんだ空洞に挿入した。

「あっ……いや……」

来夢の中指の先端が香澄の子宮に当たり、甘美な電流が全身に広がった。

「いやとか言ってるわりに、ぐちょぐちょに濡れてるよ。ほら、下品な音がしてるの聞こえるか？」

言葉責めしながら来夢が指を抜き差しするたびに、納豆を掻き混ぜたときのような淫靡な愛液の音がした。

「イジメない……で……」

腰椎が溶けたように、下半身に力が入らなかった。

「こんなになってて、イジメられてるって？」

来夢が、ピースサインを作り、人差し指と中指の間で糸を引く粘液を香澄にみせつけた。

「恥ずかしい……」

香澄は、朱に染まった顔を背けた。

「ああ……これはひどいな……」

屈んだ来夢が、香澄の足を開かせ陰部を凝視した。

「うわうわうわ……顔に香澄さんの液が……」

来夢が、顔に滴《したた》り落ちた愛液を指先に擦りつけた。

徹底したサディスト——普段、無口でシャイで好青年の来夢からは想像もつかない変貌《へんぼう》ぶりだ。いったい、どっちが本当の彼なのだろうか？

「奥さんは、どうしようもないドスケベ女だなあ？」

言葉で虐げながら、来夢は香澄の濡れそぼった亀裂を舌先でなぞった。

「お上品ぶってるけど、頭の中じゃセックスのことばかりだ。街を歩いてても、男ばっかり眼で追ってるだろ？　どんなアレ持ってるのかな？　とかさ。僕が最初に荷物運んだときも、エロい眼でみてたんだろう？」

執拗に、舌先で香澄の亀裂をなぞりつつ来夢が訊ねてきた。

「……そんなこと……ないわ」

爬虫類《はちゅうるい》のように蠢《うごめ》く舌先の快感に、それだけ言うのもやっとだった。

「正直に……言えよ！」

俊敏に立ち上がった来夢が、ふたたび香澄の後ろから反り返ったペニスを挿入してきた。

甘美な衝撃が、香澄の背骨を貫いた。来夢の逞しい腕に抱き締められ、背後から突かれた。

「僕が最初に荷物運んできたとき、ヤりたいと思ったんだろ？」

波のように押し寄せては引く快感に、香澄は溺れた。

「どうなんだ？」

これだけ動いているにもかかわらず、来夢はまったく息が切れていなかった。ダンスや配送で鍛えているだけのことはあり、無尽蔵のスタミナだ。

視界が揺れた。香澄は声を出すこともできず、頷《うなず》いた。

視界の揺れが激しくなった——快感も激しくなった。鏡の中の自分は、半開きになった口から涎を垂らしていた。とても人様にみせられる顔ではないが、気にする余裕がないほどに来夢の腰の動きは凄かった。来夢のペニスが膣の中を掻き回し、立っていられないほどだった。

「スキモノ！　雌豚！　淫乱！　売女《ばいた》！」

ありとあらゆる罵倒の言葉を浴びせかけながら、来夢がさらにピッチを上げた。あまりの快感に、正気を失いそうだった。

「あっ……うぅあ……ん……ん……ん……あ！　あ！　あぁーっ！」

香澄は無意識に腰を突き出し、自らグラインドさせながらオルガスムスの渦に呑み込まれた。来夢が低く短い呻《うめ》き声を漏らし、ペニスを抜いた。

臀部に、来夢の放出した生温かい液体を感じた。糸の切れた操り人形のように、香澄は腰から崩れ落ちた。床に手を突き、荒い呼吸を吐いた。

「仕事……大丈夫なの？」

香澄は、肩を上下させながら言った。

「うん、昼休憩を取ってなかったから、大丈夫だよ」

情事の際の意地悪でサディスティックな来夢とは別人のような、爽やかな笑顔だった。

「お茶でも……飲んでいく？」

乱れる呼吸を整え、香澄は訊ねた。

「ありがとう。僕もそうしたいけど、そこまでの時間はないんだ。今度、仕事が終わってから寄るね」

「……そうなんだ。でも、本当に凄い体力ね。終わったばかりで、疲れてないの？」

座ることもせず手早く作業服を身につける来夢に、香澄は軽い驚きを覚えた。惚れ惚れするような、贅肉ひとつない研ぎ澄まされた肉体をしていた。

「ライブ前になるとダンスの練習をぶっ通しで十時間くらいやるからね。それに比べれば余裕さ」

「いいわね、若いって……」

香澄はひとり言のように呟き衣服を着た。若く張りのある筋肉の鎧を纏っている来夢の前で肌をさらしているのが、急に恥ずかしくなった。

「君だって、若くてきれいさ」

来夢が香澄の隣に座り、髪の毛を撫《な》でてきた。

たしかに、自分は同年代の女性に羨《うらや》ましがられる若々しい容貌をしていた。Dカップの乳房は二十代の頃の張りこそないが垂れているというほどではなく、ウエストも脂肪は乗っているものの括《くび》れは存在していた。街を歩けば、いまでも擦れ違った男性に視線で追われるときもある。そこらの若い娘には負けない自信はあった。

だが、四十は四十だ。若い娘の特権である瑞々《みずみず》しさや鮮度の高い色気には太刀《たち》打《う》ちできない。メイクにしても、二十代の頃は二十分程度しか要しなかったのが、三十半ばを迎えたあたりからは一時間以上かかるようになった。日々のスキンケアも、フェイシャルマッサージ、パック、ヨガなど、年齢を重ねるごとに労力が増えていった。

そこまでしても、二十代の肌の張りやボディフォルムを取り戻すことはできない。これからの四十半ばから五十代に向けて、現状維持するのが精一杯だった。

「ありがとう。ねえ、来夢って、女優で誰がファン？」

唐突に訊ねているようだが、香澄の中ではいつか訊きたいと思っていたことだった。

「え？　急になんで？」

来夢が、きょとんとした顔を向けた。

「私、ドラマや映画の脚本書いているでしょう？　だから、来夢くらいの年代の男性にどういう女優さんがウケているかとか、リサーチしておきたいの。キャスティングの参考とかになるしね」

香澄は、訝《いぶか》しがられぬように嘘を盛り込んだ。

脚本家には、配役が既に決まった状態でオファーがくるので、もしこの役を誰かにやらせるとしたら……などと考えることはない。昔は、まずは物語ありきだったので、脚本を書き上げてからキャスティングというパターンが主流だった。

しかし、現在は局のプロデューサーが大手芸能プロダクションの顔色を窺いながら仕事をしているといった感じだ。だから、同じようなタレントが順番に各局のドラマを巡っていくという悪しき流れになってしまい、視聴者のドラマ離れに拍車をかけていた。

もっとも、物語ありきのオファーであっても、よほどのことがないかぎり脚本家がキャスティングに口を出すことはない。口を出したところで、原作者でもない脚本家の意見に従うプロデューサーはいない。

来夢に嘘をついてまで、香澄には確かめておきたいことがあった。

「でも、僕はドラマとかほとんどみないからなぁ。それに、ファンとかいないし」

床に胡坐《あぐら》をかいた来夢が、腕組みをして考え込んだ。

「いいな、って思う程度でもいいから」

「そうだな……まあ、強いて言えば、武田《たけだ》彩華《あやか》かな」

「へぇ、彼女の名前が出てくるなんて意外だわ。どんなところがいいの？」

香澄は、声音が刺々《とげとげ》しくならぬよう気をつけた。

武田彩華は何作かドラマや映画に出演しているが、生粋の女優ではなく、人気アイドルユニットのメンバーだ。演技力はひどいものだが、あどけない顔立ちとアンバランスなグラマラスボディで歌番組以外でもグラビア誌などで人気を博しており、各局のプロデューサーも三顧《さんこ》の礼で迎えている。週刊誌なども、武田彩華のグラビアが掲載された号は販売部数が通常の倍はいくという。

　脚本家として最も嫌いな人気先行タイプのアイドル女優の名前が来夢の口から出たことが、香澄にはショックだった。

「幼さと色気のギャップかな」

「童顔巨乳……日本人男性の大半が好きなパターンね」

　香澄は、吐き捨てるように言った。いけないいけない、とわかってはいたが、不機嫌さが顔や声に出てしまう。

「そういうわけじゃないよ。僕は、外見で判断しないから」

　来夢が、穏やかに言った。本当に、セックスの最中にこれでもかと言葉責めしてくる彼と同一人物とは思えない。

「外見で判断しないなら、どこで好きになるの⁉　来夢君、彼女のことテレビや雑誌でしか知らないでしょ⁉」

　不愉快モードに抗い切れず、香澄は来夢に食ってかかった。

「どうしたの？　なにか、気に障ること言ったなら、謝るよ」

来夢が、びっくりしたように眼を見開いた。その態度が、香澄の不快な炎を燃え上がらせた。

「あんな女のどこがいいわけ⁉　歌も下手《へた》、ダンスも下手、演技も下手……顔とスタイルが男心をそそって媚《こび》を売るのがうまいだけの小娘じゃないっ。気に障ることがあるとしたら、あなたがそこらの男と同じロリコンってことにたいしてよ！　若いコが好きなら、私とこんな関係にならないでちょうだい！」

休火山が噴火したような香澄の烈火の如き怒りに、来夢は呆気《あっけ》に取られ顔色を失っていた。

無理もない。来夢は、香澄に訊ねられた質問に答えただけだ。それなのに、突然、頭ごなしに怒鳴られ、詰《なじ》られる。

自分が不条理なことをしているのは、わかっていた。わかってはいたが、感情をコントロールすることができなかった。若さへのコンプレックス——世界中のほとんどの女性が抱いているはずだ。

成熟した色気が好き、小娘にはない妖艶《ようえん》さがたまらない……若くなった女性を褒めてくれる男性はいるが、一部の熟女フェチを除いては、もし同時に言い寄られたら、結局は若いコに靡《なび》くに違いない。

武田彩華とは会ったことはないが、香澄が嫌い……というよりも苦手とするタイプだった。若さだけが武器の小娘だが、その武器は、四十歳の女がどんなに金を積んでも手に入れることのできない「最強の兵器」なのだ。

「ごめんなさい……」

香澄は、つい数秒前の迫力が嘘のような消え入る声で詫《わ》びた。

荒い息を吐きながら、香澄は三つの発見をした。ひとつ目は、自分にも嫉妬という感情があるということ。ふたつ目は、本当に来夢を愛してしまったということ。そして最後は……。

来夢との甘く刺激的な関係に、自ら終止符を打ってしまったということだ。こんなに醜い姿をみてしまえば、どんなに懐《ふところ》の深い男性でも嫌気が差してしまうだろう。

「謝ることないさ」

予想に反して、来夢はにこやかな顔を向けて優しく言った。

「私のほうから訊いておきながら、あなたにあんなひどいことを言ったのよ？」

「正直、こんな香澄さんをみるの初めてだから驚いたけど、嫉妬してくれたんだって思うと嬉しくなって」

来夢が、白い歯を覗かせた。

「来夢君って、心が広いのね」

「そんなことないよ。旦那さんと会ったとき、凄く嫉妬したし。何年も夫婦生活をやってたなんて、羨ましくてさ」

「でも、うまくいかなくて別居してるわけだし」

「結婚したくらいだから最初は愛してたんだろうし、妻になるって、女性にとって人生で最大の決断でしょ？　そんな相手に選ばれた旦那さんは、幸せ者だよ」

拗《す》ねたように眼を逸らす来夢の仕草が、子供のようでかわいらしかった。

「たしかに、最初はそうだったのかもしれない。だけど、いつの頃からか、本当にそういう時期があったかどうかさえわからなくなった……っていうか、彼を好きだった自分を記憶から抹殺したいって思うようになったわ。でも、さっきみたいに、たびたび私の前に現われて……」

香澄は言葉を切り、唇を噛んだ。気を抜けば、涙が零れてしまいそうだった。

なにかと香澄を束縛し、ストーカーさながらに付き纏う信一の存在は、かなりの精神的ストレスになっていた。不意に、来夢に抱き寄せられた。

「僕が旦那さんと別れさせるから……だから……」

香澄を抱き締める来夢の腕の力が強くなった。五秒……十秒……来夢は沈黙していた。二十秒……三十秒……沈黙は続いた。

「……だから？」

香澄は、胸に顔を埋めたまま来夢を促した。

「だから……僕と結婚してほしい」

意を決したような声に、香澄は弾《はじ》かれたように顔を上げ来夢をみつめた。

8

「原作ではヒロインがかなり男関係に奔放なキャラに描かれてるけど、彩華ちゃん、事務所からキスNG出てるんだよなぁ」

プロデューサーの田部《たべ》が、くわえ煙草で髪の毛を掻き毟《むし》った。

武田彩華は、国民的アイドルグループ「プリティ&キュート」の人気メンバーであり、女優業にも挑戦している。最近のドラマ界の人気先行の悪しきキャスティングの典型である彼女のことを、香澄は好きではなかった。この前、来夢が武田彩華のファンだということを知って、よりいっそう嫌いになった。

「嘘だろう？　この原作のテーマは、遊び感覚でしか男とつき合うことのできないプレイガールが運命の人に出会って本気の恋愛をするっていうものじゃん。絡みNGならまだしも、いまどきキスNGなんてありえないでしょ?」

今回の連ドラの一話から三話の監督を務めるディレクターの野村《のむら》が、呆れ果てた口調で言った。

野村が口を開くたびに、エクトプラズムのように紫煙がもうもうと漏れ出していた。「東京テレビ」の会議室は、喫煙ブーム全盛時代に逆行したように紫煙で白く煙っていた。

香澄は煙草を吸わないので、臭いも苦手だった。それに副流煙は、喫煙者が吸い込む主流煙の三倍から四倍有害と言われている。二十年前ならいざしらず、現代では誰もが知っている常識だ。

ドラマでも、一九九〇年代前半までは登場人物が煙草を吸うシーンを入れることができた。さらに遡《さかのぼ》り七〇年代あたりになると、男優も女優もトレンドとして積極的に喫煙シーンを入れていた。二〇〇〇年代になってからは、スポンサーの要望もあり煙草を吸うシーンがNGになることが多くなった。

それなのに、この会議室だけは時間が止まっていた。田部と野村は、打ち合わせが始まった午後二時から僅《わず》か一時間の間にひっきりなしに煙草を吸い、それぞれ煙草ひと箱を空けていた。

健康面だけでなく、眼も沁《し》み、髪や服にも臭いが付着してしまう。こんな悪環境の中で打ち合わせをするというのは、拷問以外のなにものでもない。

香澄は、何度かわざとらしく咳をしてみせたが、田部も野村もまったく気づいてくれなかった。いや、気づいていて無視している可能性もある。テレビ局のプロデューサーにとっての優先順位は、芸能プロダクション、局の上司、脚本家の順だ。原作物を扱うドラマだと、原作者の優先順位が圧倒的に一位となる。無神経に有害物質を撒《ま》き散らしている彼らも、嫌煙派の原作者が同席していたら外の喫煙室で吸うことだろう。

「まあ、国民的アイドルユニットのセンターだから、ファンの夢を壊せないってことだろ。それにさ、なんやかんや言っても、彼女が出演するドラマは数字が取れるからな」

「そりゃそうだけど、キスなしでどんな台本《ほん》にするのさ？」

野村が、欧米人のように肩を竦めた。

「ヒロインを男嫌いにしちゃうっていうの、どうよ？」

田部が瞳を輝かせ身を乗り出しながら言った。

「男嫌い？」

「そう。小学校の頃にひどいフラれかたしてさ、それがトラウマになって以降、男性恐怖症になっちゃうの。あとは原作と同じに運命の男の子と出会って人生で初めて本気の恋をするってわけ。どうよ？　なかなか、アイディアマンだろ？　俺も、脚本書けるかな？」

ひとり悦に入った田部が、香澄に悪乗りしてきた。

そんな陳腐で安っぽいストーリーは、中学生でも考えつくレベルだ。国民的アイドルだか視聴率女王だか知らないが、あんな薄っぺらな少女のために原作を変えてまでドラマを作る必要があるのか？　香澄は、喉もとまで込み上げた本音を呑み下し、苦笑いを返した。

「内容を変えて武田彩華サイドが納得しても、原作者は説得できるの？　ヒロインのキャラを百八十度違うものにするっていうのは、さすがに怒るんじゃない？」

香澄は、野村の意見に心で大きく頷いた。

自分の世界観を大事にする原作者が、こんな馬鹿げた提案を受け入れるはずがない。怒られる程度で済めばラッキーであり、へたをすればドラマ化にNGを出してくるかもしれない。日本のドラマ界の未来を考えれば、むしろそうなるほうがいい。

武田彩華のような女優ごっこをしているタレントにちやほや諂《へつら》いながら作るドラマなど、まともな大人であれば誰も観やしない。

「それがさ、原作の白井《しらい》先生、彩華ちゃんの大ファンらしくて、彼女が主役やってくれるなら僕の世界観なんてどうだっていいって」

香澄は、田部の言葉に耳を疑った。原作の白井明人《あきと》は現在の漫画界で三本の指に入る売れっ子だ。そんな大物漫画家が、ファンだという理由だけで、自分の世界観を壊していいなどというのか？

「あのこだわりの強い白井先生が⁉　驚きだな。まあ、でも、武田彩華じゃ仕方ないか。あのコ、めちゃめちゃかわいいだけじゃなくて、気遣いもできて性格も最高だしな」

「たしかに。彩華のデビューしたドラマは俺がやったんだけど、やっぱ、ほかのタレントと輝きが違ったもんな。彼女がいるところだけ空気が違うっていうか……あれが、オーラっていうんだろうな。俺もあと二十若ければ、立候補するんだけどな」

膝の上に置いた香澄の手に力が入り、膝に爪を立てた。いい大人がふたりして、十七歳の少女に骨抜きにされ絶賛合戦していることが情けなく、腹立たしかった。

「あの、脚本家の意見として、いいですか？」

意を決して、香澄は切り出した。

「なに？」

面倒臭そうな顔を、田部が向けた。

「私も業界が長いので、視聴率の重要性も、武田彩華ちゃんが数字を持っている女優だということもわかっています。でも、だからって、原作の世界観を壊してまで作るドラマって、どうなんでしょう？　この十年、視聴者のドラマ離れが深刻だと言われてますが、こういうことを続けているかぎり……」

「香澄ちゃんさ、言ってる意味がわからないんだけど？」

田部が、香澄を遮った。

「タレントの都合で原作の世界観を壊すのはドラマ離れに拍車がかかると……」

「だから、俺がわからないのは、そういうことをなんで君に言われなきゃならないのかってことだよ」

ふたたび、田部が香澄を遮り言った。

「なんでって言われても……私は、今回のドラマを書く脚本家ですから」

香澄は、退かなかった。

「東京テレビ」は香澄が仕事をしているテレビ局の中でも最も業績がよく、局員も東大、京大卒の在籍率が一番高く、いわゆるエリート集団の集まりだ。ほかの局に比べてもプロデューサーのプライドが高く、香澄は苦手にしている。

「武田彩華は視聴率女王なんだよ。ドラマ離れがどうのこうのと言われてても、彼女が出演したドラマは軒並み二十パーセントを超えている。原作の世界観を壊せないからって別の女優になったら、間違いなく視聴率は下がってしまう。こういうの、本末転倒っていうんだよ。それに、彼女の事務所、香澄ちゃんも知ってるだろう？　『エクセレントプロ』には、主役を張れる俳優が何人も所属している。中でも一推しの武田彩華を雑に扱って、ほかのタレントもウチの局には出演させないなんてことになってみろ⁉　俺のクビなんて簡単に飛んでしまう。だいたいな、香澄ちゃん、なんか勘違いしてないか？　原作者が内容を変えてもいいって言ってるのに、たかが脚本家がなにごちゃごちゃ言ってんのさ？」

脚本家を見下した発言に、香澄の中の平常心が音を立てて崩れた。

「たかがって言いますけど、脚本家がいなければ物語は書けないでしょ⁉」

憤然とした口調で、香澄は抗議した。

「ああ、たしかにその通りだ。でも、君の代わりの脚本家はいるが、武田彩華の代わりはいないんだよ」

田部の皮肉っぽい笑みが、香澄の怒りの炎に拍車をかけた。

「そうかもしれませんが、これまで『東京テレビ』さんに貢献してきた私にたいして、あまりにも失礼な言いかたじゃありませんか⁉」

珍しく香澄は、感情的になっていた。

これまで十年間で二十作品も「東京テレビ」のドラマを書いてきた自分より、いくら視聴率が取れるといっても、キャリア二年そこそこの十七歳の少女より必要性がないというのか？　ついこないだまでプリクラ遊びをしていたような小娘に、自分は負けてしまうというのか？　悔しかった……許せなかった。

「香澄ちゃんは貢献してくれてるよ。でもさ、業界長いんだから、わかるでしょ？　プロデューサーや脚本家は脇役だから、文字どおり主役の女優を立てて光らせるのも仕事なんだよ。わからないかなぁ、それくらいさ」

田部が、ため息をついた。

「脚本家が黒子なことくらいわかってます。でも、立てるのとわがままを聞くのとは違います。どれだけ視聴率を取ろうが事務所に力があろうが、彼女ができないという理由で原作を変えるのはだめです。こんなわがままを通していたら、局の未来にとっても彼女自身にとってもよくありません」

香澄は、一歩も退かなかった。

おとなしく従っていれば、これからも仕事の依頼はくるだろう。意見を主張すればするほど、まずい立場になることもわかっていた。しかし、ここで折れてしまえば、自分が自分でなくなるような気がした。

「よけいなお世話だ！　おとなしく聞いてれば、好き勝手なことばかり言ってさ！　若い男を連れ込んで不倫してるような色情狂に、局の未来がどうこうなんて語ってほしくないよ！」

田部の言葉に、背中から冷水を浴びせられた気分になった。

「それ……どういう、意味ですか？」

自分の声なのに、誰か別の人間の声のような気がした。

「どういう意味って、そのままだよ。宅配便のおにいちゃんを家に引っ張り込んでるんだろ？」

「だ、誰がそんなことを……」

それだけ言うのが、精一杯だった。

握り締めた掌には冷や汗が滲《にじ》み、鼓動が駆け足を始めた。来夢とのことをどうして田部が知っているのか？　理由を考える余裕もないほど、香澄は動転していた。

「あんたの旦那だよ」

「えっ……なんですって⁉」

脳内が、漆黒に染まった。

「俺あてに電話が入ってさ。家を飛び出して若い男と浮気してるような女に、ゴールデンみたいな影響力ある時間帯のドラマを書かせていいのか？　ってね。まあ、脚本家が浮気してようがウチには関係ないからあしらったんだけどさ。そしたら最後には、今度のドラマのスポンサーに抗議するなんて言ってたけどな。相手にされないだろうがね。ま、そういうわけだからさ、香澄ちゃんも自分のことを棚に上げて偉そうなことを言わないでくれるかな？」

田部の声が、鼓膜からフェードアウトした。

まだ田部はなにかを喋っていたが、香澄にはなにも聞こえなくなっていた。

なぜ、信一が「東京テレビ」に電話をかけてきたのかは不思議に思わなかった。次のクールの連ドラはマスコミに発表されており、インターネットで調べれば香澄の名が脚本家として載っているのだ。

無意識に、香澄は椅子から立ち上がっていた。田部と野村に頭を下げ、香澄は会議室をあとにした。テレビ局を出るとすぐに、香澄は携帯電話を取り出し、信一の番号をプッシュした。

『いま、仕事中だぞ。僕の声を、聞きたくなったのか？』

受話口から流れてくる粘っこい声に、香澄の嫌悪感が刺激された。

「どうして、『東京テレビ』にあんな電話したのよ⁉」

『あんな電話って？』

香澄は、信一の笑えない冗談につき合わず核心に切り込んだ。

「惚《とぼ》けないでっ。ドラマのプロデューサーに電話したでしょう⁉」

『ああ、君が学歴も品もない山猿みたいな若い男のちんぽに突かれて、まんこ濡らしてるって話か？』

　信一が、下種《げす》な笑いを交えながら言った。

「あなたって人は……どうして、そんな電話するのよ！」

『どうしてって……本当のことだろう？　あ、まんこ濡らしてるじゃなくて、潮吹いてるのほうがよかったか？』

　仕事中と言いながら、どこで話しているのだろうか？　少なくとも、役所で話す内容ではない。

「こんな嫌がらせしても、一脚本家のことでドラマに影響はないし、私がクビになったりもしないわよ。スポンサーに電話するみたいなこと言ってるらしいけど、そんなことしても無駄よ」

『そうかな。ウチの役所によくくる男性がさ、写真週刊誌の記者でね。顔見知りになって雑談するのが日課みたいになってるんだけど、テレビ局関連で面白いネタない？　って、いつも訊かれてね。ほら、僕の職業柄、いろんな情報を知ってると思ったんじゃないの？　彼に、天下の「東京テレビ」のドラマの女性脚本家の下半身スキャンダルを教えてあげれば、飛びついてくること請け合いだね。そんな記事載ってもいいんですかって言えば、スポンサーも黙っちゃいないと思うよ』

全身の血液が、一気に氷結してしまいそうだった。携帯電話を持つ手に力が入り、膝がガクガクと震えた。

「目的は……なに？」

香澄はうわずる声を、送話口に送り込んだ。

『今夜七時。君の家に行く。ひさしぶりにやらせてくれれば、スポンサーに電話するのを考え直してやってもいい』

下卑た笑い声に、内臓まで鳥肌が立ちそうだった。

一応は夫。一度くらい抱かれても、いまさら、どうということはない。信一の執念深い性格なら、嫌がらせを続けることだろう。

自分のこともそうだが、来夢に被害がいくのが怖かった。もう二度と自分と来夢にかかわらないと約束させれば、抱かれてやってもいい。

一方で、不安はあった。この卑劣な男が、約束を守るという保証はどこにもなかった。一度が二度……二度が三度——信一が、縒りを戻すきっかけとして企んでいる可能性は十分に考えられた。だが、賭《か》けに出なければ間違いなく香澄も来夢も仕事を失ってしまう、それだけで終わるなら、まだましだ。

信一なら、香澄と来夢の人生を破滅させることを生き甲斐《がい》にしても不思議ではない。信一を信じて、一度だけ抱かれるか？　それとも、拒否して徹底抗戦に出るか？

『おい、どうするんだ？　ん？　あんな山猿とはおまんこできて、僕とはできないっていうのか？　ん？　山猿のちんぽは硬くて太くて、病み付きになるってか？　ん？　ん？』

信一の、ん？　を聞くたびに、胃が伸縮して吐きそうだった。

「そういう言いかた、やめてよ」

『お？　お？　おーっ？　否定しないとこみると、図星か？　ん？　山猿のちんぽはいやらしい音を立ててしゃぶっても、僕のちんぽはしゃぶりたくないっていうのか？　ん？　どうなんだ……ん？　おいっ、どうなんだ⁉　ん？　ん？　ん？　どうなんだと……』

「わかったわ！　七時に、お待ちしてます」

香澄は、信一の病的な粘着癖に危険を覚え、腹を決めた。

『そうか……君も、ひさしぶりに僕に抱かれたいか？　ん？　体力だけの単調な山猿のおまんことは違う、ふか～いおまんこを味わわせてやるから、あそこ濡らして待ってなよ』

救いようのない最低に下品で最低に女々しい最悪の夫にたいして、香澄の心に疑問と感情が芽生えた。

――なぜ、こんな男と結婚してしまったのか？　死ねばいいのに。

香澄は、どす黒い感情を胸の奥で呟いた。

9

子猫がミルクを舐めるような音が、寝室に響き渡った。

香澄は、太腿の間に顔を埋める信一の薄くなった頭頂を虚《うつ》ろな瞳でみつめた。

信一のザラついた舌が香澄の襞を舐め上げるたびに、肌が粟立った。もちろん、興奮の鳥肌ではなく嫌悪だ。寝室に入って三十分近く、信一はクンニを続けていた。

「どうだ？　気持ちいいだろ？　ん？　こんなふうにされるの好きだろ？」

うわずった声で言うと、信一が香澄の秘部の突起を音を立てて吸い始めた。執拗に舐められ、吸われているので、気持ちいいどころかヒリヒリして痛かった。

ベッドにうつ伏せになっている信一の腰のあたりにはたっぷりと脂肪がついており、肩甲骨も埋もれていた。来夢の鍛え上げられ一片の贅肉もない研ぎ澄まされた肉体とは比べようもなかった。

来夢が野生の狼《おおかみ》なら、信一は養豚場の豚だ。

男性はよく、ウチの女房を女としてみられない、ウチの女房なんかまったく抱く気になれない、などと言うが、それは妻も同じだ。つき合い始めの頃よりぶくぶく太ったり、頭が禿《は》げてきたり、口臭や加齢臭がきつくなったり……そんな夫に抱かれたいとは思わない。テレビで二枚目の若手俳優のシャワーシーンなどが流れると腹筋や背筋を食い入るように観てしまい、サッカー選手や野球選手のユニフォーム越しにも窺える筋肉質の肉体に胸が高鳴る。そんなとき、夫が隣でぶよぶよの腹を突き出して鼾《いびき》でもかいて寝てようものなら、思わず殺意を覚えてしまう。女も、いい男であれば見ず知らずであっても抱かれてみたい、という欲求を持っているのだ。

「どうだ？　感じるか？　ん？」

信一が、香澄の秘部に人差し指と中指を抜き差ししながら訊いてきた。信一の虫酸の走る顔をみることに耐え切れず、香澄は眼を閉じた。

あとどれくらい、この苦痛な時間が続くのだろうか？　一緒に暮らしていたときには、信一がトイレに入ったあとは除菌スプレーを撒いて、三十分くらい経たなければ入るのが嫌だった。

それだけ嫌悪している男に胸を揉まれたりヴァギナを舐められたり……一刻も早く、解放されたかった。だが、早漏気味の夫は、挿入してからの行為に自信がないので、ねちねちとした愛撫攻撃で時間を稼ぐのだ。

――天下の「東京テレビ」のドラマの女性脚本家の下半身スキャンダルを教えてあげれば、

飛びついてくること請け合いだね。そんな記事載ってもいいですかって言えば、スポンサーも黙っちゃいないと思うよ。今夜七時。君の家に行く。ひさしぶりにやらせてくれれば、スポンサーに電話するのを考え直してやってもいい。

卑劣な信一の交換条件を、香澄は呑んだ。そんな電話をスポンサーに入れられたら、あっという間に噂が広がり香澄はほかの局も出入り禁止になってしまう。

スポンサーの天敵はスキャンダルだ。商品のイメージダウンに繋《つな》がる可能性が一ミリでもあれば、どれだけ長いつき合いであっても首を切られる非情な世界だ。

「潮吹きそうか？　我慢しなくてもいいんだぞ？　ん？　ん？　吹きそうか？」

信一が、指の抜き差しのスピードを加速させた。

馬鹿な男だ。オルガスムスに達すれば、女性はみな潮を吹くと思っているらしい。アダルトビデオで女優がやたらと潮を吹くので勘違いしている男が多いが、そういう体質の女性は稀《まれ》だ。

数年前、新作ドラマの取材でＡＶ女優にインタビューしたことがあるが、潮吹きのシーンを撮影するときは大量の水分を摂取するという。撮影の間中、ミネラルウォーターやスポーツドリンクのペットボトルを手放さず、二、三時間で二リットルは飲むそうだ。

生温かい息が、頬を不快に撫でた。

眼を開けると、信一の顔がすぐそばにあった。唇を尖らせ、キスをしようとしていた。香澄は、慌てて横を向いた。信一が、顔を傾けふたたび唇を奪おうとしてきた。今度は、反対側に顔を背けた。

「どうして、避ける⁉」

「唇は……やめて」

「はん！　おまんこ舐められるのはよくて、唇はだめってか？　なんのつもりだ⁉」

「いやなものは……」

信一の唇が、強引に押しつけられてきた。唾液で、香澄の唇がべとべとになった。信一の、生臭い魚のような舌が香澄の舌に絡みついてきた。

「僕のチュウは最高だろう？」

信一が、優越感に満ちた顔で言った。

「本当に……最低の男ね」

香澄は、唇を手の甲で拭《ぬぐ》いつつ侮蔑のいろを宿した瞳を信一に向けた。

「最低だろうがなんだろうが、君は僕にこれから抱かれるんだよ」

卑しい笑いを浮かべ、信一が香澄の中へと入ってきた。

「うっ……締まる……やっぱり……名器だな……」

小鼻を膨らませ、恍惚の表情で言うと、信一が腰を動かし始めた。

なにも、感じなかった。それは、テクニックがどうこうの問題ではなかった。もし、信一が相当なテクニシャンであってもそれは変わらない。たとえるなら、信一が一流シェフであっても、彼の作る料理はおいしいと感じないことだろう。

「んん……ああ……もうだめだ……」

信一が、情けない声を上げ体を震わせると腰の動きを止めた。そして、仰向けになると薄い胸板を上下させ突き出た腹を波打たせた。

装着されているコンドームの先端には、黄白色の濃厚な液体が溜まっていた。いつものことだが、一分と経っていなかった。信一が早漏なのは不幸中の幸いだった。

香澄は弾かれたように身を起こし、そそくさとベッドを下りた。なによりもまず、身体を洗いたかった。信一に触れられた乳房をナイフで削り、舐められた皮膚をライターの炎で焼き払いたかった。

「早く帰ってもらえますか？」

香澄は、いつまでも起き上がる気配のない信一に声をかけた。

「ひさしぶりのセックスで疲れたから、ひと眠りしていく……」

「約束は守ったでしょ！　私がシャワーを浴びている間に出て行って！」

香澄は、信一を強い口調で遮った。

「わかった、わかった。今日のところは帰るよ。また、やりたくなったらくるから」

のろのろと上半身を起こした信一が、コンドームを外し、濡れた性器をティッシュで拭いつつ言った。

「なっ……約束が違うじゃないですかっ」

寝室を出ようとした香澄は足を止め、血相を変えて振り返った。

「誰が、一回だけって言ったよ」

信一が衣服を身につけ、なに食わぬ顔で言った。

「冗談じゃありませんっ。こんなこと、もう、二度と……」

「拒むなら、スポンサーに電話をするけど、いいのか？」

「なんて卑怯な人なのっ」

香澄は怒りに燃え立つ瞳で、信一を睨みつけた。

「卑怯でも卑劣でも、お前とヤれればいい。今度は、フェラしてくれよな」

下種な笑顔で香澄の肩を叩き、信一は寝室をあとにした。

香澄は、ショックで動けなかった。このままでは、一生、つき纏われてしまう。

「香澄、お客様だぞ」

玄関から、信一が香澄を呼んだ。客とは、誰だろう？

まさか、来夢⁉

香澄は手早く衣服を身につけ、玄関に向かった。もし来夢なら、信一がなにを言い出すかわかったものではない。

「お待たせしま……」

香澄は、玄関に佇んでいる女性をみて言葉を呑み込んだ。

編み込みヘア、褐色の肌、ギンガムチェックのシャツのボタンがはちきれんばかりの豊満な胸、括れた腰、突き出たヒップ。

——僕達、もともとは同じダンススクールで知り合って、毎日レッスンで顔を合わせるたびにお互いを意識するようになり、交際に発展しました。交際してすぐに同棲を始めたんですけど、束縛がひどくて。

来夢の声が、香澄の脳裏に蘇った。たしか彼女は、半年くらい前まで来夢がつき合っていた美莉亜という女性だ。

——おばさんさ、来夢とどんな関係？　まさか、ママさんじゃないよね？　だって、来夢が誰かを招待するなんていままでなかったしさ。あ、まさかまさか、彼女⁉　んなわけないか。来夢が、おばさんなんかとつき合うわけないしね。

来夢のライブに行ったときに、受付にいた美莉亜は香澄を目の敵《かたき》にしていた。あとから、来夢の元の彼女だったと聞かされ香澄は納得した。

「こちらのお嬢さん、知り合いか？」

信一が、興味津々の表情で美莉亜をみながら訊ねてきた。無理もない。娘といってもおかしくない歳の離れたギャルふうの少女が、敵意に満ちた眼で香澄を睨みつけているのだ。

「知り合いじゃねーし。おじさん、もしかしておばさんの旦那？」

美莉亜は吐き捨てると、信一に訊いた。

「ああ、そうだけど、なにか用かな？」

普通ならこんな不躾な態度をされると露骨にいやな顔をする信一が、満更でもなさそうな顔をしていた。

「おじさんの奥さん、浮気してるけど知ってんの⁉　しかも、ウチの彼氏とさ」

怒りに声を震わせる美莉亜に、信一の口もとが微かに綻《ほころ》んだ。

「こんなところで、いきなりなにを言い出すの？　それに、どうしてここがわかったの？」

香澄は、美莉亜の前に歩み出た。これ以上、信一の前で余計なことを言わせない意味もあったが、この家をどうやって調べたのかも気になった。

「ダンスのレッスン中に、来夢の携帯をチェックしたら、さんづけしてる女の名前があってさ。私も含めて来夢は、女の人にさんとかちゃんとかつけて登録しないから、すぐにピンときた。住所まで登録してあったから、もう完璧《かんぺき》だと思った。人の彼氏つまみ食いするなんて、ひどい女だよね」

「つまみ食いだなんて、そんな言いかたしないで」

「旦那がいるのに人の恋人横取りしてるおばさんが、なにかっこつけてんの？　馬鹿じゃん」

美莉亜が、嘲笑《ちょうしょう》した。

信一は、爛々《らんらん》と輝く瞳で美莉亜と香澄のやり取りを眺めていた。明らかに、愉しんでいる感じだった。

「あなたは、帰って」

香澄は、押し殺した声で信一に言った。

「お取り込み中のようだから、今日のところはおとなしくそうしてやるよ。またくるから」

皮肉っぽく片側の唇を吊り上げ、信一が玄関を出た。

「あなた、人聞きの悪いことばかり言ってるけど、来夢君からは元の彼女って聞いてるわよ」

香澄は、反撃に転じた。

そんな自分に、驚いていた。普段なら受け流すところだが、昔のこととはいえ、来夢の恋人であったという事実が香澄を感情的にさせていた。

「来夢が⁉」

美莉亜の血相が変わった。

「ええ、そうよ」

香澄は、勝ち誇った顔で顎を引いた。

「へぇ、それで、今カノのつもりなんだ。かわいそうに、なんにも知らないんだ？」

美莉亜が、薄笑いを浮かべながら意味深な口調で言った。

「どういう意味？」

「それが彼の手なの。来夢、一見、爽やかな好青年にみえるけど、病的な女好きでさ。十代から六十代まで、なんでもOKって雑食男なんだ。おばさん、来夢のコレクションに入れられたんだよ。彼の女癖の悪さに美莉亜は別れたんだけど、また縒り戻そうって言われてさ」

「嘘よ……適当なことを言わないで」

自分でもわかるくらい、動揺に声がうわずっていた。

「嘘って、どっちのこと？　おばさんが来夢のコレクションに入れられたってこと？　私が来夢と縒りを戻すってこと？」

「どっちもよ。私は、これでも一応、売れっ子の脚本家なの。脚本家っていうのはね、洞察力や観察力が鋭くないとできない仕事よ。少なくとも、あなたよりは人をみる眼があると思うわ。来夢君は、そんな軽薄な男じゃないし、あなたと縒りを戻すとも思えない」

――一日に三、四十通もメールがきますし、少しでも返信が遅れたら電話がかかってきて問い詰められるし。レッスンでほかの女性ダンサーと話しただけで不機嫌になってスタジオを飛び出したり、相手の女性に摑みかかったり。信じられないのは、美容室でも女性の美容師が担当になるのはNGですから。

来夢が語った美莉亜と別れた理由が、嘘だとは思えなかった。

「若い男に入れ揚げた中年女って、憐《あわ》れね」

美莉亜が、馬鹿にしたように言った。

「なにが言いたいわけ？」

平静を装っていたが、香澄の表情は強張っていた。

「美莉亜のこと、メールを一日に大量に送りつけてくるとか、束縛が凄いとか、来夢、言ってなかった？」

「え……」

瞬間、香澄の思考が止まった。

「ビンゴ！　だいたいさ、来夢があんたみたいなおばさんを彼女にするわけないじゃん。歳の割には若くみえるからおだてられてんのかもしれないけど、美莉亜と並んだら無理して若ぶってるイタいおばさんにしかみえないし」

美莉亜の高笑いが、鼓膜からフェードアウトしてゆく……。香澄は、立ち尽くしたまま表情を失った。

10

ゴミ袋を漁《あさ》る野良猫、ジョギングする男性、スマートフォンを操作しながら歩く女性……すべてが、色褪《いろあ》せてみえた。昭和の写真をみているような、昔のフランス映画を観ているような……なにもかもが、色を失っていた。

三軒茶屋の住宅街の一角に建つアパートの前で、香澄は佇んでいた。ここにきて、もう既に一時間以上が経つ。

木造モルタル造りの二階に、来夢の部屋がある。以前にだいたいの場所を聞いていたのだが、訪れたのは初めてだった。できるなら、こんな形できたくはなかった。

携帯電話の液晶に表示される時計は、まもなく20：00になるところだった。仕事を終えた来夢があとどのくらいで戻ってくるのか、わからなかった。一分後かもしれないし、一時間後かもしれないし、もしかしたら帰ってこないかもしれない。

敢《あ》えて、電話はしていない。電話をすれば無駄な時間を過ごすこともないが、冷静さを保てる自信がなかった。

——いい加減、眼を覚ましたほうがいいよ。中高生のギャルじゃないんだからさ。

美莉亜の嘲《あざけ》る声が鼓膜に蘇る。

——私は、来夢君を信じるわ。なんの根拠もないあなたの言うことなんて、信じないわ。

——じゃあさ、来夢がおばさんに言ってることに、どんな根拠があるの？

——彼が私を愛してくれているのが、根拠よ。

香澄がそう言った瞬間、美莉亜がけたたましく高笑いした。

——愛されてるって……⁉　四十のおばさんが来夢に⁉　マジ、ウケる！　私が、レディー・ガガみたいな世界的なアーティストになるって言ってんのと変わらないくらいヤバいって！

人を馬鹿にした美莉亜の顔を思い出しただけで、脳みそが煮え立った。

来夢を信頼しているのなら、美莉亜がなにを言おうと笑って聞き流せるはずだ。腸《はらわた》が煮えくり返る思いがするのは、心のどこかで美莉亜の言葉に不安を感じているからだった。

通行人が、怪訝そうな顔で香澄を振り返った。中年女がアパートの前に深刻な表情で立っているのは、異様な光景に違いない。

――来夢、一見、爽やかな好青年にみえるけど、病的な女好きでさ。十代から六十代まで、なんでもOKって雑食男なんだ。おばさん、来夢のコレクションに入れられたんだよ。彼の女癖の悪さに美莉亜は別れたんだけど、また縒り戻そうって言われてさ。

ふたたび蘇る美莉亜の声が、香澄の鼓膜を不快に撫でた。美莉亜が言うように、自分は来夢につまみ食いされているだけなのか？　ふたりは、本当に、縒りを戻してしまうのか？

「全部……嘘だったの？」

香澄は、絞り出すような声で呟いた。胃袋が、火がついたように熱くなった。妄想しただけで、嫉妬に血が滾《たぎ》った。

――若い男に入れ揚げた中年女って、憐れね。

認めたくないが、記憶の中の美莉亜の言葉は的を射ている。こんなことを続けていたら、仕事もなにも手につかない。現にいま、ひと回りも年下の青年を家の前で張っているという不毛な時間を過ごしていた。

香澄が帰ろうと、足を踏み出したときだった。

重々しい排気音を轟《とどろ》かせ、大型のスクーターが現われた。香澄の前で止まる。

「どうしたの⁉　くるなら、言ってくれればよかったのに」

スクーターから降りた来夢が、驚きと喜びが入り混じった顔で歩み寄ってきた。

「あ、いえ……」

「ううん、私、時間がないから、これで……」

「部屋が散らかってるから、ちょっとだけ待ってて」

突然のことに、香澄は動揺した。

「待って」

来夢が、腕を摑んだ。

「なにかあったの？」

「なにもないわよ。近くにきたから、どんなとこだろうって寄ってみただけ」

香澄は、目線を合わせずに早口に言った。

「だったら、なんで俺の顔をみて慌てて帰ろうとするの？　なにもないんなら、せっかくきたんだから部屋に寄ってってってくれてもいいじゃん」

来夢の勘が鋭いことが、いまは恨めしかった。

「今日は、そんな気分じゃないだけよ」

眼を逸らしたまま、香澄は言った。

疚しさに、来夢を正視することができなかった。

「とにかく、部屋で話そう」

「そうやって、あのコも連れ込んでるんでしょう！」

思わず、鬱積していた感情が口に出てしまった。

「え……あのコって？」

「ライブの受付にいたダンサーの女よ！」

いまさらあとには引けず、香澄は覚悟を決めた。

「もしかして、美莉亜のこと言ってる？」

来夢が下の名前で呼んだことに、香澄の怒りに拍車がかかった。

「そうよ！」

「彼女とは以前つき合ってたけど、もう別れたって言ったじゃないか」

「別れた恋人が、どうして私の家にくるのよ？」

「……美莉亜が、香澄の家に⁉」

来夢が、素頓狂《すっとんきょう》な声を上げた。

「そうよ。あのコから、聞いてないの？」

「聞くわけないよっ。連絡なんて、取り合ってないんだからさ」

「あの女は、そうは言ってなかったわ」

「美莉亜が、なにを言ったの⁉」

強張った表情で訊ねてくる来夢は本当に、美莉亜の行動を知らなかったようだ。

「私は、あなたにつまみ食いされてるだけだって。あなたが病的な女好きで、十代から六十代までの女性と関係を持てる雑食男だって」

香澄は来夢の様子を窺いながら、美莉亜から浴びせられた言葉を伝えた。来夢の顔色が、みるみる変わった。

「なんてことを……」

「あの女の言うこと、でたらめにしては具体的よね？」

鎌をかけたわけではない。本当に、疑問に感じたことを口にしたのだ。脚本家という仕事柄、言葉の持つ意味を重要視する傾向があった。

「まさか、彼女の言うこと信じてるわけないよね？」

「さあ……あなたのこと信じたいけど、わざわざそんな嘘をつくために私の家まで訪ねてくるかしら？　あなたと、縒りを戻したとも言ってたわ」

できるだけ、香澄は感情を押し殺した。若い青年の家に押しかけて取り乱すような、みっともない女にはなりたくなかった。

「全部、でたらめだ！　俺は病的な女好きじゃないし、美莉亜と縒りを戻してもいない。彼女は、俺と香澄の仲を裂こうとしてるんだよ。俺と美莉亜の、どっちの言葉を信じるんだよ⁉」

来夢が悲痛な顔で訴えてきた。

「もちろん、あなたよ。だけど、それは、信じたいっていう私の願望。あの女が嘘をついてるって、どうやって証明できるの？」

意地悪でも、試しているわけでもない。来夢を信用したかった、信用させてほしかった。

美莉亜が底意地の悪い大嘘つき女だということを、証明してほしかった。

「証明って……俺の言葉だけじゃ信用できないのか⁉」

来夢が香澄の両肩を摑み、澄んだ瞳でまっすぐにみつめてきた。

「じゃあ、いま、あの女に電話して。私の目の前で、彼女を問い詰めて」

「わかった」

すぐに携帯電話を取り出す来夢に、信頼性が増した。

「電話なんてしなくていいって」

背後から、女性の声がした。

「どうして……」

振り返った香澄は、美莉亜と信一の姿をみて息を呑んだ。来夢も眼を見開き、絶句していた。

「おばさん、やっぱりここにきてたんだ。私があれだけ忠告したのにさ」

美莉亜が、憎々しげな表情で歩み寄ってきた。

「あなたが、どうしてここにいるの？」

香澄は美莉亜を無視して、背後の信一に訊ねた。

「妻がほかの男と逢引《あいびき》してるのを、指をくわえてみてろというのか？　ん？」

信一が、ニヤついた顔で香澄を見据えた。

「聞いたぞ。どうして、あんなでたらめを言うんだ⁉」

来夢が、険しい表情で美莉亜を問い詰めた。

「でたらめじゃないわ。本当のことじゃん」

美莉亜が、悪びれたふうもなく言った。

「俺は女好きでもなければ、お前と縒りを戻すつもりもない」

「来夢のほうこそ、そんな嘘をつくのやめなよ。だいたいさ、こんなおばさんのどこがいいわけ？」

「香澄のことをそういうふうに言うのはやめろっ」

「香澄のことをそういうふうに言うのはやめろっ」

信一が、来夢のまねをすると腹を抱えて笑った。

「なんのつもりだ⁉」

来夢が、信一を睨みつけた。

「香澄を自分の女にしたつもりか？　ん？　おめでたい奴だな。ん？」

信一が、来夢に顔を近づけ挑発的に言った。

「なにを言いたい？」

「なーんにも知らない憐れな彼氏に教えてやれよ」

信一が、美莉亜に顔を向けた。

「来夢さ、私が家に行く前に、このおばさん、なにをやってたと思う？」

「ん？　どういう意味だよ？」

来夢が、怪訝な顔で首を傾《かし》げた。

胸騒ぎがした。だが、美莉亜は知らないはずだ。ただし、信一を伴って現われたということが、香澄を不安にさせた。

「このおばさんは、旦那とエッチしてたんだよ」

「なんだって⁉」

来夢が気色《けしき》ばんだ。

「だから、来夢にちょっかい出しながら旦那を家に引っ張り込んでたってこと」

底意地の悪い笑みを浮かべる美莉亜――香澄の頭から、血の気が引いた。

「嘘ばかり、つくんじゃない……」

来夢が、干涸《ひから》びた声を絞り出した。

「ひさしぶりの香澄とのおまんこ、興奮したよ」

信一が、卑しい笑みを浮かべながら言った。

「やめてよっ」

堪らず、香澄は叫んだ。

「さっきも、やめてって言いながら感じてたよな？　おまんこ濡らしてたの誰だ？」

「おい、でたらめを言うな！」

鬼の形相で、来夢が信一の胸倉を摑んだ。

「俺が嘘つきかどうか、確認してみろよ？」

憎らしいほどに余裕たっぷりの表情で、信一が来夢に顎をしゃくった。

「香澄、嘘だよな？」

不安げに、来夢が訊ねてきた。

「その人が言ったようなことは……ないわ」

香澄は、曖昧に言葉を濁した。

「旦那となにもなかったってことか？」

詰めてくる来夢に、香澄の胸を疚しさが鷲掴みにした。香澄は、俯いた。

「もしかして……本当なのか？」

来夢の声音が不安げなものになった。

嘘よ……できることならそう答えたかった。だが、罪悪感が香澄を無言にさせた。

「そうか……わかった」

来夢が、力なく言った。

「ほらな？　いつまで摑んでるんだ、離せよ」

得意げな顔で言うと、信一が来夢の手を振り払った。

「ね？　私の言った通りでしょ？　浮気して別居中の旦那ともエッチして……最低の女だよね？」

「ふたりとも、もう帰ってくれよ」

「なにか勘違いしてないか？　お前は、人の女房と浮気してる身だぞ!?　それなのに、旦那に帰れなんてよく言えたもんだな？　ん？　おい？　人のこと、馬鹿にしてんのか？　ん？」

　ねちっこく、信一は来夢に詰め寄った。

「俺はいま、あんたのことを、顔の見分けがつかなくなるほどに殴りたい。必死に我慢してるんだ。俺の気が変わらないうちに、消えてくれ」

　来夢の鋭い眼光に気圧《けお》された信一が、二、三歩後退した。

「絶対に、破滅させてやるからな！」

　捨て台詞を残し、信一が踵を返し足早に去った。

「お前もだ。俺の前に、二度と現われないでくれ」

　信一の背中から美莉亜に視線を移した来夢が、押し殺した声で言った。

「私に、そんなこと言っていいわけ？　あのおっさんみたいに追い払おうとしても無理だから」

「勝手にしろ」

「あ、そう。じゃあ、あなたのお母さんに三千万請求するようにパパに言うわね」

　立ち去りかけた来夢が、美莉亜の言葉に足を止めた。

「お前……」

「私のおかげで、パパはなにもしてないってこと忘れたわけ？　娘の彼氏の母親を追い詰めたくないって親心で助かってんのよ」

来夢の顔がみるみる蒼白《そうはく》になっていった。

「今日は、帰ってあげる。次、私が連絡するまでに考えてて。お母さんがどうなってもいいなら、私を振ればいいわ」

美莉亜は一方的に言い残し、来夢に背中を向けた。来夢は顔色を失ったまま、立ち尽くしていた。

美莉亜の父親と来夢の母親の間に、どんな事情があるのだろうか？　はっきりしているのは、彼女が来夢の弱味につけ込んでいるということだ。

気になって仕方がないが、いまの自分はそんなことを質問できる立場にない。信一と肉体関係を持ったことを知られてしまったのだ。

「きて」

突然、掠れた声で香澄に言うと来夢はアパートに足を向けた。慌てて、香澄はあとを追った。

☆

六畳ほどの和室。来夢の部屋は、想像していたより片づいていた。

ベッド、CDプレイヤー、ワンドアの冷蔵庫があるだけのシンプルな空間からは、生活臭が感じられなかった。

「どうして、入れてくれたの？」

沓脱ぎ場でスニーカーを脱ぐ来夢の背中に、香澄は訊ねた。

「ヤるためだよ」

来夢は振り向くなり香澄を壁に手をつかせ、後ろからスカートをたくし上げた。

「え……ちょっと……なにするの……」

下着を引き摺《ず》り下ろそうとする来夢の手を、香澄は押さえた。

「なにするって？　香澄が求めている俺の役割を果たそうとしているだけさ。俺、ただのセフレなんだろ？」

香澄の手を振り払い、来夢は下着を太腿まで下ろすと指を入れてきた。秘部は潤っていないので、激痛が走る。

「そんなんじゃないのよ！」

香澄は身体の向きを変え、来夢の胸を押した。

「なにが、違うんだよ⁉　俺には美莉亜と縒りを戻したのかって問い詰めてたくせに、自分は別れたいって言ってる旦那とセックスかよ！　俺を弄《もてあそ》んでたのは、そっちじゃないか」

来夢の涙に潤む瞳をみて、胸が詰まった。脅されて仕方なく受け入れたこととはいえ、自分はとんでもない過ちを犯してしまった。来夢の純粋な心を傷つけたのだ。

「ごめんなさい……言い訳にはならないけど、そうしたかったわけじゃないの」

香澄は、テレビ局のプロデューサーにひと回りも年下の青年と自分が浮気していることを信一にバラされてしまったこと、セックスをしなければスポンサーにもバラすと脅されていたことを打ち明けた。だからといって、自分が信一に身体を許したことの免罪符になるとは思っていなかった。

「あいつ、そんな卑劣なことを……」

来夢は唇を嚙み、拳《こぶし》を握り締めた。

「事情を知らないで、ひどいことを言ってごめん……」

来夢が香澄を抱き寄せ、詫びの言葉を口にした。

「ううん、謝らないで……私が悪いんだから……」

香澄は、来夢の背中に回した腕に力を込めた。彼を守るためなら、なにを犠牲にしてもよかった。

香澄の頭の中では、美莉亜が口にしていた来夢への脅しの言葉が繰り返し響き渡っていた。

「俺、いまからあいつのとこに行ってくるよ。放っておくと、また、どんな卑劣なことをしてくるかわからないからな」

気色ばんだ顔で立ち上がろうとする来夢の腕を、香澄は摑んだ。

「落ち着いて。あの人、蛇みたいに執念深いから、どんな逆恨みされるかわからないわ」

香澄は、ベッドの縁《へり》に来夢を座らせた。

「だからって、泣き寝入りなんてしてたら、ああいう卑劣な男はどんどん図に乗るから、なんとかしなきゃ。俺、もう、やだよ。香澄が脅されて抱かれたりするの……」

来夢が、声を震わせ唇を嚙んだ。

「もしかして、妬《や》いてくれてるの？」

香澄は、悪戯《いたずら》っぽい表情で訊ねた。

「俺以外の男とエッチするなんて、妬くに決まってるだろ」

「嬉しい」

香澄は、少女のように来夢に抱きついた。年齢を考えると恥ずかしくなるが、女という生き物はいくつになっても心に乙女の部分があるものだ。

「悪いけど、いま、喜べる気分じゃないんだ」

来夢が、香澄の身体を優しく離しながら言った。

「大丈夫よ。なにを言われても、今度は断るから」

「でも、プロデューサーやスポンサーに俺とのことをバラされると仕事できなくなるんだろ？」

「確実に脚本のオファーは減るでしょうね。だけど、あんな男に身体を求め続けられるなら、仕事が減ったほうがましよ。あ！　そういえば、美莉亜ってコが言ってた話はなに？」

――あ、そう。じゃあ、あなたのお母さんに三千万請求するようにパパに言うわね。私のおかげで、パパはなにもしてないってこと忘れたわけ？　娘の彼氏の母親を追い詰めたくないって親心で助かってんのよ。

来夢の母親は、美莉亜の父親に金を借りているのだろうか？

「……ああ、お袋のこと？」

来夢の顔が曇るのをみて、香澄は質問を切り出したことを早くも後悔した。

「もし、話したくないことなら、無理に言わなくても……」

「夫婦だったんだよ」

香澄を遮り、来夢が言った。

「え⁉　だって、あなたと美莉亜さんはつき合っていたんでしょう？」

香澄は、素頓狂な声で訊ねた。近親相姦《きんしんそうかん》ということか？

「俺も美莉亜も、連れ子なんだ。お袋と美莉亜の親父さんは再婚で、だから、血は繋がってないのさ。去年離婚したんだけど、お袋には美莉亜の親父に借金があって……」

来夢が、長いため息をついた。

「奥さんが旦那さんに、お金を借りたっていうこと？」

「お袋、結婚しているときにカフェを始めたんだけど、資金を美莉亜の親父さんに出して貰っていたんだ」

「でも、夫婦間のやり取りなんだから、借金って言わないんじゃない？」

香澄は、素朴な疑問を口にした。

「彼女の親父さんは金にシビアな人で、弁護士事務所で契約書を作ってたんだよ。離婚したら、全額返済しなければならないって内容になってて……お袋も、それでも離婚に踏み切ったんだから、相当、相性が合わなかったんだと思ってさ」

「つまり、美莉亜さんとつき合っているうちはいいけど、別れたら彼女のお父さんが来夢のお母さんにお金を請求するっていうこと？」

来夢が、暗い顔で頷いた。

「そんなの、卑怯だわ。契約書があるっていっても、夫婦だったわけでしょう？　元奥さんだった人に請求するのもありえないけど、それを盾に取って来夢に交際を強要するのはもっとありえない！」

どす黒い感情が胸の奥で燻《くすぶ》り、頭の中が煮え立ったように熱くなった。

「ありがとう、俺のために怒ってくれて。でも、そもそもお袋があっちの親父さんに三千万出してもらったのは事実なんだから仕方ないよ」

力なく、来夢が言った。

「美莉亜さんと、どうするの？　縒りを戻さなければ、三千万を払わなければならないんでしょう？」

香澄は、気になって仕方のないことを単刀直入に訊ねた。

「縒りを戻す気はない……っていうか、戻したくないよ」

来夢の顔が、苦悶に歪んだ。

「仕方なく、縒りを戻すかもしれないってこと？」

香澄の声は、硬くうわずっていた。来夢と美莉亜が……。考えただけで、内臓が焼け爛《ただ》れそうになった。来夢の沈黙が、香澄をいらつかせた。

「ねえ、どうして黙ってるの？」

沈黙は続いた。香澄の疑心暗鬼が物凄い勢いで膨らんだ。

「黙ってるってことは、それが答えなの⁉ そうなのね⁉ 結局、彼女の言いなりになるんじゃない！」

香澄は、ヒステリックに叫んだ。

「俺だって、脅迫してくるような女、いやに決まってるだろ⁉ でも、お袋を見殺しにできないし……」

自らの太腿に拳を叩きつけ、苦悩する来夢に、香澄の胸は締めつけられた。

恥ずかしかった。来夢は母親のことで脅され悩んでいるというのに、自分の嫉妬ばかりを優先していた。

「お母様の借金、私が払うわ」

香澄の言葉に、来夢が弾かれたように振り返った。

「三千万払えば、美莉亜さんに脅されることもないでしょう？ それくらいのお金なら、用意できると思うわ」

ブランド物に興味があるわけでもなく、海外旅行に行くわけでもなく……この十年、仕事漬けの日々で金を使うことはほとんどなかったので、三千万を払えるだけの貯えはあった。

「それは、できないよ」

「遠慮しないで。そうするしか、解決法はないんだから」

香澄は、来夢の腕を取りみつめた。

「その気持ちだけ、貰うね。ありがとう」

来夢は言うと、香澄を抱き寄せた。

「でも……」

言いかけた香澄の唇を、来夢が塞いだ。

「まだ話が終わってない……」

弱々しく抵抗する香澄のスカートの中に、来夢が手を差し入れてきた。

下着の脇から侵入してきた指が陰部に触れると、腰から下に力が入らなくなった。

「あっ、なんだよ、これは⁉」

来夢が、わざとらしく大声を上げた。彼が指を動かすたびに聞こえるピチャピチャという淫靡な音に、香澄は恥ずかしくて顔から火が出そうだった。

「真剣な話をしていたくせに、どうしてこんなにびちょびちょになってるんだよ？」

来夢は、ぬかるむ香澄の陰部に指を抜き差ししながら加虐的に訊ねてきた。

「いや……」

「お仕置き決定だな」

来夢は言うと立ち上がり、押入れから紙袋を引っ張り出した。あっという間に来夢は、紙袋から取り出した二組の手錠で香澄の両手を拘束すると、ヘッドボードのパイプに繋げた。

「なにするの……？」

「お仕置きって言ったろ？」

片側の唇を吊り上げた来夢の手には、電動マッサージ機が握られていた。香澄は初心《うぶ》な少女じゃない。それが本来の目的以外に使われていることを知っていた。

「そんなの、やめて……」

言葉とは裏腹に、香澄の胸は高鳴っていた。

女友達が集まったときに、電動マッサージ機の話はよく耳にしていた。夫や恋人とのセックス事情、ペニスの大小からテクニック、自慰の際の「おかず」――女同士の会話は男性が想像している何倍もエロくてエグいものだ。アラサーやアラフォー世代になると、なおさらだ。香澄の女友達の間では、ローターよりもバイブよりも電動マッサージ機が圧倒的に気持ちいいとの評判だった。その快感を経験すると、中毒になるという。

香澄は、電動マッサージ機を使ったことがなかった。量販店の電化製品売り場などでみかけはしたが、目的を見透かされそうで恥ずかしくて買えなかった。

「やめないね」

意地悪い笑みを浮かべ、来夢がスイッチを押した。

電動マッサージ機の低く唸《うな》るようなモータ音を耳にした香澄は、興奮に肌が粟立った。

「音を聞いただけで、なに乳首硬くしてんだよ？」

来夢はサディスティックに言いながら、香澄の乳首に電動マッサージ機を当てた。

「あっ……」

思わず、声を上げてしまった。激しい振動に、乳房が波打った。電動マッサージ機が、乳房から脇腹、脇腹から臍《へそ》へと下がり、恥骨《ちこつ》のあたりで止まった。

「ああっ！」

膣に振動が伝わり、香澄の喘ぎ声も大きくなった。恥骨でこれだけの快感なのだから、クリトリスに触れたらどうなってしまうのだろうか？　期待に、胸が高鳴った。振動だけで、陰部は洪水のようにびしょ濡れになっていた。一番敏感な部分に当てられたら、失神してしまうかもしれない。

香澄は眼を閉じた。恥骨の上で、振動は止まったままだった。いつまで経っても、振動が恥骨より下に移動する気配がなかった。香澄は、うっすらと眼を開けた。

「どうした？　早くクリに当ててほしいって顔してるぜ？」

来夢が、香澄の心を言い当てた。彼にイジメられていると、ひと回り以上も年下とは思えなかった。

「知ら……ないわ……」

クリトリスに当たっていないとはいえ、強烈な快感に香澄はまともに言葉を発することができなかった。

「クリに電マを当ててください……って、言えよ」

「いや……よ……」

「いいのか？　ここに当てると、信じられないほど気持ちいいぜ？」

来夢は言うと、恥骨に電動マッサージを当てたままクリトリスを吸った。

「あうっ……」

香澄は仰け反った。

「クリが膨らんできたぞ？　すけべな女だな」

罵倒し、ふたたび来夢が硬く突起した肉球にむしゃぶりついてきた。わざと立てているのだろう唾液の音がエロティックで、香澄の興奮に拍車がかかった。

「当てて……」

うわずった声で、香澄は言った。

「え？　もっと大きな声で、なにをどこに当ててほしいって言わないとわからないだろ？」

クンニを中断し意地の悪い口調で言うと、来夢は唇を濡らす香澄の愛液を舌で舐め取った。服は着たままでスカートをたくし上げられパンティだけ脱がされた状態のM字開脚は、全裸にされるより恥ずかしかった。

「それを、あそこに当てて……」

「それってなに？　あそこってどこ？」

来夢が訊ねながら親指の腹でクリストリスを執拗に擦っているので、香澄は達してしまいそうだった。

「電動……マッサージ機を……クリ……トリスに……当てて……」

オルガスムスの波に抗いつつ、香澄は切れ切れの声で言った。

「よし」

来夢が、電動マッサージ機を恥骨から下げた。

「あっ……ああーっ」

いきなり、下半身に電流が走った。

「ああ……あっ、あっ、あっ」

香澄は腰を浮かせ、自分でもびっくりするくらいの声を上げた。さんざん焦《じ》らされていたので、一気にオルガスムスに達した。

「あーっ！」

香澄の股の間から、液体が放物線を描いた。潮を吹くのは、初体験だった。絶頂に達し、来夢が電動マッサージをクリトリスから離すたびに液体が一メートルほど飛んだ。ベッドシーツが、あっという間にびしょ濡れになった。

「本当に、はしたないコだな？　俺のベッドをこんなに汚して、どうしてくれるんだよ？」

「ご……ごめん……なさい……」

来夢にずっと責められ達し続けているので、それだけ言うのもやっとだった。

電動マッサージ機は、噂以上に凄い快感だった。この感じなら、三度でも四度でも絶頂を迎えてしまいそうな勢いだった。

「ごめんじゃ済まないよ。今度は、もっときついお仕置きしないとな」

来夢は口角を吊り上げ、ベッドの下に置いてあった香澄のバッグを宙に翳した。

「これ、高そうだけど、どこのブランドだよ？」

「グ……グッチよ……」

「いくらするんだ？」

「さ……三十万……」

三度目のオルガスムスの波が、下半身から全身に広がった。

「今度お漏らししたら、三十万のグッチが台無しだ」

来夢が、香澄の股間の正面にバッグを置いた。四、五十センチしか離れておらず、潮を吹いたら間違いなく直撃する。

「本革なんだろう？　あんな大量のお漏らししたら、もう、使い物にならなくなる。我慢しなきゃな」

来夢が言い終わらないうちに、モータ音が大きくなった——振動が激しくなった。

「あっ！　いやっ……あっ……イくっ……イくっ……」

尿道が疼いた。潮を吹く前兆——肛門に力を入れ、耐えた。

笑ってはいけない場所、大声を出してはならない場所……人間は、だめだと言われることほどやりたくなる生き物だ。いまも、快楽の波に呑み込まれてしまえば三十万のバッグが台無しになるという強迫観念で、香澄の身体は息を吹きかけただけで声を上げそうなほど敏感になっていた。

「イってもいいのか？　大事なバッグがびしょ濡れになっても知らないぞ？」

来夢が、耳もとで囁くと耳朶を甘く噛んだ。

「いや……退《ど》けて……お願い……バッグを向こうに……」

香澄は、眉間に皺を刻み懇願した。

「だめだ。バッグを台無しにしたくなければ、イくのを我慢しろ」

来夢は、電動マッサージ機をより強く香澄の陰部に押しつけながら命令口調で言った。

「む……無理……そんなの……無理……止めて……お願い……」

蜂蜜の熱湯風呂で煮込まれたように、全身の筋肉も脂肪も骨も甘く蕩《とろ》けてしまいそうだった。

津波のように襲いかかるオルガスムスの波に抗うために香澄は、唇が裂け、奥歯が砕けるほどに嚙み締めた。指の骨が折れるほどに拳を握り締め、ふくらはぎが引き攣《つ》るほどに足を突っ張った。

きつく瞼を閉じ、快楽を遠ざけるために別のことを考えた。脚本にあれこれ口出しをしてくる局のプロデューサー、所属タレントのセリフを増やせとゴリ押ししてくる芸能プロダクションの関係者……一気に興奮が冷めるような人物を思い浮かべた。

絶頂に達するのを阻止するには、いやな人間の顔を思い浮かべるのが一番だ。最適の人物――信一の生白く陰険で根深い顔を瞼の裏に映した。

生理的に受けつけない信一の顔を思い浮かべることで、香澄は昂ぶっていた興奮をクールダウンさせた……はずだった。しかし、振動に刺激され続けて充血、膨張した肉球は、もはや別の生き物のように暴れ回り制御できなかった。

骨盤、腰椎、胸椎、頸椎《けいつい》と稲妻のように這い上がった快感が、大脳皮質で爆発した。

「あっ！　あっ！　あっ！　あっ……あーっ！」

部屋の外にまで聞こえるほどの喘ぎ声——電動マッサージ機が離された瞬間、夥しい量の飛沫が香澄の股間から噴出し、グッチのバッグを水浸しにした。

香澄は開脚した足を小刻みに痙攣させ、ぐったりした顔で黒いシミだらけになったバッグをみつめた。

「あれだけ言ったのに我慢できないなんて……救いようのない悪いコだな！」

来夢がズボンとトランクスを素早く脱ぎ捨て、香澄の両足を肩に乗せると、反り勃《た》ったモノをスライムをぶちまけたようなぬかるみに突き刺した。若く逞しい「オス」の高速ピストンに、香澄は声を出すこともできなかった。

オルガスムスを超えた未知の領域……体力の限界を超えたときに訪れるランナーズハイとは、こういう感覚なのかもしれない。

失いたくない……この美しい野獣を。奪われたくない……この逞しい暴君を。

四十年の人生で、香澄は初めて「女」になった。四十年の人生で、香澄は初めて「メス」の悦びを覚えた。

明日、銀行に行こう……。そして、あの女狐《めぎつね》と白黒つけなければならない。来夢に知られたら止められるので、秘密裏に動かなければならない。

来夢の腰使いがいっそう激しくなった。手首を拘束された手錠の鎖とベッドが軋んだ。ダンスで鍛え上げられた瞬発力と持続力に、香澄は溺れ、壊れてしまいそうだった。

荒くなる息遣い、身体中を覆い尽くす鳥肌、突っ張る足の指先、勃起する乳首……香澄は半開きの白眼になり、唇の端から涎を垂らした。

脳内で閃光弾《せんこうだん》が炸裂したように、一切の思考が恍惚の白い闇に塗り潰された。

12

タダイマオカケニナッタデンワハデンパノトドカナイトコロニアルカデンゲンガ……。

渋谷の雑踏を歩きながら携帯電話を耳に当てた香澄は、繰り返される合成の音声にため息をついた。

「この時間だから、仕方ないか……」

香澄は呟き携帯電話のスイッチを切った。午後一時。いま頃、来夢は荷物の配送に追われている頃だ。

スクランブル交差点で、香澄は何度も立ち止まった。人の波に揉みくちゃにされながら交差点を渡り切ったときには、どっと疲れが出た。

十代、二十代の頃は、スクランブル交差点を渡るのにこんなに苦労しなかった。渋谷や原宿の雑踏で疲れを感じるのは老化のサインだと、なにかの本で読んだことがあった。

ミニスカートからすらりと伸びた脚、ワンピースの胸もとから零れそうな張りのある乳房、香澄のお腹のあたりと同じ腰の高さ、不自然なほど小さな顔——香澄は周囲の若い女性を見渡し、ふたたびため息をついた。

ここ十年の日本は、欧米人のようなスタイルの女の子で溢れ返っている。なにを食べて、どんな生活を送るとああなるのか？

時を二十年、いや、十年でも巻き戻せたら……。香澄は頭《かぶり》を振り、周囲を見渡した。

——おばさんに話があるから、渋谷にきてくんない？　駅前の「ＴＳＵＴＡＹＡ」の中に「スタバ」があるからさ。

今朝、美莉亜から突然電話が入った。

——どうして、私の電話番号を知ってるの？

——来夢のライブにきたときに、受付に名刺を置いていったじゃん。

——ああ……。それで、私に話ってなにかしら？

不機嫌に、香澄は訊ねた。来夢の元恋人というだけで声も聞きたくない相手に、朝からおばさん呼ばわりされていい気分になるはずがない。

——来夢のことに決まってんじゃん。おばさん、頭悪いね。

受話口越しに漏れ聞こえてくる嘲笑に、香澄はカッときた。

——あなたね、私に会ってほしいなら、口のききかたに気をつけなさいよ。そんな失礼な態度で、私があなたの呼び出しに応じると思うわけ？

——別に、こなくてもいいけどさ、来夢のことで困るのはおばさんだから。

——この前言ってた、お金のこと？

——そのこともあるけど、もっとヤバいことかな。一時ね。五分過ぎたら、帰るから。

そう言い残し、美莉亜は一方的に電話を切った。本当は、あんな女に会いたくはなかったが、来夢の話ならば仕方がない。

——どうして？

突然、頭の中で声がした。

——どうして、彼のためにそこまでやるの？

声が、不思議そうに訊ねてきた。

——夫でもないし、純粋な恋人とも言えない人に、なぜ？　そもそも、あなたは彼とどうなりたいの？　結婚したいの？　恋人になりたいの？　それとも、セックスフレンド？

矢継ぎ早に、声が質問を重ねてきた。

自分にとっての来夢――改めて、考えたことはなかった。さすがに、ひと回り以上も年下の男性との結婚は考えていない。恋人として、という歳でもない。かといって、肉体だけの関係と割り切れるわけではない。

来夢がほかの女性と親しげにしているのをみたらやきもちも妬くし、彼と寄り添っていたいと思う。だが、それが普通の恋人同士の恋愛と同じかと訊かれたら自信がなかった。

大きな理由は、別居中とはいえ形式上ふたりの関係が不倫であることと、もうひとつは年齢差だ。それでも、ひとつだけわかっているのは、来夢をひとりの男性として好きだということだ。


あれやこれやと考えているうちに、「TSUTAYA」に到着した。

香澄は、「スターバックス」のある二階へと続くエスカレータに乗った。

☆

「渋谷は、おばさんには疲れたでしょ？」

香澄が席に着くなり、美莉亜が皮肉を浴びせてきた。

ショッキングピンクのタンクトップ……ドクロをラインストーンで象《かたど》った胸もとはメロンを詰め込んだようにはちきれそうだった。いわゆる腰穿《こしば》きというのだろう、ショートのデニムからは臀部の肉が半分ほど食《は》み出していた。相変わらず、悪趣味で下品な女だ。

「話ってなに？　あなたと違って忙しいのよ」

香澄も嫌味を返した。

「おばさん、本気で来夢とつき合う気？」

美莉亜が、腕組みをして香澄を睨みつけてきた。

「あなたには、関係ないことよ」

「私は来夢の彼女よ？　関係あるに決まってんじゃん」

「元でしょう？」

「おばさんさ、この前、私と来夢の話聞いてなかった？　ウチのパパが、来夢のお母さんに三千万貸してるって話をしたよね？　かわいい娘の彼氏だったら、パパもお金を返せなんて言わないわ。だけど、来夢が私と別れたら話は違ってくるわ。彼のお母さんはパート勤めだからそんな大金返せないしね。来夢って、昔からすっごい母親思いなの。だから、お母さんが苦しむくらいなら、私のところに戻ってくるはずよ」

美莉亜が、勝ち誇ったように言った。

「そんなの、脅しじゃない。ふたりのどこに、愛があるのよ？」

「愛⁉　大昔のドラマのセリフみたいで、マジウケるんですけど」

胸の前で手を叩きけたたましく笑う美莉亜に、周囲の客の視線が一斉に集まった。

「あなたみたいなギャルでも、愛のない関係は虚しいでしょう？」

「また大昔のドラマのセリフ……笑い死にしそうだから……やめて……」

手を叩くだけでなく、足まで踏み鳴らし笑い転げる美莉亜に、香澄のいら立ちがピークに達した。

「脅迫して無理矢理つき合って、それであなたは幸せ……」

「いい加減にしろよババア！」

それまで笑っていた美莉亜が、豹変《ひょうへん》して夜叉《やしゃ》の如き形相になった。

「なに調子こいてえらそうなことばかり言ってんだよっ。上から目線で物言ってるけど、てめえみたいなババアが来夢に愛されてると思ってんのか⁉　昔から、来夢はダンスやスポーツやってる引き締まった肉体の若いコが好きなんだよ！　てめえみたいな弛《ゆる》んだ肉体が好きなわけねえだろうが！　珍しくて遊ばれてるだけなのに、勘違いして浮かれてんじゃ……」

無意識に、香澄の右手が動いた――店内に乾いた衝撃音が響き、店員と客が凍てついた顔を向けてきた。

「口を慎みなさい！」

香澄は、美莉亜を叱責した。

「私に、こんなことしていいと思ってんの？」

頬を押さえた美莉亜が、怒りに燃え立つ眼で睨みつけてきた。

「ちょっとは、目上の人にたいしての礼儀を……」

「パパが、来夢のお母さんを裁判所に訴えたの」

香澄を遮り、美莉亜が不敵な笑みを浮かべながら言った。

「なんですって……」

「一ヶ月以内に三千万を支払うことができなければ、差し押さえってやつをやられて、家も追い出されて仕事もクビになっちゃうって、パパが言ってたわ」

「来夢君は、それを知ってるの？」

「おばさんと別れてから、言うつもり。彼のお母さんが助かる方法は、三千万を払うか、私と結婚して支払命令を取り下げてくれるように頼むしかないから。パパは、昔から私の言うことはなんでも聞いてくれたんだ」

「呆れた人ね。好き勝手にいろんなことを言ってるけど、来夢が納得しなければ、結婚なんてできるわけないでしょう？」

香澄は動揺を悟られないよう、平静を装い言った。

「おばさんに言わなかったっけ？　来夢は母親思い……悪く言えばマザコンよ。大好きな母親を助けるためなら結婚くらいするに決まってんじゃん。それにさ、嫌いな女と結婚するんじゃなくて、私とは愛し合っていたんだからさ」

美莉亜が、スマートフォンを香澄の前に翳した。液晶には、来夢が美莉亜の肩を抱き頬を寄せ合っている写真が映し出されていた。

その写真を眼にした瞬間、香澄の胃袋が炎で炙《あぶ》られたように熱くなった。

ふたりとも、ニット帽、タンクトップ、迷彩柄のパンツというストリートスタイルで決めていた。悔しいが、ふたりはお似合いのカップルにみえた。

自分と来夢が歩いていたら、どんな関係にみえるだろうか？　母と息子？　姉と弟？

少なくとも、恋人同士よりは勘違いされる確率が高いに違いない。

美莉亜が、次々と指先で画面をスライドさせた。キスしている写真、じゃれ合っている写真、来夢が美莉亜をお姫様だっこしている写真……。

五臓六腑が焼け爛れそうな嫉妬の炎が燃え上がった。

ふたりは、どのくらいの年月つき合っていたのだろうか？　週に何度、肉体を重ね合わせていたのだろうか？

来夢も美莉亜も、ダンスをやっているので体力もあり、精力絶倫のはずだ。香澄にやっているように、言葉でイジメながら激しいセックスをしていたのか？　香澄にやっているように、恥骨が砕けるほど腰を打ちつけていたのか？

来夢にいろんな体位で責めたてられる美莉亜が眼に浮かぶ。

美莉亜は、みるからに肉食女子だ。欧米人並みに、激しいセックスに違いない。フェラチオは、根もとまでくわえ込むいわゆるディープスロートというやつか？

以前に脚本の取材でインタビューしたＡＶ男優が言っていたが、ディープスロートは亀頭が喉にあたり快感が増すらしい。体位は、ダンスで鍛えた腰使いで騎乗位が得意そうだ。

知性も品性も美莉亜には負けないが、セックスだけは自信がない。

来夢が美莉亜の夜のテクニックの虜《とりこ》になっていたとしたら、誘われたら応じてしまうのではないか？　応じるどころか、もう一度抱きたいと思っていたら……。

「三千万を、用意すればいいんでしょ！」

梅雨空の雨雲のように暗鬱に広がる危惧《きぐ》の念を打ち消すように、香澄は自分でもびっくりするような大声を出した。

「おばさんが三千万を用意するっての!?」

美莉亜が驚きに頓狂な声を上げた。

「そうよ。だから、二度と来夢君に近づかないで」

「へぇ、中年女の狂い咲きって、半端ないね」

美莉亜が、小馬鹿にしたように薄笑いを浮かべつつ言った。

「約束、守れるわけ？」

「逆にさ、おばさんに三千万とか用意できんの？」

「三、四日あれば、持って行けるわ」

定期預金を解約するのに、それくらいの時間は必要だ。

「わかった。じゃあ、とりあえず、パパには強制執行は待ってもらうから」

「来夢君にも会わないで」

「あ、それは無理」

にべもなく、美莉亜が拒否した。

「どうしてよ⁉　お金を払うって言ってるじゃないっ」

香澄は、気色ばんで身を乗り出した。

「受け取るまでは本当かどうかわからないし、来夢とは会うから。ひさしぶりに、エッチもしたいし」

「あなたね……」

「心配なら、早くお金作んなよ」

美莉亜が、ふてぶてしく言った。香澄は無言で立ち上がった。一刻も早く三千万を用意し、美莉亜を来夢から引き離したかった。

「あ、言い忘れたけど、このこと来夢には内緒にしといて」

「どうして?」

怪訝な表情で、香澄は訊ねた。

「来夢は変なとこくそまじめでプライド高いから、俺がなんとかするから三千万は用意しなくていいって言うに決まってるわ。配送員の来夢に、そんな大金、なんとかできるわけないんだから」

「内緒で私にこんな交換条件突きつけてるって知られたら、なんていやな女だと思われるわよね?」

皮肉たっぷりに、香澄は言った。

「はぁ!? おばさん、喧嘩売って……」

「言わないから、安心していいわよ。疫病神《やくびょうがみ》と、早くさよならしたいから」

眼を剝く美莉亜に背を向け、香澄はエスカレータに向かった。

☆

タクシーを降りた香澄は、赤ん坊をそうするようにボストンバッグを胸に抱き、住宅街を早足で歩いた。

自宅までの五十メートルほどの帰路を、香澄は何度も振り返った。後ろに人がいたら足を止め、追い抜かせた。正面から人が歩いてきたら、駆け足で擦れ違った。走ったり立ち止まったり首を巡らせたり……警官がいたら間違いなく職務質問されるだろう挙動不審ぶりだ。

それも、無理はない。香澄が抱き締めているボストンバッグには、三千万の札束が入っているのだ。

——十二時に、渋谷新南口駅前のコンビニにきて。

銀行が開くのと同時に解約した定期預金を受け取りに行ったので、美莉亜に指定された時間までまだ二時間あった。

大金を持って渋谷界隈《かいわい》で時間を潰すのは物騒なので、一度帰宅することにしたのだ。

マンションのエントランスに人影——香澄は足を止めた。引き返そうと踵を返した。

「香澄」

ふたたび、足を止めた。恐る恐る振り返った視線の先にいたのは、宅配便の制服を着た来夢だった。緊張に硬直した身体が、安堵《あんど》に弛緩《しかん》してゆく……。

「どうしたの？　いま、配達中でしょ？」

動揺を隠し、香澄は笑顔で訊ねた。

「そのバッグ、なに？」

香澄の質問に答えず、来夢は香澄が抱き締めるボストンバッグを指差した。

「あ、いや、これはね……その……」

咄嗟にごまかすことができず、香澄はしどろもどろになった。

「三千万だろ？」

「え……どうして、それを？」

「美莉亜の様子がおかしいから問い詰めたら、白状したんだ」

「美莉亜さんと会ってたの⁉」

香澄の胸に、一気に不穏な感情が広がった。

「会ってたっていうか、押しかけられたっていうか……」

――ひさしぶりに、エッチもしたいし。

蘇る美莉亜の声が、香澄の不安感を煽《あお》った。

「相手が会いたいって押しかけてきたらさ、誰だって簡単に応じるの？　それとも、元彼女の美莉亜さんは特別ってわけ⁉」

いけない、いけないと思いながらも、香澄の声は棘々しくなった。

「なんで怒ってるの？」

「べ、別に、怒ってないけど……彼女とは、もう、会ってほしくないのよ」

「だから、三千万を払うわけ？　お袋の借金を払わなきゃ、俺が美莉亜と縒りを戻すと思ってるんだ？」

「いえ……そうじゃないけど……」

「そうじゃないなら、なんなんだよ⁉」

来夢は珍しく、感情的になっていた。

「私はただ、あなたのお母様を楽にしてあげようと……」

「余計なお世話なんだよ！　誰が、そんなことをしてくれって頼んだよ⁉」

「でも……お金を返さないと、あなたのお母様に強制執行をするって言ってたから」

「だからって、なんで香澄が肩代わりするのさ？　香澄のお袋じゃないだろ⁉　俺ら稼ぎのない母子に、同情してるのか⁉」

「それは……」

あなたを独占したいから——胸奥の想いを、口にすることはできなかった。

「とにかく、お袋の借金は払わなくていい。勝手なことをしないでくれ」

来夢は冷たく言い残し、二十メートルほど先に停車している配送トラックに向かって駆けた。

「違うのよ……同情なんてしていない……」

香澄は、遠ざかる来夢の背中に呟きかけた。

13

美莉亜との約束の十二時には、まだ十分あった。

香澄は、三千万の入ったボストンバッグを胸にきつく抱き締めた。道行く人間がすべて、強盗犯に思えた。

——だからって、なんで香澄が肩代わりするのさ？　香澄のお袋じゃないだろ⁉　俺ら稼ぎのない母子に、同情してるのか⁉　とにかく、お袋の借金は払わなくていい。勝手なことをしないでくれ。

待ち合わせ場所にきたことを来夢が知ったら、ひどく怒るだろう。もしかしたら、別れを告げられるかもしれない。

どんなに苦しくても、決して楽な道を選ばずにまっすぐに歩く。そんな来夢だからこそ、香澄は好きになった。

肉欲だけではない。ひと回り以上年下だが、香澄は来夢を人間的に尊敬していた。もし、許されることなら……来夢がいいと言ってくれるなら、再婚してもいいとさえ考えていた。離婚歴のある四十女でいいのなら……。

「同情なんかじゃないのよ……」

香澄は呟いた。虚しさと切なさが込み上げた。

十歳とは言わない。あと五歳若ければ……せめて三十五歳なら、二十七歳の来夢とギリギリ釣り合いが取れる。

来夢と結婚できたとして、十年経てば自分は五十歳だ。一方、来夢はまだ三十七歳……脂が乗った男盛りだ。

そこから先は、一年経つごとにお婆ちゃんに近づく一方だ。

願い事をひとつだけ叶えてくれるというのなら、迷わず自分は時間を巻き戻すことを選ぶだろう。

携帯電話の着信音が、香澄を我に返した。液晶に浮かぶ「醜女《しこめ》」の文字――香澄は、通話ボタンを押した。

『おばさん、いまどこ？』

受話口から、いきなり美莉亜の高飛車な声が流れてきた。

「待ち合わせのコンビニにいるわ。あなたは、まだ……」

『コンビニの三軒隣にベージュの外壁のマンションがあるから、オートロックで五〇三号を呼び出して』

「え、どういうこと……」

一方的に、電話が切られた。

香澄はため息をつき、指定されたマンションを探した。ベージュの外壁のマンションはすぐにみつかった。

香澄は、エントランスに足を踏み入れた。オートロックのパネルボタン――五〇三号室のボタンを押した。

開錠するモータ音に続いて、扉が開いた。香澄はボストンバッグを抱く腕に力を込め、エレベータに乗った。五階のボタンを押した。緊張した面持ちで、香澄は上昇するオレンジ色の階数表示のランプを眼で追った。扉が開いた。エレベータを降りると、目の前が五〇三号室だった。

ドアの横のネームプレイトは空白だった。美莉亜の自宅マンションなのか？

生意気な小娘も、さすがに三千万の大金を外で受け渡しするのは怖かったのだろう。香澄は、インタホンを押した。

『開いてるから、入って』

スピーカーから、美莉亜の声が流れてきた。ドアノブを回した。

美莉亜の言うとおり、ドアは開いていた。

「入るわよ？」

ドアを開け、声をかけた。

「入ってきてって、言ったじゃん！」

部屋の奥から、偉そうな美莉亜の声が聞こえてきた。度重なる美莉亜の無礼な対応に、香澄の堪忍袋の緒が切れた。

「ちょっと、あなたね！　お金を肩代わりしてあげる私にたいして、さっきからその態度は……」

大声で美莉亜に抗議しながら室内に踏み入った香澄の身体が宙に浮いた。

叫び声は、誰かの掌に吸い込まれた。恐怖に青褪める視界が激しく揺れた。

床から浮いた足で宙を蹴り抵抗したが、背後から拘束する腕の力は強くビクともしなかった。

黒い目出し帽の男が視界に現われ、香澄の頬を平手で叩いた。激痛と驚愕《きょうがく》に怯んだ隙に、バッグを奪われた。

なにするの！　あなた達は誰！　バッグを返して！　香澄の絶叫が、声になることはなかった。

黒い目出し帽の男がドアを開けた。香澄は宙に浮いたまま、奥の部屋に連れ込まれた。

ベッドとソファがあるだけのシンプルな空間――いきなり、放り投げられた。

香澄を捕まえていた男――赤い目出し帽は、プロレスラーのようなガッチリしたガタイをしていた。悲鳴を上げベッドに転がる香澄を、ふたりがかりで押さえつけてきた。口に粘着テープを貼られ、左右の手とヘッドボードのパイプを手錠で繋がれた。スカートとパンティを剝ぎ取られ、両足首にチェーン付きの拘束具を嵌《は》められた。

あっという間の出来事に、わけがわからなかった。

ふたりは、強盗か？　だが、さっき美莉亜が対応に出たのはなぜ？　もしかして、美莉亜も強盗に捕まってしまったのか？　彼らの狙いが三千万なら、どうして下着を脱がされるのか？　動転と恐怖で、思考が凍てついた。

「おばさん、セクシーじゃん」

声の主――美莉亜が、ニヤニヤしながらドアに背を預けていた。

「剝がしてあげて」

美莉亜が言うと、黒の目出し帽が香澄の口から粘着テープを剝がした。

「こ……これは、いったい、どういうことなの⁉」

香澄は首を擡《もた》げ、美莉亜を睨みつけた。恐怖に声が裏返りそうになるのを懸命に堪《こら》えた。

「おばさんさ、歳の割にはおまんこピンク色してんじゃん」

美莉亜が手を叩いて大笑いした。

「どういうことなのか教えなさい！」

笑い声を打ち消すように、香澄は怒声を浴びせた。

「お金を払ってくれたお礼よ」

「お礼って……こんなことしておいて、ふざけないでちょうだい！」

「ふざけてないって。おばさんを愉しませてあげようと思ってさ。ふたりはＡＶ男優だから、エッチのテクがハンパないのよ。女も四十過ぎると性欲が凄いっていうじゃん？」

美莉亜の言葉に、頭の中が白く染まった。

「あ、あなた……なに言ってるの？　悪ふざけも過ぎると、冗談じゃ済まされないわよ？」

香澄は、パニックで霧散しかける平常心を掻き集めた。取り乱した姿をみせたくないというプライドの欠片《かけら》はまだ残っていた。

「だから、悪ふざけでも冗談でもないって言ってるじゃん。おばさんはいまから、彼らに電マされたりクンニされたりするんだよ。超羨ましいんですけどー」

美莉亜の声が鼓膜から遠のきかけた。

いやな予感が確信に変わった。わからないのは、彼女の意図だった。端《はな》から自分を嵌めるつもりでマンションを三千万の受け渡し場所に指定したのは間違いない。

しかし、こんなことをして、美莉亜にどんな得があるというのだ？　彼女が自分を嫌っているのは知っていた。だからといって、嫌がらせのためにここまでやるのは割に合わない。

「目的を……教えてちょうだい。三千万を用意した私に、どうして……こんなことを」

落ち着いて喋《しゃべ》っているつもりだったが、口の中は干涸び、声がうわずり始めた。

「おばさんがどれだけ淫乱な女か、来夢にみせるためよ」

美莉亜が言い終わらないうちにビデオカメラを構えた。

「なっ……」

絶句した――頭から、血の気が引いた。

「ば……馬鹿なことはやめなさい！　と、とにかく……お、落ち着いて話しましょう！　わ、私と来夢君のことが面白くないのはわかるけど……こ、こんなことしても……こんなことしても……」

舌が縺れた。言いたいことが、うまく言葉にならなかった。

「なにパニクってんの？　そんなに慌てなくても平気だって。縛られて無理矢理ヤられたんなら、来夢はおばさんのこと悪く思わないよ。けどさ、感じたらヤバいんじゃん？」

美莉亜が、鼠《ねずみ》をいたぶる猫のように愉しそうに言った。

「だからさ、大丈夫だと思うけど、絶対に感じちゃだめだよ。わかった？　お・ば・は・ん？」

「あなたって人は……」

恐怖、怒り、恥辱……様々な感情が、香澄の中で渦巻いた。だが、いまの香澄には逃げ出すことはおろか、蝿一匹追い払うこともできない。

「じゃあ、おばさんのこと気持ちよくしてあげて！」

香澄が言うと、赤目出し帽が香澄のワンピースを破き、ブラジャーを剝ぎ取って乳房を鷲摑みにした。

「なにするの！　いや……やめて！」

美莉亜の叫びなど聞こえないとでもいうように、赤目出し帽が香澄の乳首を吸い、舌先で転がした。

「いや……いやっ！」

嫌悪に、肌が粟立った。

突然、下半身に振動が走った。黒目出し帽が、秘部に電動マッサージ機を押し当てていた。骨盤全体が震え、振動が背骨を這い上がった。くすぐったさに、香澄は身体を捩った。

「電マはハンパないからね～。私なんてさ、それ使われたらキモいジジイでもびしょびしょになっちゃうし」

美莉亜が、カメラを構えながら腰をくねらせた。

電動マッサージ機の振動が、骨の髄まで響いた。くすぐったい感覚が、微妙に変化してきた。

「あれあれあれぇ～。おばさん、腰が動いてない？　もしかして、感じてんの⁉」

美莉亜が、嬉々《きき》とした表情でカメラを近づけてきた。

「そんなわけ、ないでしょ！」

香澄は、大声で反論した。

だが、赤目出し帽に愛撫されている乳首と、黒目出し帽に電動マッサージ機を押しつけられているクリトリスは勃起していた。下半身が、甘く痺れたようになり力が入らなくなった。

絶対に、美莉亜に悟られてはならない。声を出さないよう、歯を食い縛った。腰が動かないように、意識を集中させた。秘部が潤んでゆくのが自分でもわかった。単なる生理的反応に過ぎない——香澄は、自分に言い聞かせた。

だが、そうでないのは肉体が知っていた。認めるわけにはいかない。万が一にも、美莉亜が仕掛けたレイプ魔の愛撫に感じたりしたなら、自分はただの淫乱だ。

モータ音が大きくなった——黒目出し帽が、電動マッサージ機のスイッチを強くした。さらに強烈な振動が、香澄の下半身を襲った。意思とは裏腹に、甘く激しい電流が全身に広がった。

肉体が快楽に浸らないように、香澄は意識を逸らした。美莉亜の数々の侮辱を敢えて思い起こした。来夢と美莉亜がつき合っていた頃の性生活を敢えて想像した。腹の立つこと、不愉快なことを思い浮かべることで、迫りくるオルガスムスを遠ざけようとした。

赤目出し帽が香澄の左右の乳房を円を描くように揉みしだきながら乳首を交互に吸った。

香澄は、思わず漏れそうになる声を唇を噛むことで堪えた。電動マッサージ機の影響で、香澄の全身は息がかかっただけで反応するほどに敏感になっていた。このまま電動マッサージ機を秘部に押し当てられていると、それも時間の問題だった。

一秒ごとに、身体の火照りが広がった。一秒ごとに、秘部の疼きが強くなった。一秒ごとに、体温が高くなった。

「あれ？　おばさん、なんか肌がピンク色になってない？　もしかして……」

美莉亜がカメラを構えながら香澄に近寄り、秘部を指で触った。

「ほら！　ほら！　ほら！　来夢、みてるー⁉　これ、おばさんのラブジュース」

美莉亜が、ビデオカメラの前でピースサインを作った。人差し指と中指をくっつけたり離したりしながら、糸を引く香澄の愛液を強調した。

「来夢さ、このおばさん、超ヤバくない？　いきなり拘束された顔も名前も知らない相手の電マに感じてあそこびしょびしょにするなんてさ、マジありえないんですけどー。ようするにさ、このおばさんは、男好きの淫乱ババアなんだよ。来夢みたいな若くてイケてる男のコとつき合えてるだけでも幸せなのにさ、信じらんないよねー。電マ、マックスにしてさ、もうイカせちゃってよ」

ビデオカメラを通じて来夢に語りかけていた美莉亜が、黒目出し帽に命じた。

「やめて！　そんなふうに言わない……」

美莉亜に抗議しようとした香澄は、それまでとは明らかに違う強烈な振動に言葉を続けることができなかった。唸るようなモータ音に、誰かの声が重なった。

誰かの声——自分の声だった。

クリトリスも襞も子宮も骨盤も……その一切が、沸騰した甘い熱湯に長時間煮込まれたように蕩けてゆく……。

我慢するのよ！　誘惑の波に呑み込まれてしまったら、すべてが終わってしまう……来夢に軽蔑されてしまう。絶対に、絶対に……。

顎の関節が砕けてしまいそうなほど、奥歯を嚙み締めた。首筋に太い血管を浮かび上がらせた香澄は、激しく頭を振った。香澄の抵抗は、暴風雨に荒れた海をボートで乗り切ろうとするようなものだった。

「いやっ、もうやめて！　お願いっ……止めて……それを止め……あっ、あっ、あぅ……あ……あぁ……いやっ……いやぁー！」

涙で潤む視界――香澄の叫び声とともに、太腿の合間から勢いよく噴出した液体が、美莉亜の構えるビデオカメラのレンズを濡らした。

14

空気が漏れるような呼吸が、鼓膜に響き渡った。

視界が、涙に滲んでいた。全裸で両手足を拘束された香澄は、マットレスに転がる電動マッサージ機を虚ろな視線でみつめていた。

悪い夢に決まっている……絶対に、夢でなくてはならない。現実であるはずがなかった。

低く唸るモータ音、獣のような喘ぎ声、骨盤が蕩けるような快感――香澄は、頭を振った。

あれは、自分ではない。夢でなかったら、幻覚に違いない。

あんなに破廉恥で淫乱な女が……。もしそうだとしたら、舌を嚙み切りたかった。

だが、股間に残る甘い疼きが、つい数分前の出来事が、悪夢でも幻でもないことを証明していた。

「おばさん、想像以上の淫乱ね。マジ、ウケるんだけどぉ～」

美莉亜は、ソファに座りマニキュアを塗りながら香澄を嘲笑《あざわら》った。いつの間にか、目出し帽の男ふたりはいなくなっていた。

怒りも悔しさもなかった。あるのは、恥辱だけだ。

「彼と……別れさせるため?」

干涸びた声が、香澄の口から零れ出た。

「なにが?」

「彼と別れさせるために……こんなことを……?」

香澄は唇を嚙んだ――口にするだけで、絶望的な嫌悪感に襲われた。

「まさか。別れさせるのが目的なら、こんな面倒なことしないわ。だって、黙ってても飽きられて捨てられるのわかってるからさ。おばさんは、賞味期限間近の弁当と同じ」

美莉亜が、足をバタつかせて高笑いした。

「だったら……」

「三千万用意しなよ」

香澄を遮り、美莉亜が言った。

「三千万なら、渡したじゃないっ」

「これは、パパに返すぶんだから」

美莉亜が、テーブルに置いてあるボストンバッグに視線を投げ、あっけらかんと言った。

「それ……どういう意味よ？」

「おばさん、意外とトロいんだね。今度の三千万は、私のぶんだよ」

「なんですって⁉　その三千万で、もう、貯金は使い果たしたわ」

「だったら、別にいいよ。おばさんが電マで潮吹いてんの、来夢に観せるからさ」

美莉亜が、ビデオカメラを指差した。

「あなた……脅迫してるの？」

香澄は、怒りに震える声で言った。

「別に。払わないなら、それでもいいって言ってるじゃん。その代わり来夢が、おばさんのこと淫乱だって知るだけだよ。あ、そうそう、言い忘れたけどさ、来夢だけじゃないから。

おばさんが脚本書いてるテレビ局にも送ってあげるよ」

美莉亜が、クスクスと笑った。

「あなたって人は……」

香澄は、涙に潤む眼で美莉亜を睨みつけた。怒りと同時に、たとえようのない恐怖に襲われた。香澄が考えている以上に、美莉亜は恐ろしい女だった。

「警察に言うわ。これは、立派な脅迫よ。わかる？　私の心ひとつで、あなたは刑務所暮らしになるわ」

香澄は、恐怖心を悟られぬように厳しい口調で言った。

美莉亜のようなタイプは、弱いところをみせたら嵩《かさ》にかかって攻めてくる。ここで毅然《きぜん》とした態度で突っ撥《ぱ》ねなければ、一生、美莉亜に強請《ゆす》られる人生になってしまう。

「おばさん、逆に私を脅してるつもり？」

「脅しじゃないわ……警告よ」

香澄は、首を擡げ、美莉亜を見据えた。一歩も、退くつもりはなかった。ただでさえ屈辱を受けているのに、これ以上、小娘にいいようにされるわけにはいかない。

「ドラマの主人公でも演じてるつもり？　電マで吹いた潮でマン毛をカピカピにしてるくせにさ、なにかっこつけちゃってんの？　笑っちゃうんですけど！」

美莉亜が、怪鳥のようにけたたましく笑った。彼女の言葉のひとつひとつが、香澄のプライドをズタズタに切り裂いた。

「はやく帰って、三千万作ってきて」

美莉亜は言いながら、香澄の手と足の拘束具を外し始めた。

「本当に警察に……」

「言えばいいじゃない」

香澄の下着を投げつけつつ、美莉亜があっさりと言った。

「いいの？　あなた、捕まるわよ」

「だから、言えばいいじゃない」

美莉亜は、顔色ひとつ変えなかった。

ハッタリに決まっている。ここで認めてしまえば、イニシアチブを取られると考えたに違いない。学歴も品の欠片もない女だが、駆け引きの才能だけはあるようだ。

「まだ若いのに、刑務所生活に耐えられるわけ？　懲役二年はいくでしょうね。あなたみたいなタイプは、イジメられるわよ。それでも、いいって言うの？」

香澄は、揺さぶりをかけた。したたかだといっても、二十歳そこそこの小娘だ。駆け引きで、負けるわけにはいかない。

「おばさんさ、なにか勘違いしてるっしょ?」

美莉亜が腕を組み、薄笑いを浮かべた顔を香澄に向けた。

「勘違い? どういう意味?」

「私が警察に捕まるっていうことは、おばさんの潮吹き電マビデオを来夢が観るっていうことなの、わかってる? それから、私、前科ないし、未成年だし、最悪でも執行猶予だから」

「未成年ですって⁉ あなた、二十二歳じゃないの⁉」

香澄は、驚きに裏返った声で訊ねた。

「そんなおばさんじゃないって。十八だから」

「十八⁉」

香澄は、眼を見開いた。

「そう。だから、ちょっと脅したからって懲役なんかにならないって」

美莉亜が、勝ち誇ったように言った。

不意に、香澄の腕に鳥肌が立った。この女は、想像以上の悪女かもしれない。少なくとも、十八の少女のやることではない。

「未成年だからって、犯罪は犯罪よ」

香澄は、平静を装った。動揺を悟られてしまえば、骨の髄までしゃぶられそうな気がした。

「一週間、あげるから」

香澄の言葉など聞こえなかったとでもいうように、美莉亜が言った。

「え？」

「それまでに、三千万、用意して」

当然のように、美莉亜が命じた。

「だから、もう、そんな大金は用意できないって言ってるでしょ！　だいたい、二度と来夢に会わないでほしいから、彼のお母さんの借金を肩代わりしたのよ⁉」

「来夢とは会わないよ。信じられないなら、その金持ってけば？　ただそれなら、来夢とも会うし、電マビデオも観せることになるけどね」

美莉亜が、ボストンバッグを宙に翳した。

「その三千万は、約束を守るなら返さなくていいわ。でも、新たに三千万は……」

「無理ならいらな〜い。でも、安心していいよ。来夢と会ったりしないから。電マビデオは、宅配便で送っとくからさ。んじゃ！　連絡待ってるね！」

美莉亜は無邪気な子供のように手を上げ、そそくさと部屋を出て行った。

「ちょっと！　話はまだ終わってないわよ！」

香澄の悲痛な叫びが、無人の室内に響き渡った。

☆

パソコンの上に置いた十指は、キーの上でピクリとも動かなかった。

同じ格好でソファに座ったまま、もう二時間が過ぎていた。四ヶ月後にクランクインする連続ドラマの脚本の締め切りまで、十日もなかった。破天荒な女教師が主人公の学園物だが、まだ三分の一ほど残っていた。

仕上げなければならない……わかっていた。わかっていたが、頭になにも浮かばなかった。

低く唸る振動音、美莉亜の悪魔のような微笑、屈辱の中で迎えた絶頂——香澄の心は、三日前の悪夢に支配されていた。

——一週間、あげるから、それまでに、三千万、用意して。

鼓膜に蘇る美莉亜の声。期限まで、あと四日……。

「感じたからなによ！」

香澄は金切り声を上げ、ノートパソコンの蓋を乱暴に閉じた。見ず知らずの男に電動マッサージ機でイカされてしまったからといって、なにが悪い？　罪を犯したとでもいうのか？

ビデオを観た来夢が自分を軽蔑したなら、それまでの関係ということだ。ビデオを観た来夢が自分を嘲笑ったなら、それまでの男ということだ。

香澄は、自分に言い聞かせた。本当に、それでいいのか？　あんな恥ずかしい姿を来夢に観られて、耐えられるのか？　彼が自分に愛想を尽かさなかったとして、なにごともなかったように関係を続けられるというのか？

テーブルの上のスマートフォンが震えた。

液晶ディスプレイに浮かぶ名前——来夢。今日だけで、十回目だ。

三日間、香澄は一度も電話を取らなかった——取れなかった。

来夢と話すには、まだ心の整理がついていなかった。電話が切れると、次はメールを受信した。香澄は、スマートフォンを手に取り受信メールを開いた。


どうして、電話に出てくれないの？

俺、なにか怒らせることしたかな？

声が聞きたいから、電話をくれよな。


メールの文字を追っていた香澄の胸が、鷲掴みされたように苦しくなった。来夢に会いたかった……彼の逞しい腕に抱き締められたかった。

香澄は、電話帳から来夢の番号を呼び出した。ディスプレイの上で躊躇《ためら》う指先――電話をかけるかどうか迷った。香澄はため息を吐き、スマートフォンをテーブルに戻した。

「どうすればいいの……」

悲痛な声を、香澄は絞り出した。

美莉亜の脅しを強気に突っ撥ねたものの、内心、不安でたまらなかった。本音は、なんとしてでもビデオを取り戻したかった。しかし、来夢の母親の三千万を肩代わりしたいま、香澄の全財産は百万そこそこしかなかった。

倒れ込むようにソファの背に身を預け、香澄は眼を閉じた。瞼の裏に、スロットマシーンのようにいろいろな人間の顔が浮かんでは消えた。

五分、十分……。迷いに迷っていた香澄は心を決め、眼を開けるとふたたびスマートフォンを手に取った。

☆

「三千万⁉」

プロデューサーの丸重《まるしげ》の素頓狂な声が、「朝陽テレビ」の会議室に響き渡った。

どんぐり眼《まなこ》を見開き、口を半開きにした状態で丸重が香澄をみつめた。三ヶ月ぶりに会った旧知の脚本家に三千万を貸してほしいと頼まれたのだから、それも無理はない。

丸重は、十五年前に香澄が脚本家デビューしたときの二時間ドラマのプロデューサーだった。

概してプロデューサーは脚本家にたいして横柄な対応をする者が多いが、彼は違った。十五歳上の丸重は、右も左もわからなかった新人脚本家に親切にノウハウを教えてくれた。大らかで人情家の丸重のことを、香澄は実の兄のように慕っていた。

「……はい」

香澄は、力なく頷いた。

「そんな大金、なにに使うのさ？」

丸重が、我に返ったように訊ねてきた。

「ちょっと、いろいろありまして……」

香澄は、曖昧に言葉を濁した。

「まさか、ホストとかに嵌まってるとかじゃないよな？」

「違います」

即座に否定したものの、若い男性が関係しているという点では同じだった。

「じゃあ、どうして？」

「実は、弟が大病を患《わずら》ってまして……」

咄嗟に、口を衝く嘘。香澄の弟は、カナダで日本食の店を経営している。

「大病？」

「ええ。弟は腎不全で透析治療を受けているんです」

嘘の上塗り——罪悪感が膨らんだ。

「そうなんだ。透析って、金かかるらしいな」

「はい。週に四日は六時間の透析治療を受けるので仕事もできなくて、借金がかなり嵩んでいて……」

香澄は唇を嚙み俯いた。ビデオを取り戻すために、妹のように心配しかわいがってくれている丸重にでたらめを並べ立てる自分がいやになった。

「なるほど。そういう事情があったんだね。でもさ、俺はサラリーマンだから、三千万なんて大金用意できないぞ？」

「可能なかぎりでいいんです」

「可能なかぎりっていっても、マイホームのローンも残ってるし、次女が来年は大学に入るし……本当に余裕がないんだよ」

丸重が、苦悶《くもん》の表情で香澄をみつめた。

「私の仕事を担保に、局から借り入れできないですか？」

香澄は、核心を口にした。

三人の子供がいる丸重には、端からあまり期待していなかった。香澄の青写真は、脚本を書くことが決まっている半年後の連続ドラマのギャラを前借りすることだった。

脚本家のギャラは、ゴールデン帯か深夜帯かでも開きがあり、ランクによってピンからキリまである。全十話の連続ドラマの場合、一話いくらという計算が一般的だ。ゴールデン帯でいえば、新人は一話五万から十万、香澄クラスの売れっ子で五十万ほどだ。だから、香澄がドラマを一本書けば五百万相当のギャラになる。

「いやぁ……書き始めている作品ならまだしも、半年後にスタートする仕事のギャラの前借りっていうのは難しいよ」

丸重が、困惑の表情で言った。

「でも、貸し倒れにはならないお金ですから」

「君も、よく知ってるだろう？　役者がドタキャンしたりスキャンダル起こしたりでドラマが飛んじゃうことも多々あるってことを」

「そこをなんとか、お願いします。どうしても、お金が必要なんです」

香澄は、縋《すが》るような瞳を丸重に向けた。

「困ったな……。弟さんのことを考えるとなんとかしてやりたいが、どうしたもんかな……」

丸重が、腕組みをして苦渋に顔を歪めた。

弟の透析治療の金がいるという香澄の嘘を微塵《みじん》も疑わずに真剣に悩んでくれている丸重に、申し訳ない気持ちで一杯だった。

本当は、知らない男達に電動マッサージ機で愛撫されて潮を吹いている姿を撮られたビデオを買い取るための金だと知ったら……口が裂けても言えなかった。

罪の意識を感じる必要なんてない。弟が透析治療を受けているというのは嘘でも、自分が被害者なことに代わりはない。

それに、金を貰うわけではない。働いて返すのだから、なにも引け目を感じることはないのだ。香澄は、良心の呵責《かしやく》を封じ込めるように己に言い聞かせた。

「お願いします」

香澄は椅子から立ち上がると、丸重の足もとに土下座した。

プライドが、音を立てて崩れてゆく。あんな小娘のために……。悔し涙が、睫《まつげ》を濡らした。

三千万が必要な理由が、情けなさ過ぎた。まだ、ホストに狂っている女のほうがましかもしれない。自分が美莉亜に受けた屈辱は、ドラマにさえできないような下劣なものだった。

「香澄ちゃん、そんなこと、やめてくれよ。ほら、顔を上げて」

慌てて丸重が、香澄の腕を取り立ち上がらせた。

「局のほうに前借りを頼むのは無理だけど、二百万くらいなら、なんとか掻き集めて貸すことはできるよ」

丸重が、椅子に腰を戻しながら言った。

「え……」

「それとも、二百万じゃ焼け石に水か……」

「そんなことないです。物凄く助かります」

香澄は、即座に否定した。

内心、丸重からは最低五百万を皮算用していた。しかし、二百万でもないよりましだ。なにより、住宅ローンやら子供の学費で家計が苦しい中、香澄のために金を工面してくれようとしている気持ちが嬉しかった。

「いつ、必要なんだ？」

「急で申し訳ないんですけど、明後日にはほしいんです」

美莉亜に切られた期限は一週間――もう、四日しか残っていない。丸重から二百万を借りられるにしても、まだ二千八百万足りない。仕事の関係者に金の無心に回っても、一千万に届くかどうかといったところだ。

美莉亜が、金額を負けてくれるとは思えない。最悪、期日を延ばしてくれるよう頼み込むしかない。

「明後日か……わかった。なんとかするよ」

「ありがとうございます」

香澄は、深々と頭を下げた。

「疑ってるわけじゃないけど、本当に、弟さんの透析治療のお金が必要なんだよね？」

言葉とは裏腹に、丸重の瞳には懐疑のいろが浮かんでいた。

「どういう意味ですか？」

「いや、気を悪くしてほしくないんだけど、香澄ちゃんについてあまりよくない噂が広がってるんだ」

言いづらそうに切り出す丸重をみて、香澄はいやな予感に襲われた。

「よくない噂って、どんな噂ですか？」

「君が若い男の子と不倫してるって噂さ」

やはり……予感は当たっていた。

——おとなしく聞いていれば、好き勝手なことばかり言ってさ！　若い男を連れ込んで不倫してるような色情狂に、局の未来がどうこうなんて語ってほしくないよ！　――俺あてに電話が入ってさ。家を飛び出して若い男と浮気してるような女に、ゴールデンみたいな影響力ある時間帯のドラマを書かせていいのか？　ってね。

「東京テレビ」の田部プロデューサーの声が、香澄の記憶に蘇った。

自分への嫌がらせのために、信一が電話をしたのだった。テレビ局は狭い業界で、局は違ってもプロデューサー同士は交流があるので、香澄の不倫話が丸重の耳に入っても不思議ではない。

「交際している男性がいるのは事実ですが、お金を借りることとは関係ありません」

香澄は、眉ひとつ動かさずに即答した。時間をかけてしまえば、動揺を悟られてしまいそうだった。

「そうか。香澄ちゃんの言葉を信じるよ。だけど、気をつけたほうがいい。君も知ってのとおり、テレビ業界はスポンサー命だ。スキャンダルに気をつけなきゃいけないのは、タレントばかりじゃない。プロデューサー、監督、脚本家……ドラマ作りにかかわっている人間すべてが、写真誌にスクープされるようなことがあってはならない。誰かひとりのせいで連ドラが中止なんてことになったら、数千万単位の違約金じゃ済まなくなる。俺らテレビマンはスキャンダルに敏感だから、噂だけでも警戒する生き物なんだ。俺の言いたいことはもうわかるだろうけど、これ以上妙な噂が広がるとオファーを出しづらくなる。つまり、干される可能性があるってことだ」

口では厳しいことを言っているが、丸重が自分のことを心配してくれているのが伝わった。

「お言葉ですけど、夫とは離婚を前提に別居中ですし、不倫じゃありません。私も彼も、お互いに真剣交際です。たしかに、彼はかなり年下ですが、でも、それは悪いことじゃないでしょう？」

遠慮がちながら、香澄は反論した。来夢との関係について認めた上で、ここまで熱く語ったのは初めてだ。丸重なら理解してくれるだろうという、信頼感がそうさせた。

「離婚を前提にしてるだけで、離婚届は書いてないだろう？　十年別居してようが、君が人妻であることに変わりはない。人気女性脚本家、ドラマを地で行く年下男性との不倫愛……なんて写真週刊誌にすっぱ抜かれてみろよ？　旦那とは離婚するつもりで別居してるとかの言い訳が通用すると思うか？」

たしかに、丸重の言うとおりだった。戸籍上、自分は信一の妻だ。妻である以上、ほかの男性との逢瀬《おうせ》を重ねるのは不貞行為になる。信一も、それをわかっているからこそ、「東京テレビ」に密告の電話を入れたのだろう。

「わかりました。丸重さんのアドバイスを、真剣に考えてみます。お金のほうは、よろしくお願いします」

香澄はソファから立ち上がり、もう一度、深く頭を下げると会議室をあとにした。

☆

自宅までの五十メートルほどの道程……香澄の足は、棒になったように重かった。「朝陽テレビ」を出てからずっと、香澄は思考をフル回転させていた。

丸重のアドバイスを真剣に考えてみると言ったのは、来夢と別れるかどうかについてではない。信一とはいずれ離婚する。そうなれば、来夢とも堂々とつき合える。

香澄が思い悩んでいるのは、真実を告げるべきではないのか？　ということだ。

真実——屈辱の「悪夢」……暴行魔に電動マッサージ機を押しつけられ絶頂に達してしまったこと。しかも、潮まで吹いて……。

あんなビデオを観られたら来夢に嫌われてしまうという恐怖で、美莉亜の脅しに屈して、知り合いのプロデューサーに三千万を無心した。

だが、そんなことまでして守り通すことが本物の愛なのか？　真実の愛を求めるならば、来夢になにもかもを話すべきではないのか？

もし、それで来夢に愛想を尽かされるのならば……ふたりの関係はそれまでということだ。

香澄は、自分の爪先をみつめながら思考を巡らせた。

「香澄」

名前を呼ぶ声に、香澄の胸はときめいた。顔を上げると、視線の先に思い詰めたような顔をした来夢が作業服姿で立っていた。

「来夢君……」

「電話に出ないから、心配で仕事を抜け出してきちゃったよ」

来夢は言い終わらないうちに、力強く香澄を抱き寄せた。

15

目覚まし時計の秒針が、リビングに乾いた音を刻んでいた。

ソファに座った香澄は、ティーカップの琥珀色の液体に虚ろな視線を落としていた。隣に座っている来夢は、心配げに香澄をみつめていた。

もう十分以上、香澄は沈黙を続けていた。その間、来夢も口を閉ざし香澄の言葉を待っていた。

「悪いけど、今日のところは帰ってくれる？」

香澄は、感情を殺した抑揚のない口調で言った。

「どうして、そんなに冷たく言うの？　俺が、なにかまずいことした？」

来夢が、哀しげな表情で言った。

「誤解よ……。あなたは、なにもまずいことなんてしてないわ」

慌てて、香澄は否定した。

「だったら、どうして？　もしかして、俺のこと嫌いになった？」

「そんなわけないでしょう！」

香澄は、反射的に来夢の腕を摑んだ。

誤解されたくなかった。来夢を嫌いになれたら、どんなに楽だろうか？　嫌いになるどころか、来夢への想いは募るばかりだった。

「じゃあ、電話にも出ないで……」

「新作映画の内容が進まないの」

来夢の言葉を、香澄はでたらめで遮った。

「新作映画の内容って、脚本のこと？」

香澄の嘘に、来夢が乗ってきた。

「うん。主人公の妻がレイプされて感じてしまうんだけど、そのときに夫はどういう心境なんだろうっていうのがわからなくて、筆が進まないのよ」

香澄は、ため息をついてみせた。言い逃れのために脚本のでたらめ話を出したが、来夢の気持ちを探る目的もあった。

「夫の心境って？」

「たとえばなんだけど、もし来夢君が脚本に出てくる夫だったとして、レイプされた奥さんが感じてたら、どう思うかを知りたいの。そのへんの男心がわかってないと、リアリティのある物語にならないような気がして……」

「なんだ。それで悩んでたんだ？」

疑いなく安堵の表情でアイスコーヒーのグラスを傾ける来夢に、香澄は頷いた。

「いい物語を書けなくなったら死活問題だから、私にとっては重要なことなのよ」

「つまり、俺が結婚していて、奥さんがレイプされて感じたら許せるかってことだろ？」

香澄は頷いた。あくまでも、執筆のための取材、というような顔をしていたが、鼓動は早鐘を打っていた。

「正直、許せないな。普通なら、知らない男に襲われたら怖くて感じるどころじゃないと思うんだ。それなのに感じてしまうなんてありえない……相当な淫乱だよ」

来夢が、吐き捨てるように言った。相当な淫乱……。

香澄は、心臓にアイスピックを突きたてられたような衝撃を受けた。

「香澄も、そう思うだろ？」

「そ……そうね。でも、感じてしまった奥さんのほうもショックでしょうね。だって、大好きな旦那さんに軽蔑されるんだもの」

香澄は、たとえ話の中の妻をさりげなく庇《かば》った。

「え⁉　冗談だろ⁉　そんなの、自業自得じゃん。だって、考えてみてよ。もし俺がさ、知らない女に縛られて無理矢理触られてさ……勃起してイっちゃったら、香澄はどう思う？　絶対、許せないだろ？」

来夢がほかの女性の手によってイカされたら……考えただけで、内臓に火がついたような嫉妬心を覚えた。

「それは、そうよね。じゃあ、離婚する？　それとも、一度だけなら許す？」

香澄は軽い感じで質問したが、内心、心臓が破裂しそうだった。

「許すとかの問題じゃないよ。即行で離婚さ」

にべもなく、来夢は言った。

「気持ちはわかるけど、少し厳しくない？」

強張りそうな顔で、香澄は懸命に笑顔を作った。

「全然、厳しくないって。男にならだれでもイカされるなんて、そんな女とセックスしたくないよ。香澄は、ほかの男に愛撫されたら感じるのか？」

「……か、感じるわけないでしょ！」

必要以上に大声を張り上げた香澄に、来夢が驚いた顔をした。

「ありがとう。参考になったわ。私、締め切りがあるから、今日は帰ってもらっていい？」

「え……あ、うん。じゃあ、行くよ」

不機嫌な表情で言って、来夢が腰を上げた。

「ごめん。怒ったの？」

「いいや。香澄は売れっ子だから仕方ないよ。またな」

視線を合わせずに嫌味を言うと、来夢はリビングから出て行った。

香澄は、彼の背中を見送ることができなかった。心配してきてくれたのに、追い出すように帰したのだから、来夢が気を悪くするのも無理はない。だが、いまの香澄には至急やらなければならないことがある。

——許すとかの問題じゃないよ。即行で離婚さ。

聞いたばかりの来夢の嫌悪感に満ちた声が蘇り、香澄の脳みそを凍てつかせた。美莉亜がDVDを来夢に送ってしまったら、取り返しのつかないことになる。考えていたよりも、事は深刻だ。

電動マッサージ機を陰部に押し当てられよがり声を上げるだけでなく、潮まで吹いた自分の痴態を眼にしたならば、来夢は愛想を尽かすに違いない。なんとかしなければ……。

香澄は、携帯電話を手にした。

☆

「『朝陽テレビ』の連ドラの仕事も決まっていますし、返済のほうは間違いなくできますから」

香澄の携帯電話を握る手が、じっとりと汗ばんだ。

『でも香澄ちゃん、一千万もの大金なんて用意できないよ。どうしてそんな大金が必要なの？』

「日東メディア」の社長の花山《はなやま》が、困惑した声で言った。

「日東メディア」は「朝陽テレビ」のドラマ制作を請け負っている制作会社で、香澄は過去に二時間ドラマの脚本を書いたことがある。

「弟が腎不全を患ってまして、人工透析を受けていて治療費がかかるんです。本当は三千万近くかかるのですが、さすがにそこまではお願いできないと思いまして……」

弟の腎不全の話は嘘だが、一千万では足りないというのは本当だ。

「朝陽テレビ」の丸重が二百万を用意すると約束をしてくれたが、美莉亜にＤＶＤの買取額として要求されている三千万には二千八百万も及ばない。だが、中小企業の経営者である花山に三千万の借金を申し込むのは酷だ。

一千万でも無理なら、五百万……いや、三百万でもいい。トータルで三千万を揃えるつもりだった。

『なんとかしてあげたいのは山々だけど、ウチも不景気で苦しくてね。とてもじゃないけど一千万なんて大金は……』

「五百万でもいいので……いいえ、社長が大丈夫な額で構いませんから、お願いしますっ」

香澄は、携帯電話を耳に当てたまま頭を下げた。

『そんなこと言われても……。あのさ、脚本を書く「朝陽テレビ」で借りれば？』

「もう、借りました。ただ足りなくて、だから、花山社長に頼んでいるんです」

『困ったな……。私が借りたいくらいで、人に貸す余裕は本当にないんだ』

花山が、苦しげな声で言った。

「百万でも……」

『ごめん、忙しいから、じゃあ』

一方的に、電話を切られた。受話口から聞こえる発信音が、香澄の鼓膜を虚しく震わせた。意気消沈している暇はない。

「もしもし？　おひさしぶりです」

次にかけたのは、映画監督の八代《やしろ》だった。新作映画に金がかかるという理由で断られた。三人目は劇団主宰の中島《なかじま》、四人目は広告代理店部長の富永《とみなが》、五人目はテレビ局プロデューサーの西《にし》――立て続けに断られた。

断られる人数が増えるたびに香澄には余裕がなくなり、焦りが相手に伝わる悪循環に陥った。来夢が帰ってから一時間電話をかけ続け、二十人以上に断られた。

さらに一時間、金を都合してくれそうな仕事関係者や友人に電話をかけた。

香澄はソファに背を預け、大きなため息を吐いた。

結局、四十人近くに借金を申し込み、三人から合わせて三百万を借りることができた。最初に借りた丸重の二百万と合わせても、五百万にしかならない。あと二千五百万……。

金を無心する知り合いも、尽きてしまった。美莉亜に切られた期限まで、あと四日しかない。なんとしてでも、四日で二千五百万を集めなければならない。

クレジットカードのキャッシング枠は五十万が限度額だ。銀行に申し込み融資を受けられたとしても、一ヶ月以上はかかってしまう。

香澄は身を起こしパソコンを立ち上げると、大口融資、のキーワードを検索した。

50万即日融資！　多重債務者でもＯＫ。セントラルファイナンス
１００万までならスピード融資！　保証人不要。サポートローン
女性専門。秘密厳守。50万即決！　レディースローン
即日１００万融資！　担保不要。大洋ファンド

物凄い数の貸し金業者の情報が検索ページを埋め尽くした。ヒット数は二十万件を超えていた。

保証人もいらずその日のうちに融資してくれる金融業者がこれほどまでに多いとは、驚きだった。だが、上限はどこも百万が限度で、それ以上の額になると不動産などの担保が必要だった。

無担保で大口融資の金融業者を求めて、香澄はネットサーフィンを続けた。やはり、どこも無担保だと百万までだった。担保がないので仕方がないが、百万だと二十五件も借りなければならない。

その前に、借りられればの話だ。借り入れ件数が増えれば多重債務者となり、審査も厳し

くなってゆくに違いない。

無担保、保証人不要。５００万〜５０００万。大口専門　アシストファイナンス

諦めかけたときに、香澄はある広告で視線を止めた。

いままでみた中で、一番高額融資を謳《うた》っている金融業者だった。上限が五千万なら、二千五百万を借りるのも不可能ではないような気がした。

携帯電話の番号ボタンを押そうとした指先を、香澄は宙で止めた。本当に、大丈夫だろうか？　広告文を鵜呑《うの》みにするのは、危険かもしれない。もし、ヤクザの経営だったら大変なことになる。

しかし、ほかに二千五百万を調達する方法はない。怪しそうなところだったら、電話を切ればいいだけの話だ。自分に言い聞かせ、香澄は番号ボタンを押した。

『お電話ありがとうございます。アシストファイナンスでございます』

きちんとした電話の出方をする女性の声を耳にし、香澄の不安は半減した。

「あの、広告をみてお電話しているのですが、融資の申し込みは電話でも大丈夫ですか？」

恐る恐る、香澄は切り出した。

『はい。大丈夫です。お申し込み頂いてから三十分ほどお時間を頂ければ、審査結果がわかります』

「あの、私が申し込んだこと、外に漏れることはないですよね？」

香澄は、不安のうちのひとつを訊ねた。

『当店は秘密厳守なのでご安心ください』

「わかりました。じゃあ、お願いします」

『では、お名前と生年月日からお願いします』

女性スタッフに促された香澄は、住所、仕事、家族構成を告げた。

『脚本というのは、ドラマですか？』

「ドラマが中心ですが、オファーがあれば映画も書きます」

『失礼ですが、これまでにどんな作品を書いてこられたか教えていただけますか？』

香澄は、過去に執筆した中でも、評判のよかった三本の連続ドラマと二本の大作映画のタイトルを口にした。

『「サマーバケーション」、私も観ました！　凄い方なんですね！』

女性スタッフが、声を弾ませた。褒められて嬉しく思うところだが、香澄は複雑だった。

金融会社に借金の申し込みをしている女が、「凄い方」なはずがない。

「いえ、役者さんが素晴らしかっただけですよ」

香澄は適当な謙遜《けんそん》で受け流した。いまは、自尊心を満たすことよりも一刻もはやく三千万を揃えることしか頭になかった。

『ご希望の金額は、おいくらでしょうか？』

「あの、担保とかないんですけど、高い金額でも大丈夫なんでしょうか？」

『審査が通れば、五千万まではご融資可能です』

無担保で五千万まで融資可能など、信じ難かった。やはり、危ない会社なのだろうか？しかし、いまの香澄には危険な橋でも渡らなければならなかった。

「じゃあ……二千五百万……でもいいですか？」

香澄は、遠慮がちに訊ねた。

『はい、二千五百万ですね。では、三十分前後で折り返しご連絡いたしますからお待ちください』

女性スタッフは拍子抜けするようにあっさり言うと電話を切った。

香澄はソファに凭れかかり、大きく息をついた。緊張に心臓が激しく鳴り、喉がからからに渇いていた。融資を申し込むだけで、こんなに疲れるとは思わなかった。

審査を断られるのは、眼にみえていた。仕事関係者、友人、金融業者に借りられないとなればどうすればいいのだ？　背筋を這い上がる焦燥感……香澄はパソコンで金融業者の検索を再開した。

可能性がゼロでないかぎり、やめるわけにはいかない。香澄は、充血した眼でディスプレイの活字を追った。

☆

新宿の靖国通り沿いの雑居ビルの前で、香澄は足を止めた。

出会い系カフェ、ガールズ居酒屋、セクシーパブ……「アシストファイナンス」と同じビルに入るテナントの看板をみた香澄は、ついさっきまでの高揚した気分が一気に不安感に変わった。

——二千五百万は無理ですけれど、一千万までならご相談に乗れますが、いかがなさいますか？

予想に反して、香澄の審査が通った。希望額の半額以下だが、逆に、それが香澄を安堵させた。二千五百万の融資がＯＫと言われたら、怖くなり断ったかもしれない。

いい会社と出会えた——その気持ちも、怪しげで淫らな看板を眼にした途端に吹き飛んだ。

こんなビルにオフィスを構えているなど、危ない会社に決まっている。

帰ろうと思い踵を返しかけた足を、香澄は止めた。会社の様子を覗いてから決めても遅くはない。

思い直した香澄は、ビルのエントランスに入った。エレベータに乗り、三階で降りた。

「アシストファイナンス」のプレイトが貼られているスチールドアが視界に入った。自動ドアでないところが、胡散臭さに拍車をかけた。

香澄が帰ろうかどうしようか迷っていると、不意にドアが開き制服姿の女性が現われた。

「片岡香澄さんですか？」

「えっ……」

突然、フルネームで呼ばれて香澄は絶句した。

「あ、映ってたので、申し込みのあったお客様かと思いまして」

制服姿の女性が、天井を指差した。見上げた香澄の視線の先——天井の隅に、監視カメラが設置されていた。

「お金を扱う仕事で、なにかと物騒なもので……あ、私、片岡さんの申し込み電話を受けました支店長の神田《かんだ》と言います」

人懐っこい笑顔の女性……神田が支店長とは驚きだった。だが、「アシストファイナンス」にたいする警戒心は半減した。

「とりあえず、お入りください」

無邪気な笑顔に引き込まれるように、香澄は店内に入った。

☆

モノトーンで統一された社内は、ビルの外観のイメージとは打って変わって洒落《しゃれ》ていて、美容関係と言われても頷けそうだった。スタッフが女性ばかりなのも、香澄の驚きに拍車をかけた。

「こちらへどうぞ」

神田が、香澄をパーティションで仕切られた個室に案内した。応接テーブルにはフラワーバスケットが置いてあり、室内にはほんのりと花の香りが漂っていた。

「早速ですけど、融資の場合は五百万まで可能です」

ソファに座るなり、神田が切り出した。

「融資の場合って……ほかに、なにかあるんですか？」

「投資であれば、片岡さんなら二千万は行くと思いますよ」

「投資？　誰が、誰に投資するんです？」

神田の言っている意味が、香澄にはわからなかった。

「出資者が片岡さんに投資をするんです」

神田が、にっこりと微笑んだ。

「でも、私は、事業もやっていませんし、投資を受けるなんて無理です」

「いいえ。ウチの出資者は事業にではなく、片岡さん個人に投資をします」

「私個人に……？　まったく、意味がわからないん……」

「とりあえず、行きましょう」

香澄の言葉を遮るように、神田が立ち上がった。

「え？　どこにですか⁉」

香澄は、神田を見上げて訊ねた。

「出資者のところにです」

当然のように、神田は言った。

「ちょっと、待ってください。なんだか、怖いです。私は、融資を受けにきたんです」

「融資でもいいですけど、五百万までですよ？　投資なら二千万も見込めます。投資者に条件を訊いてみて、いやなら断ればいいだけの話ですよ。まずは、行くだけ行ってみましょう」

香澄の返事を待たずに、神田が個室から出て行った。慌てて腰を上げた香澄は、不安と危惧を胸に抱えながら神田のあとを追った。

16

新宿御苑近くに建つ古びた煉瓦《れんが》造りのマンションを見上げた香澄の胸は、不安に支配された。


「やっぱり、私、やめておきます」

香澄は、エントランスに入ろうとする神田の背中に声をかけた。

「いまさら、なにを言ってるんですか？　出資者のお忙しい光井《みつい》社長に予定を空けていただいているので、会うだけでもお願いします。ウチも大事なお得意様なので、アポをキャンセルすると印象が悪くなるので困ります」

神田が、困惑した表情で言った。

「そんなことを言われても困ります。私は貴社に融資を受けにきたんです」

「さきほども言いましたが、融資だと五百万が限度で片岡さんのご希望額には遠く及びません。ですが、個人投資なら二千万は可能です。話を訊いて、いやならやめればいいんですよ」

「でも……」

「とにかく、行くだけ行ってみましょう」

神田に人懐っこい笑顔を向けられ手を引かれると、香澄は抗えなかった。

マンションのエントランスは、薄暗く冷え冷えとしていた。香澄は、神田のあとに続きエレベータに乗った。

「光井社長は、どんなお仕事をなさってるんですか？」

不安を払拭《ふっしょく》するように、香澄は訊ねた。ヤクザ関係の人間なら、たまったものではない。

「芸能関係のお仕事です。売れてるタレントさんが何人も所属している大手のプロダクションですよ」

芸能関係と聞いて、新たな危惧の念が生まれた。脚本家という仕事柄、香澄は芸能プロダクションとの繋がりが深い。光井が、もし、知り合いのプロダクションの経営者だったら……。

エレベータは十階で止まり、扉が開いた。一〇〇二号室のドアの前で立ち止まった神田がインタホンに伸ばした手を、香澄は押さえた。

「プロダクションの表札が出ていませんけど……」

「ここは、社長が書斎として使用されてる部屋です」

「ええ。社長のご自宅は小田原なので、翌朝早いときや遅くまで仕事をしているときにここに泊まってらっしゃいます」

神田は言いながら、インタホンを押した。

『開いてるから入って』

スピーカーから、中年男性の野太い声が流れてきた。神田はドアを開け、振り返ると香澄を促すように頷いた。香澄は、覚悟を決めて玄関に足を踏み入れた。神田の言うとおり、話を訊いて、いやならば断ればいいいだけだ。

「失礼します」

神田が声をかけ、廊下の突き当たりのドアを開けると、ペルシャ絨毯《じゅうたん》が敷き詰められた洋間が視界に広がった。

王朝宮殿にあるような金箔で縁取った白革のソファ、猫脚のロココ調のテーブル、壁にかけられたシャガールの絵……バブル時代の匂いが色濃く残っているリビングは、お世辞にも趣味がいいとはいえなかった。

「適当に座ってくれ」

ソファにふん反り返るピンクのポロシャツ姿の中年男性が、ロングソファを手で示した。


「書斎……」

オイルを塗ったようにテカテカに光った陽灼け顔、力士のように突き出た太鼓腹、無理矢理組んだ短い足……促されるままソファに座った香澄だったが、この部屋にきたことを早くも後悔していた。

「お忙しいところありがとうございます。こちらが、お電話でお話しした片岡香澄さんです」

神田に紹介された香澄は、微笑み小さく頭を下げた。

「きれいだねぇ〜」

期待を裏切らない第一印象どおりの嫌悪感——光井が、舐め回すような視線を香澄の全身に這わせた。

「あんた、脚本家なんだって？」

光井が、横柄な口調で訊ねてきた。

「はい。ドラマを中心に書かせていただいています」

香澄は、笑顔を絶やさないように心がけた。個人投資の話は断るにしても、光井は芸能関係者なので失礼な態度を取るわけにはいかない。後々、仕事に影響が出ては困るからだ。

「俺の会社は『太陽プロ』だ。知ってるだろ？」

「ええ、もちろんです。業界最大手のプロダクションですから」

平然を装っていたが、内心、香澄は動揺していた。光井に言ったように、「太陽プロ」は大手の老舗《しにせ》であり、香澄が描いたドラマに何人も所属タレントが出演している。もし、光井が業界に噂を流してしまえば、脚本家として仕事に支障が出てしまう。

「太陽プロ」の売れない俳優を捩《ね》じ込んでくる可能性も考えられる。どちらにしても、かかわらないほうがいい相手であるのはたしかだった。

「二千万、必要なんだって？」

いきなり、光井が核心に切り込んできた。

「え……あ……はい……」

神田の手前、嘘をつくわけにはいかず曖昧に言葉を濁した。

「売れっ子脚本家が、どうして？　稼ぎもいいだろう？」

光井が、なにかを探るように黄色く濁ったどんぐり眼で香澄を凝視した。

「ええ、まあ。いろいろ、物入りでして……」

香澄は、どのタイミングで帰るか迷っていた。断りかたひとつで、光井の気を悪くしてしまいかねない。

「融資では五百万が上限で、それで、片岡さんには個人投資のご案内を差し上げた……」

光井に説明する神田の声を、携帯電話の着信音が遮った。

「ちょっと、失礼します。お話を進めていただいて結構ですから」

神田は携帯電話を耳に当てながら香澄と光井に言い残し、部屋を出た。室内の空気が、一気に重くなった。

「ホストにでも入れ揚げたか？」

光井が、下卑た笑いを浮かべて訊ねてきた。

「弟が腎不全を患って、人工透析を受けなければならないんです」

もう何度もついている嘘なので、真実だと錯覚しそうになる。

「まあ、理由はなんでもいい。ようするに、金を出せばなんでもするんだろう？」

どこまでも横柄な光井を、何度生まれ変わっても金輪際好きになれそうもなかった。

「でも、もう、大丈夫ですから」

意を決して、香澄は切り出した。これ以上、光井と同じ空間にいるのは我慢ならなかった。

「なにが大丈夫なんだ？　二千万が必要なんだろう？」

「ですから、もう……」

「ほら」

テーブルに積まれた札束に香澄の視線が吸い寄せられた。

「二千万だ。俺と契約するよな？」

「契約って、なんの契約ですか？」

――そんなことを訊いてどうする？　早く、腰を上げ、ここから立ち去りなさい。

心の声が、香澄に命じた。

「投資だよ、投資。俺がお前に投資する。お前は俺に見返りを与える。それだけの話だ」

「投資とか見返りとか、私はなにをやればいいんですか？」

「俺が会いたいときに会って、やりたいことをやるんだよ」

「え？」

香澄は、訝しげに眉をひそめた。いやな予感が、胸に広がった。

「わからないのか？　愛人だよ、愛人」

なに食わぬ顔で言う光井に、香澄は絶句した。

「神田さんは、まだですかね」

香澄は呟きながら、出口のほうを振り返った。

「彼女は、もう、戻ってこないよ」

光井が、香澄の心を見透かしたように言った。

「戻ってこないって……どういう意味ですか？」

「彼女が、なにをしているコか聞かされてないのか？」

「金融会社の人ですよね？」

香澄は、怪訝そうに訊ね返した。

「それは表の顔だ。彼女は、というか、『アシストファイナンス』は高額融資の希望者に愛人を斡旋してる会社だ」

「えっ……」

ふたたび、香澄は絶句した。

「お前、二千万なんて無担保で貸す会社があると思ってるのか？　不動産か動産か、なんにもなけりゃお前自身が担保になるしかないだろ？」

「初対面の人間にたいして……失礼じゃないですか！　私、帰ります」

香澄は憤然と席を立った。

「この金、いらないんだな？」

光井が、テーブルの上の札束を掌で叩いた。

「愛人になってまで……」

「週に一回で一年契約で二千万なら、悪い話じゃないと思うがな。まあ、お前がどれだけこの金を必要としているかの度合いによるがな」

光井はポロシャツの胸ポケットから葉巻を取り出しくわえると、マッチの火で先端を炙り始めた。べっとりと唾液に濡れた吸い口に、吐き気がした。

「いらないなら、帰ってくれ。俺は忙しいんだ」

光井が、野良猫にでもするように手を払った。

——知らない男に襲われたら怖くて感じるどころじゃないと思うんだ。それなのに感じてしまうなんてありえない……相当な淫乱だよ。

蘇る来夢の声が、部屋を出ようとした香澄の足を止めた。

レイプされた奥さんがもし感じてしまったら……という質問にたいする来夢の答えに、香澄は地獄に叩き落とされた。そんな来夢にもし動画を観られてしまったら……すべてが終わってしまう。

週に一回で、一年間相手するだけの話だ。生娘ならまだしも、この年になって肉体を提供するくらいどうということはない。香澄は、ソファに腰を戻した。

「どうした？　帰らないのか？」

「本当に、週に一回、一年間でいいんですね？」

香澄は、絞り出すような声で言った。

「気が変わったのか？」

光井が、ヤニで黄ばんだ歯を剝き出し卑しく笑った。

「先に、私の質問に答えてください」

「ああ、俺も暇人じゃないし、相手にする女もお前ひとりじゃない。二十代と三十代の愛人はいるから、四十代のお前が揃えばハットトリックってやつだ」

人間がこれ以上下種になるのかというくらいに醜悪な顔で言うと、葉巻のまったりとした煙を香澄の顔に吐きかけてきた。

「投資を受けるのに、条件があります」

「なんだ。相手をするのに、相手をする回数を減らしてくれはだめだぞ」

相手をする、という光井の言い回しに肌が粟立った。

「二千万じゃなくて二千五百万にしてください」

二千五百万あれば、美莉亜に要求されている三千万が用意できる。

「中途半端に欲深い奴だな。まあ、いいだろう。二千五百万払えば、俺はお前のまんこを舐めて、お前は俺のちんぽをしゃぶるんだな？」

光井が、こんもりと膨らむ股間を擦りながら卑猥に笑った。香澄は、怖気をふるった。いままで、信一ほど生理的に受けつけない男はいないと思っていたが、光井にも同等の嫌悪を感じた。

「お前を抱くときには、わざと風呂に入らないでちんぽを臭くしといてやるからな。小便と垢《あか》に塗れた不潔なちんぽを、お前の舌できれいに拭き取るんだ」

香澄は、ふたたび立ち上がりかけたが、懸命に思い止まった。光井はゴミみたいな男だが、そのゴミに肉体を売って援助してもらおうとしている自分はそれ以下だ。

「お金はいついただけるんですか？」

香澄は、努めて事務的な口調で訊ねた。

「脱げ」

香澄の質問に答えず、光井が命じた。

「ど……どうしてですか？」

「いまからおまんこやるからだ」

「え⁉　契約書も書いてないし、お金も貰ってませんし……いまからなんて無理です！」

「お互い、テイスティングってやつが必要だろう。俺も、口に合わないワインに高い金を払う気はないしな」

吐き捨てるように言う光井を、香澄は軽蔑の眼差しで睨みつけた。最低の男——喉もとまで込み上げた罵声を既《すんで》のところで我慢した。

「その手には乗りません。私を騙《だま》して……」

「見くびるな！　四十のおばさんと一発やるために工作するほど俺は飢えてはおらん！　二千五百万もの大金を投じた女のまんこが臭かったり、ガバガバだったり……万が一、性病だったりしたらどうする？　諸条件をクリアしたら約束は守るから安心しろ」

できるものなら、光井を殴り倒し、唾を吐きかけ顔面を踏みつけてやりたかった。

「諸条件って、なんですか？」

香澄は、激憤と嫌悪から意識を逸らし事務的に訊ねた。

「とりあえずはセックスして身体の相性をたしかめて、それから三日くらい空けてちんぽになにも異変がなければ契約書を交わして金を払う」

「二千五百万を、一括でいただけるんですか？」

「ああ、即金で払ってやるから心配するな。ただし、俺に従わなかったり満足させられなかったりしたら違約金を払う項目が入ってるから気を抜くな」

香澄の胸に、不安が広がった。だが、これ以上ごねてしまうと話が壊れる恐れがあったので質問するのを我慢した。

「とりあえず、今日は帰ります」

この気持ち悪い豚男に抱かれるには、心の準備が必要だ。

「さて、行くか？」

突然、光井が立ち上がった。

「どこに……ですか?」

「寝室に決まってるだろ」

「ですから、今日は……」

「おや? 早速契約違反か?」

光井が、加虐的に唇の端を吊り上げた。

「こ、こんなことで契約違反になるならやっていけません!」

香澄は気色ばみ、厳しい口調で抗議した。

「なら、帰ればいい。まだ、契約してないんだからな」

相変わらず唇の端を吊り上げた光井が、ドアを顎でしゃくった。ここで帰ってしまえば二千五百万がフイになり、来夢にあの忌まわしいＤＶＤが送られてしまう。

「ほら、はやく帰れ」

「待ってください」

背を向け部屋を出ようとする光井の前に、香澄は立ちはだかった。

「はっきりしない女だ。寝室に行くなら俺についてこい。帰るならそのまま玄関に行け」

光井は言い残し、リビングを出ると左に曲がった。

右に行けば玄関だ。ここで左に行ってしまえば、取り返しがつかないことになる。

だが、それは右に行っても同じだ。来夢との仲を保つには、光井に頼るしかなかった。

だが、来夢を失いたくないからといって、最低最悪の男の愛人になって、本当にそれでいいのか？　躊躇する香澄を置き去りに、光井は寝室へと消えた。

一分、二分……迷いに迷った香澄の爪先は、左に向いた。寝室のドアノブに手をかけ、香澄は深呼吸を繰り返した。

ドアが開き、室内へと引き込まれた。光井に抱き締められ、ベッドに押し倒された。ぬるぬるした唇を押しつけられた。生臭さとヤニ臭さが、口の中に広がった。香澄の首筋を舐めながら、光井がブラウスのボタンを外した――ブラジャーを一気に剝ぎ取った。

「おおっ……おばさんにしては張りのある美乳じゃないか。たまらん！」

光井が香澄の乳房を両手で鷲摑みにし、鼻息荒く叫んだ――真ん中に寄せると左右の乳首に吸いつき、嚙み、舌先で転がした。嫌悪の鳥肌が、全身の皮膚に広がった。

「シャワーを……」

光井の肩越しに視線をやった香澄は、息を吞んだ。

「誰かいます！」

香澄は叫び、光井の胸を押した。

部屋の片隅から、小学一、二年生の少女が、ベッドで重なり合う香澄と光井を無表情にみつめていた。

「お、お嬢ちゃん……誰？」

香澄は、胸もとを腕で隠し少女に問いかけた。

「スタッフの子供だ」

光井が、動揺した素振りもなく平然と言った。

「ど、どうしてスタッフの子供さんが⁉　どうして、平気な顔してるんですか⁉」

「平気な顔？　当たり前だろ？　お前とのおまんこみせるために、俺が呼んだんだから」

当然のように言う光井の言葉に、香澄の思考は停止した。

17

「ほら、アカリ、こっちをみろ！　おばさんのいやらしいビラビラを」

光井が、ベッドに座らせた香澄の背後から腕を伸ばして股を開き、部屋の片隅に立ち尽くす少女……アカリに陰部をみせつけた。光井の手によって香澄は、全裸にされていた。香澄の青褪めた視界に佇むアカリの瞳は、魂を抜かれたように虚ろだった。

「お願いです……こんなこと、やめてください……」

きつく眼を閉じ、香澄はアカリから顔を背けた。アカリを、正視できなかった。

「こんなことって、どんなことだ？　七歳の少女の前で、まんこのビラビラをさらけ出されてることか？　おい、アカリ、よぉーくみてろよ。このおばさんのまんこ、なんで濡れてるかわかるか？」

卑しく笑いながら、光井が香澄の愛液で濡れた人差し指と中指をアカリに翳してみせた。

アカリは、ガラス玉のような瞳で光井の濡れた指をみつめた。

「大人の女は、男に身体を触られると興奮して、まんこがびちょびちょに濡れるんだ。それから、大人の女は、興奮すると大きな声を出す……こんなふうにな」

光井の人差し指と中指が、香澄の膣に入ってきた。指先が生き物のように動くたびに、腰が蕩けそうになった。

光井の指の動きが、速くなった。甘美な電流に子宮が痺れた。思わず声が出そうになったが、懸命に堪えた。

年端も行かない少女の前で、喘ぎ声を出すわけにはいかない……というより、こんな下種な男の愛撫で感じてしまうことなど、絶対にあってはならない。

見知らぬ男達に襲われ絶頂に達してしまったことで、いま、生き地獄を味わっているのだ。

「ほらほら、どうした？　ぐっちょんぐっちょん音立てて。感じてんのか？　ん？　感じてんのか？　ん？　声を出してもいいんだぞ？　発情期の雌猫みたいに、甘ったるい声を出してみろよ。ん？　ん？　ん？」

光井の指が抜き差しされるたびに、ベッドシーツにできるシミの数が増えた。心とは裏腹に、クリトリスが怒張し、敏感になっていった。

香澄は奥歯を噛み締め、懸命に声を噛み殺した。ここで声を発してしまえば、取り返しがつかないことになる。

「アカリ、水が飛び散ってるのがみえるか⁉　これはおしっこじゃないぞ。おばさん、気持ちよくてしょうがないんだ。指じゃなくて、こうやっても気持ちいいんだ」

光井は香澄の正面に回り、股間に顔を埋めるとクリトリスにむしゃぶりついてきた。

「あ……」

慌てて下唇を噛み、漏れそうになる声を殺した。

「おお？　いま、声出したろ？　アカリ、おばさんの感じた喘ぎ声聞こえたろ？」

「出してません……」

香澄は、蚊の鳴くような声で言った。呼吸が乱れて、大きな声を出せなかった。

「意地っ張りな女だ。なら、これでどうだ？」

光井が、乳飲み子《ちのご》のように音を立ててクリトリスを吸いながら膣に指ピストンした。香澄のシーツを摑む手に力が入った。口の中に、鉄の味が広がった。自分の歯で、唇が切れたのだ。押し寄せる快楽の波――香澄は、懸命に抗った。

薄目を開け、アカリの様子を窺った。アカリは、強張った顔で、光井に陰部を舐められる香澄をみていた。香澄は、能面のような無表情で平静を装った。その間も、光井は淫靡な音を立てながら香澄の肉の突起を吸い続けていた。

「ほら、こっちにこい」

光井は、香澄をベッドから下ろすとアカリの前に引っ張った。アカリと向き合う格好で、香澄は四つん這いにされた。

「アカリ、いまから、大人の遊びをみせてやるからな」

光井が、背後から香澄の中へと入ってきた。哀しいことに、痛くないほどに香澄の膣は潤っていた。視界が、前後に揺れた。犬のような格好で、光井に後ろから突かれている姿を、少女はどんな気持ちでみているのだろうか？

本当は、香澄にもこれくらいの娘がいてもおかしくはなかった。四十歳といえば、ママ友とのつき合いに悩んだり、娘に習い事をさせたり、授業参観に顔を出したり、家族旅行を計画したり……夫と力を合わせ、家庭を築いている年代だった。お母さん、ママ、奥様……そう呼ばれているはずが、いまの自分はどうだ？　夫と別居し、ひと回りも年下の青年に熱を上げ……その青年に愛想を尽かされないように、電動マッサージ機で達してしまった醜態の映るＤＶＤを買い戻すために……金を作るために、虫酸が走るような男に少女の前で嬲《なぶ》られている。畜生以下の扱い……すべては、自らが蒔《ま》いた種だ。

「おらっ、気持ちいいか⁉　おら！　おら！　おら！」

光井が香澄の尻肉を鷲掴みにし、物凄い勢いで腰を打ちつけてきた。硬い先端が子宮に当たり、耐え難い快楽が全身に広がった。

それでも、香澄は耐えた。少女がみているばかりが理由ではない。誰もいなくても、こんな醜い豚に抱かれてよがってしまったら、女として……いや、人間として終わりだ。

「どれだけ我慢しても、まんこがびちょびちょになってたら同じだ！　声出さないことで、感じてないとでもいいたいのか？　いくら淑女を気取っても、ぬるぬるのまんこが、お前が淫売女だって証明してるんだよ！　ほれ！　ほれ！　ほれ！」

よりいっそう、光井の腰の動きが激しくなった……恥骨が臀部にぶつかる肉の音が大きくなった。子宮を突かれながら腋《わき》の下から回された手で乳房を揉みしだかれ、肌が火照った。鋭敏になった神経は、息を吹きかけられただけで電気に触れたみたいに反応した。脳が痺れてゆく……秘部から夥しい量の液が湧き出すのが自分でもわかった。

「おばさんだが、いい身体してるじゃないか？　掌に吸いつく、柔らかくもちもちとした肌をしておるし、乳首も薄いピンクで乳輪も小さいし、なにより、おっぱいに張りがある……あそこの締まりも四十とは思えんしな。どう逆立ちしても二十代の女には敵わんが、性欲処理の相手としては最高だ」

今度は一転してゆっくりとした腰使いの光井は、肉棒で膣の中を掻き回しながら卑しく笑った。

光井は、下劣と下種の間に生まれたような男だ。信一も相当にクズだが、光井も負けてはいない。

だが、そんな最低の男に感じてしまっている自分は……。レイプされたときも、心とは裏腹に潮まで吹いてしまい、苦悶の日々が始まった。それなのに、また、さらなる地獄に自らを叩き落そうというのか？

「アカリ……おばさんの……おっぱいを吸いなさい……」

光井は喘ぎながら命じると、香澄を立たせ、立ちバックに体位を変えた。

初めて、アカリの表情に変化がみえた。不安そうに黒目が不規則に泳ぎ、唇がへの字に曲がった。

「なんだ？　その顔は？　言うことを聞けないのか⁉」

光井が、威圧的な口調で言った。その間も、後ろから香澄の臀部に恥骨を打ちつけていた。

「はやく、おばさんのおっぱいを吸うんだ！」

アカリの瞳に、みるみる涙が浮かんだ。

「そんなこと……やめてあげてください……」

声がうわずっているのは、光井への怒りや恐怖ではなかった。その事実に、香澄は耐え難いほどの屈辱と自己嫌悪に襲われた。

「下の口をぐしょぐしょにしている淫乱女の言うことなど、説得力ないわな」

嘲笑う光井――腹は立たなかった……立てる資格はなかった。

「お父さんを恨むんだな。貸した三千万を返せないから、娘のお前がおじさんの言うことを聞かなければならなくなるんだ」

野卑な笑い声で、光井が言った。借金の形《かた》に幼い娘をおもちゃに……。二千五百万と引き換えに自分を性奴隷にしたのと同じだ。どの角度からみても、どんなふうに考えても、光井は最低の男だ。

自ら地獄に飛び込んできた自分はさておき、なんの責任もない幼女に変態的行為を強要するなど、どんな家庭環境で育てばこういう大人になるのか理解できなかった。香澄は、思考を止めた。光井を軽蔑すればするほど……卑劣であればあるほど、自分はそれ以下の人間だということを意味する。散々、けなし、毒づいた映画を観て涙するようなものだ。

観念したのか、アカリが泣きながら香澄に歩み寄ってきた。

「そうだ、いい子だ。最初から、そう素直にしてればいいんだ。おばさんのおっぱいを吸え。赤ちゃんの頃、ママのミルクを飲んでたときと同じにすればいいんだ」

光井は、一瞬たりとも腰の動きを止めなかった。年齢の割には、並外れた体力だった。スタミナもそうだが、勃起の持続力が驚きだ。普通なら、五十を超えた男性は勃起すること自体が困難になるものだ。

アカリは恐る恐る香澄の胸に顔を近づけると、眼をきつく閉じ、乳首を口に含んだ。赤子がそうするように、音を立てて香澄の乳首を吸い始めた。全身が敏感になっている香澄は、不覚にも気持ちいいと感じてしまった。

不意に、自殺願望が湧き起こった。品性も良心の欠片もない下劣な男に担保代わりに慰み者にされ、七歳の少女に胸を吸われて性的興奮を覚え……そんな人間が、生きていてなんになるというのだ？

「四十のおばさんが犯されながら小学生の女の子に乳首を吸われる……いい光景だ……興奮するぞ……」

光井の鼻息が荒くなるのと比例して、ピストン運動の速度も上がった。香澄の身体が激しく前後するたびに、アカリの顔が乳房に埋もれた。

「おおぅん……おおおぅん……おおおぅん！」

光井の薄気味の悪い声とともに、香澄も昂ぶった。喘ぎ声を出さないのが、せめてもの抵抗……香澄の最低限のプライドだった。

「そ、外にお願いします……」

「だ、大丈夫だから……あふぅん！」

気色の悪い声を上げ、光井は香澄を突き飛ばした。香澄の胸を吸っていた体重の軽いアカリが、仰向けに倒れた。次の瞬間、香澄は信じ難い光景を目の当《ま》たりにした。

光井がアカリの上に跨《また》がり、顔に精液をかけていた。それまでひと言も喋らなかったアカリが、火がついたように泣き始めた。

香澄は床に転がっているバッグからポケットティッシュを取り出し、アカリを抱き起こした。

「ごめんね……大丈夫だからね」

優しく言いながら香澄は、柔らかな頬をべっとりと濡らす白濁した液体をティッシュで拭い取った。

罪悪感で、胸が張り裂けてしまいそうだった。

彼女の小さな胸に、一生消えない傷を残してしまった。もし自分が六歳や七歳の幼少期に見知らぬ大人のセックスを無理矢理みせられた挙句、顔に精液をかけられたなら……生涯、男性を愛することができなくなるかもしれない。香澄にティッシュで顔を拭ってもらっている間も、アカリはずっと泣いていた。さっきまで一貫して無表情だったのは、感情を殺していたのだろう。

「余計なことをしないで、そこに正座しろ」

荒い息で太鼓腹を波打たせながら、光井が香澄に命じた。

「え……どうしてですか？」

「いいから、言うとおりにしろ！」

萎えたペニスに手を添え怒鳴りつけてくる光井に、香澄は胸騒ぎを覚えつつ正座した。

「な、なにをする気ですか？」

「アカリに精液をかけたから、お前には小便をかけてやる」

光井が、片側の口角を加虐的に吊り上げた。

「い、いやですっ！」

「あ、そうか。いやなら構わんが、そういうスタンスの愛人なら、投資金額は五百万が限度だな」

「約束が違います！　いまだって、ちゃんと……その……」

半泣き顔のアカリの耳を意識して、香澄は言い淀んだ。これ以上、いたいけな少女の心を汚したくなかった。

「なんだ？　ちゃんとおまんこをしたって恩を着せたいのか？　笑わせるな！　四十のババアが、歳の割にちょっと綺麗だからって、ノーマルなおまんこで二千五百万の価値があると思ってんのか⁉　いいか？　勘違いするなよ！　綺麗っつったって、ババアにしたらって話で、二十代の女の子と比べたら、肌の張りもおっぱいの張りもまんこの色も、勝てるわけないだろうが！　若いグラビアアイドルや女子大生ならノーマルなおまんこで満足するかもしれんが、賞味期限ギリギリの中年女がなに自惚《うぬぼ》れたことほざいてるんだ⁉　ああ⁉　いまだってな、勃起したのはお前の肉体に興奮したからじゃないぞ。七歳のガキが初めて大人がおまんこしてるとこみて、青褪めたり半べそかいたりするリアクションに興奮してるんだ！　お前みたいなババアに二千五百万の投資を決めたのは、どんなにアブノーマルな行為でも素直に従うってのが最低条件なんだよ！」

マシンガン並みの罵詈雑言を浴びせられた香澄の自尊心は、穴だらけの障子のようにボロボロになった。

これでも、十年前までは美人脚本家としてテレビの情報番組や週刊誌に何度も取り上げられてきた。打ち合わせと称して、口説いてくるプロデューサーや監督は両手の指の数ではきかなかった。俳優に誘われたことも一度や二度ではない。若い頃ほどではないが、いまでもまだ花盛りである自信があった。だからこそ、二十代の、飛び切りの美青年の彼氏を作ることができた。少なくとも、光井のような脂ぎったラードの塊《かたまり》のような男に嘲られるほど落ちぶれてはいない。

だが、その「飛び切りの美青年」を愛し過ぎたが故に、貯金を使い果たしてしまった。美莉亜という性悪の小娘の罠に嵌められ、脅され……来夢を失いたくない一心で、プライドと肉体を豚男に差し出しているのが現実だ。

「おい！　小便をかけられて二千五百万の愛人になるか？　それともノーマルなおまんこだけで五百万の愛人になるか？　どっちにするんだ？　ん？　ん？　ん？」

光井が、柔らかくなったペニスで香澄の頬を二度、三度と叩いた。

「お願いがあります……アカリちゃんを、部屋から出してもいいですか？」

いまさら、二千五百万を蹴るわけにはいかない。しかし、汚れなき無垢《むく》な瞳に、小便をかけられている姿を映したくはなかった。

「だめだっ。さっきも言ったが、この娘の父親にも多額の貸しがある。少しでも借金を減らしてやるために、娘に頑張ってもらってるんだ。アカリの前で、お前の顔に小便をかける

「……考えただけで……たまらんな……」

光井が、恍惚とした顔でペニスを扱《しご》いた。

「わかりました……あなたは……最低な人ですね……」

香澄は、絞り出すような声で吐き捨てた。

「お前は、二千五百万がほしいがために、その最低な男の小便をかけられるのさ」

卑しく笑い、光井が亀頭を香澄の顔に向けた。

「アカリ！　眼を開いて、よぉ～くみておくんだぞ！」

光井の尿道口から、勢いよく黄金色の液体が迸《ほとばし》った。放物線を描いた生温かい液体が、香澄の顔を濡らした。ツーンとしたアンモニアの刺激臭が、鼻腔の粘膜を刺激し、きつく閉じた目尻から涙が零れた。

「尿塗れのババア！　おら！　俺のちんぽをきれいに掃除しろ！」

変態的行為に興奮したのか、光井がふたたび硬直したペニスを香澄の口の中に捩じ込んできた。

「小便を、きれいに舐め取れよ～」

嘲笑する光井。香澄の目尻からとめどなく溢れる涙は、鼻腔の粘膜が刺激されたばかりが理由ではなかった。

18

何枚も重ねたつけ睫、カラーコンタクトでひと回り大きくなった黒目、語尾のアクセントを上げた喋りかた、「ヤバい」を連発する会話……渋谷のスクランブル交差点近くのファストフード店は、ギャルで溢れ返っていた。

香澄はギャルが苦手だった……というより、嫌いだった。自己中心的で、騒々しくて、礼儀知らずで、だらしなくて、言葉が汚くて……ギャルという生き物は、若さ以外になんの取り柄もない。日本に存在しなくても、なにひとつ困りはしない。むしろ、「絶滅」したほうが日本のためになる。

「おばさーん！　こっちこっち！」

編み込みヘアに後ろ前に被った迷彩柄のキャップ、こんがりと焼けた肌に豊乳を覆った白のチューブトップ、尻の割れ目が顔を覗かせるローライズのデニムショート——フロアの最奥のテーブル席から美莉亜が手招きしていた。

香澄は、ギャル達を縫うように奥のテーブル席に足を進めた。四十歳の中年女は、ギャルの溜まり場と化しているファストフード店で明らかに浮いていた。

「元気してる？」

美莉亜が、ニヤニヤと笑い、訊ねてきた。

「あなたに脅されて、元気なわけないでしょ」

香澄は、皮肉を返しながら美莉亜の対面の椅子に座った。

「脅すって、おばさんが電マで感じてるとこ撮ったＤＶＤのこと？」

美莉亜の言葉に反応した周囲のギャルの好奇の視線が一斉に注がれた。

「ちょっと、やめて」

「なに慌ててんの？　電マで潮吹いてたくせにさ！　マジウケるんだけど！」

美莉亜が大口を開けて笑うと、周囲のギャル達も釣られるように爆笑した。

「……ってか、おばさん、なんで手ぶら？」

急に、美莉亜が訝しげな顔になった。無理もない。今日は、美莉亜に三千万を渡す日なのだ。

――本当に、三日後に二千五百万、いただけるんですよね？

七歳の少女がみている前での光井との「悪夢」が終わった香澄は、衣服を身につけながら念を押した。最後に尿をかけられたので、シャワーで身体を洗うのに時間がかかってしまった。

——さっきも言ったろ？　ちんぽに異常がないことが確認できたら、現金で払ってやる。その代わり、いまのうちにこれにサインしておけ。

光井が、Ａ４用紙を香澄に渡した。香澄は、用紙に印刷されている文字を視線で追った。

愛人契約書

1. 片岡香澄（甲）は光井重雄《しげお》（乙）より金、弐千伍百萬円を投資してもらうことと引き換えに乙と愛人契約を締結する。
2. 契約期間は、契約書に署名捺印した日から一年間とする。
3. 甲は乙に求められた際はよほどの理由がないかぎりセックスに応じるものとする。
4. 甲は一ヶ月に最低八回は乙とセックスをするものとする。ただし、乙が必要としない場合はそのかぎりではない。
5. 甲はセックスの際に、違法でないかぎり乙の指示に従わなければならない。
6. 甲が乙の指示に従わなかったり、不快な気分にさせたりした場合、投資を受けた弐千伍百萬円を返還しなければならない。

いですか⁉

――こんな内容にサインしたら……どんなにいやなことでもやらなければならないじゃな

香澄の脳内で、危険信号が鳴った。

――そうだ。どんなに恥ずかしいことでも、どんなに屈辱的なことでも、どんなに変態的なことでも、俺が命じたらやらなきゃならん。小便をぶっかけられるくらい、まだまだ序の口だ。いやなら、サインしなくてもいいぞ？　二千五百万が手に入らないだけだからな。

光井の高笑いが、香澄の鼓膜に蘇った。

「手ぶらじゃないわ。とりあえず、これ」

香澄は、書類封筒を美莉亜に差し出した。

「これなに？」

美莉亜が、怪訝そうに封筒の中を覗き込んだ。

「五百万あるわ」

「五百万⁉　なにそれ？　今日までに用意するのは三千万だって言ったじゃん？　おばさんさ、私のこと馬鹿にしてんの⁉」

「違うわ。残りの二千五百万は、今夜手にできるから明日まで待って。その五百万は手付け金ということで」

夜の十時に、光井のマンションに行くことになっていた。署名した契約書と、二千五百万を引き換えるのだった。

今夜も、肉体を求められ、屈辱的に虐げられるのかと思うと憂鬱だった。できることなら、行きたくはなかった。だが、DVDを買い戻すためなので仕方がない。

――いきなり拘束された顔も名前も知らない相手の電マに感じてあそこびしょびしょにするなんてさ、マジありえないんですけどー。ようするにさ、このおばさんは、男好きの淫乱ババアなんだよ。来夢みたいな若くてイケてる男のコとつき合えてるだけでも幸せなのにさ、信じらんないよねー。電マ、マックスにしてさ、もうイカせちゃってよ。

美莉亜に拘束され、目出し帽の男達に嬲り者にされた悪夢に苦しめられるのは、もう終わりにしたかった。

「おばさんさあ～、嘘ついてない？」

美莉亜が、疑わしそうな眼を香澄に向けた。

「嘘なんて、つくわけないでしょう？　だから、手付け金を払ったわけだし」

香澄は、憮然《ぶぜん》とした表情で言った。

吐き気を催すような男に抱かれ、弄ばれ……DVDを取り戻すべく三千万を作るために、どれだけの屈辱に耐えていると思っているのか？　犯罪に問われないのであれば、美莉亜も光井も殺してやりたかった。

「明日までしか、待たないから。どんな言い訳も聞かないわ。明日のこの時間……四時を一分でも過ぎたら、来夢に電マＤＶＤを送りつけるから。んじゃ、よろしくね」

美莉亜は嘲笑いながら言うと立ち上がり、伝票に唾をつけ香澄の額にお札のように貼った。

「ちょっと、待ちなさい！」

香澄は気色ばみ立ち上がると、美莉亜の腕を摑んだ。店内の客……ギャル達の瞳が好奇に輝いた。

「痛いじゃん。離せよっ」

美莉亜が、香澄の腕を振り解いた。

「私は、別に罪を犯したわけじゃないのよ？　罪を犯すどころか、私はあなたに感謝されてもいいくらいだわ。あなたのお父さんが来夢のお母さんに貸した三千万を肩代わりしたこと、忘れたわけじゃないでしょ⁉」

「覚えてるよ。おばさんが若い男に逃げられたくなくてお金で繋ぎ止めようとしたことをさ！」

美莉亜が、手をメガホンにして周りに聞かせるように大声で言った。

ギャル達のクスクスと笑う声——香澄の顔が、恥辱に熱を持った。

「あなたには、感謝の気持ちはないの⁉」

「なんで、若い男とのセックスに狂った淫乱おばさんに感謝しなきゃいけないわけ？」

美莉亜の言葉に、爆笑が湧き起こった。

香澄は拳を握り締め、奥歯を噛み締めた。唇がわなわなと震えた。皮下を流れる血液が、怒りに滾った。気を抜けば、美莉亜の編み込みヘアを鷲摑みにし、顔を掻き毟ってしまいそうだった。

「それにさ、いやならやめればいいじゃん。別に、私は三千万なんていらないし。その代わり、来夢には全部ぶっちゃけるけどね。んじゃ、明日」

尻を振りながら店を出る美莉亜の背中を、香澄は憎悪に燃え立つ瞳で睨みつけた。

店を出た瞬間、車に撥ねられる美莉亜を想像した――アスファルトに脳漿《のうしょう》と内臓を撒き散らした美莉亜の屍《しかばね》を想像した。

「あのおばさん、電マやってるとこビデオに撮られたんだって」

「えーマジ⁉　ババアじゃん⁉」

ギャル達のひそひそ話が耳に入ってきた。

「なんで、そんなこと知ってんの？」

「美莉亜から教えてもらったんだよ。あのババア、美莉亜の彼氏に熱あげてんだって」

握り締めた拳――爪が皮膚を抉った。

「え⁉　ありえない！　あんなおばさんが⁉」

「母親と息子みたいじゃん！」

「黙りなさい！」

ヒステリックに怒鳴りつける香澄に、ギャル達の囁きがやんだ。

「私はババアじゃない、まだ四十よ！　それに、来夢君はあのコの彼氏じゃない。もう、とっくに別れてるわ！」

充血した眼で、香澄はギャル達を睨《ね》めつけた。

「なに、このおばさん」

「マジ、キモっ」

「怖っ。かかわるのやめよ」

香澄は、逃げるように店を飛び出した。背中を、嘲りの爆笑が追いかけてきた。

怖くてそうしたのではない。逆だ。これ以上、ここにいたら彼女達に手を出してしまいそうだった。

携帯電話が震えた。香澄はバッグから、携帯電話を取り出した。

液晶ディスプレイに浮く名前に、香澄の胸はときめいた。

「もしもし⁉　来夢君⁉」

香澄は、初恋の人から電話がかかってきた少女のように弾んだ声を送話口に送り込んだ。

『いま、忙しい？』

「ううん。大丈夫。どうしたの？」

『この前、あんな感じで別れたから気になっててさ。なんか、ごめんね。香澄と、仲直りしたくて』

来夢の言葉に、香澄の頰を涙が伝った。もしかしたなら、このまま来夢に捨てられるのではないかという不安があった。

「私のほうこそ、ごめんなさい。嫌いになった？」

女性によくありがちな、否定の言葉を聞きたいがために敢えて訊いた、というのとは違う。女のほうが十以上も年が上だと、弱気になるものだ。

『嫌いになんて、なるわけないじゃないか。俺は、君を愛している』

「来夢……」

嗚咽《おえつ》に、言葉の続きが出なかった。

『今夜、会えるかな？』

「……今夜？」

香澄の脳裏に、光井の顔が浮かんだ。

『ほかに、約束があるの？』

「ううん、約束とかじゃなくて、仕事が入ってて……」

嘘ではない。光井と会うのは、金のためだ。好きで、抱かれるわけではない。最愛の男性を失わないため……最悪な男性のおもちゃになるのだ。

『俺より、大事な仕事？』

来夢が、拗ねたように訊ねてきた。

「来夢君より大事な仕事なんて、あるわけないでしょう？」

『だったら、家に行っていい？』

「え……何時になるかわからないし……」

『いいよ。香澄が帰ってくるまで待ってるから』

「本当に遅くなっちゃうから」

『眠くなったら先に寝てるからさ』

来夢は、是が非でも香澄の家にくるつもりのようだった。恐らく、光井から解放されるのは早くても午前二時を過ぎるだろう。なにより、光井に汚された身体で来夢に抱かれるのは罪の意識に苛《さいな》まれてしまう。

「来夢が待ってると思ったら、気になって仕事に集中できないから、明日にしましょう？　明日なら、ゆっくりできるから。ね？」

香澄は、来夢の気分を害さないよう遠慮がちに言った。

『わかった。今日は、我慢するよ。その代わり、明日は絶対だよ』

「うん。約束する」

『じゃあ、仕事頑張って』

「ありがとう」

香澄は、来夢から先に電話を切るのを、眼を閉じて待った。受話口から流れてくる発信音さえ、愛しく感じられた。

ごめんね……ごめん……。香澄は、携帯電話を胸に抱き、心の中で来夢に詫びた。

☆

『開いてるぞ』

香澄がインタホンを押してしばらくの間を置き、スピーカーから光井の濁声《だみごえ》が流れてきた。

腕時計の針は、光井に呼ばれた午後九時ちょうどを指していた。

「お邪魔します」

玄関のドアを開けた香澄の眼に、沓脱ぎ場に乱雑に脱ぎ捨てられた複数の靴が飛び込んできた。磨き上げられた革靴、履き潰されたボロボロのスニーカー、サンダル……すべてが、光井の靴とは思えなかった。

『リビングにきてくれ』

ドア越しに、光井の大声が聞こえてきた。いやな予感にとらわれながら、香澄は廊下を進んだ。

「失礼します」

ノックし、ドアを開けた香澄は息を呑んだ。

ペルシャ絨毯が敷き詰められた洋間——白革貼りのソファには、ナイトガウンを羽織った光井がこの前と同じようにふん反り返っていた。

この前と違うのは、見知らぬバスローブ姿の三人の男が絨毯に直《じか》に座っていたことだった。

しかも、彼らは揃って不潔な容姿だった。

「ここに座れ」

気後れしている香澄に、光井が自らの隣の席を叩いた。

「あの、この方達は……？」

光井の横に腰を下ろした香澄は、怖々と訊ねた。

「おお、紹介しないとな。左から、徳三《とくぞう》、勝重《かつしげ》、四郎《しろう》……三人とも、ホームレスだ」

香澄は、三人を視線で追った。

徳三は髪が肩まで伸び、顔中髭に覆われていた。勝重は斑《まだら》になった坊主頭で前歯がなかった。四郎はゆうに百キロは超えていそうな肥満体だった。三人とも、垢のせいか肌は赤銅色《しゃくどういろ》にくすみ、強烈な異臭を漂わせていた。

「お知り合いですか？」

光井とホームレスの組み合わせに違和感を覚え、香澄は訊ねた。

「そんなわけないだろう。部下が、今朝、『新宿中央公園』で集めてきたんだ」

光井が、葉巻を吹かしながら言った。

「集めてきたって……どういう意味ですか？」

玄関に足を踏み入れたときに感じた香澄の胸騒ぎに拍車がかかった。

「お前とおまんこさせるために決まってんだろ？」

光井の言葉に、徳三、勝重、四郎が弾かれたように香澄をみた。

「ど、どうして、私がそんなことしなければならないんですか！」

「契約書、サインしたんだろうが」

「私は、光井さんとの契約を結んだんですっ」

「お前、契約書の内容、読んでないのか？　5番目に、お前はセックスの際に、違法でないかぎり俺の指示に従わなければならない、って書いてあるだろうが？」

光井が、薄笑いしながら言った。

「でも、それは……」

「さらに6番目には、お前が指示に従わなかったり、俺を不快な気分にさせたりした場合、投資を受けた弐千伍百萬円を返還しなければならない、とも書いてある。俺はお前に、このザーメンが溜まりまくった、くっさーいちんぽのホームレスとおまんこしろと命じている。お前が拒否すれば、この契約はなかったことになる。さあ、どうする？」

「そんな……」

香澄は、蒼白な表情で絶句した。

「おい、お前ら、もうどのくらいおまんこしてないんだ？」

光井が、ホームレス三人に問いかけた。

「そうだなぁ～二十年はヤってねえな。こんなべっぴんさんとよ、ほんとにおまんこしていいのか⁉　ちんぽがよ、うずうずしてたまんねえよ」

徳三がうわずった声で言うと、股間を擦った。

「ああ、二十年間溜まったザーメンを、この女の顔に思い切りぶっかけてやれ。勝重さんは、どのくらいご無沙汰だ？」

「おらあ、三十年は女とヤってねえわな。おらあ、夢みてえだ……」

勝重が歯のない歯茎を剝き出し、香澄の胸の膨らみにねっとりした視線を這わせた。

「四郎さんは？」

「ももも、もう、おおお、おなごのは、は、肌の感触をわわ、忘れちまったよ。しゃしゃ……社長さんよ、ううう、嘘じゃねえだろうな？　ほほ、本当によ……、こ、このおなごと、おお、おまんこして……いいのか？」

「ああ、いいとも。好きなだけ、お前の腐ったちんぽをぶち込んでやれ」

「ちょっと、待ってください……私、本当に、それは無理です！」

香澄は、必死の形相で言った。こんな不潔な男達のそばにいるのも苦痛だというのに、セックスをするなど冗談ではない。なにより、生理的に無理だ。

「だったら、契約はなしだ」

取り付く島がなかった。

「お願いします。ほかのことなら、なんでもしますから！」

香澄は、光井に懇願した。

「俺は、こいつらとおまんこしろって言ってるんだ。とりあえず、徳三にフェラして抜いてやれ」

「え……」

「徳三の腐れちんぽをしゃぶってやれって言ってんだよ！　ちゃんと、ごっくんしろよっ。徳三さん、裸になるんだ」

「しゃ……尺八してくれんのか⁉」

徳三が興奮した口調で言いながら、バスローブとブリーフを脱いだ。

垢で斑になった徳三のペニスは、くたびれた容姿とは対照的に硬くそそり立っていた。

「社長さんよ、おらのも尺八させてくれよ……徳三ばっかりずるいじゃねえか！」

勝重が、鬼の形相で抗議してきた。

「そそそ……そうだ！　おおお……俺のも……しゃ、しゃ、しゃぶらせてくれよ！」

四郎が、半べそ顔で訴えてきた。

「うるせえんだよっ！　てめえらみてえな人間のクズにいい思いさせてやるんだから、ガタガタ文句言ってんじゃねえぞ！　カスはカスらしく、おとなしくしてろ！　ほら！　お前も早く徳三のをしゃぶれ！」

光井が香澄の腕を摑み、徳三の足もとに跪《ひざまず》かせた。

「徳三もぼさーっと座ってねえで、ちんぽを口もとに持って行けや！」

光井に命じられた徳三が立ち上がり、香澄の顔前に腰を突き出した。

強烈な異臭が鼻腔から忍び入り、横隔膜が痙攣した。

「いやっ……光井さん……お願いします……いやですっ」

香澄は、顔を後ろに仰け反らせた。

「最終警告だ。いまから五秒数えるうちに咥《くわ》えないと、二千五百万の投資はなしだ。行くぞ。五、四……」

香澄は、深呼吸を繰り返した。

覚悟を決めた。脅しではなく、拒否すれば光井は投資を取り止めることだろう。

きつく眼を閉じ、徳三のペニスにゆっくり顔を近づけた。鼻粘膜が腐敗しそうな悪臭——香澄は息を止めた。

「三、二……」

光井が一を数えたのと同時に、香澄はペニスを口に含んだ。生臭い味が、口内に広がった。

「た……たまんねぇ……」

徳三が、恍惚とした声を漏らした。

「徳三、腰を動かしてもいいぞ」

光井の声がした直後、徳三は香澄の髪の毛を摑み腰を前後に動かした。

亀頭が喉奥に当たり、香澄の背中が波打った。生魚を舐めたような不快な味に、胃液が逆流してしまいそうだった。

「うっ……い、イきそうだ……」

徳三の腰の動きが速くなった。

「うむふぉ……ふぅあん……おふぉおー!」

徳三の薄気味の悪い声とともに、生温かい液体が大量に口の中に放出された。

「香澄っ、吐くなよ！　吐いたら契約はなしだぞ！　飲め！　飲め！」

大声で命じる光井に促されるように、香澄は精液を飲み込んだ。

「勝重、四郎、ヤっていいぞ！」

光井の号令に、四郎が力士並みの巨体でのしかかってきた。四郎の顎先から滴る汗が、香澄の頬に付着した。

「いやっ……やめてっ！」

四郎の体が重過ぎて、身動きできなかった。

勝重が、香澄のワンピースのボタンを引きちぎりブラジャーを剝ぎ取ると、乳房にむしゃぶりついてきた。すぐに、胸もとが涎でべとべとになった。四郎はスカートをたくし上げ、パンティを脱がしていた。

「ううう、うめえ……うめえ……」

四郎が香澄の股間に顔を埋め、無我夢中でクンニしてきた。全身にナメクジが這い回っているような嫌悪感が、肌を粟立てた。

「いやっ、いやだっ！」

香澄は、両足で宙を蹴った。

「すっげぇな！　おっぱいがぷりぷりしてるぞ！」

勝重が両手で香澄の乳房を中央に寄せ、ぶるぶると揺らした。

「俺にもヤらせろ！」

復活した徳三が、四郎と競うように香澄の陰部を音を立てて舐めた。

「どうだ？　香澄？　気持ち悪いホームレスにおっぱいとまんこ舐められて感じてるのか？　お？　どんな気分だよ？　普段は虫けらみたいに見下してる奴らに肉体を嬲られてる気分はよ？」

いつの間にか全裸になっている光井が、勃起したペニスを右手で扱きながらサディスティックに言った。

感じるどころか、虫酸が走った。この生理的嫌悪感をたとえるなら、蜘蛛《くも》やムカデが蠢く部屋に全裸で放り込まれたようなものだ。

「なぁ～べっぴんさんよ、チュウしようや、チュウを」

勝重が、歯槽膿漏《しそうのうろう》でぶよぶよになった歯茎を剝き出し、香澄の唇に押しつけてきた。

生ゴミが腐ったような口臭に、香澄は息を止めた。顔を背けようとしたが、勝重に頰を摑まれているので横を向けなかった。

唇を引き結び、舌の挿入を阻止した。胸を吸われるよりもクンニされるよりも、唇を奪われることのほうが抵抗があった。

「なあ～チュウさせてや～」

勝重は、香澄の食い縛った歯や歯茎をアイスキャンディでもそうするように舐め上げた。

「たまんねえ！　もう、我慢できねえ！」

徳三が興奮した口調で言いながら、香澄の肉襞にペニスを突き刺した。

「いや……」

口を開けた瞬間、勝重のぬるりとした舌が侵入してきた。大量の唾液が香澄の口内に流れ込んできた。

「で、出る……」

徳三のうわずった声に、香澄の心臓は止まりそうになった。

「やめてよ！　中に出さないで！」

執拗に舌を吸ってくる勝重の顔を平手打ちした香澄は、徳三に叫んだ。

「そ、そんなこと言われてもよぉ……もう、我慢……できねえ……」

「外に出してよっ！　絶対に、許さないわよ！」

香澄は、自分でもびっくりするような怒声を徳三に浴びせた。

「徳三！　精液を中出ししろ！　ぶちまけろ！」

光井が、右手でペニスを扱きつつ命じた。

「いいんだな……むふぅっ……出る……出るっ……」

「やめて！　やめて！　やめて！　やめて！」

香澄は、上半身を起こし徳三に何発ものビンタを食らわせた。

「ああー！　出るっ、出るっ、出るっ！」

徳三が力尽きたように香澄に覆い被さり、小刻みに腰を痙攣させた。

「ちょっと……まさか、中に出したの!?」

香澄は、荒い息を吐く徳三を撥ね除けた。

「四郎っ、ぶち込め！」

「すすす……すみません……たた……勃たないです……」

四郎が、恥ずかしそうに言うとうなだれた。

「お前は、ホームレスのくせに太り過ぎだ！　もういいっ。勃たねえなら香澄をしっかり押さえてろっ。勝重！　中出ししろ！」

「ありがてえ！　べっぴんさん抱けるなんてよ！」

勝重が手につけた唾液でペニスを濡らし、香澄の中に入ってきた。

「いやっ！　いやーっ！」

「おお……叫ぶから……あそこが締まるぜ……あふ……も……もう出そうだ……」

勝重が、十回も腰を振らないうちに小鼻を膨らませ眉間に縦皺を刻んだ。

「お前らホームレスは、早漏かインポしかいないのか？　まあ、いいだろう。気にしないでまんこの中にザーメンを出してやれ！」

「離してっ！　どうしてこんなことを……離してーっ！」

四郎に両肩を上から押さえつけられているので、香澄はまったく動けなかった。

「あっ、あっ、あっ、あー……あふぅわぁ！」

勝重が声にならない声を上げ、物凄い勢いで振っていた腰を止めた。

膣内に広がる生温かい感触に、香澄は地獄に叩き落とされた。もう平手打ちを浴びせたり、撥ね除けたりする気力もなかった。

「こいつら、ずっとしてないから、精液が濃いはずだ。精液が濃いと、妊娠率も高いって知ってたか？」

　相変わらずペニスを握った右手を上下させながら、光井が加虐的に笑った。

「徳三の子ができるかな？　それとも勝重の子かな？　まあ、どっちにしてもホームレスが父親だ。子供がパパ似じゃないことを祈るんだな」

　恥辱、屈辱、陵辱、侮辱……唇を嚙み締めた香澄の目尻からこめかみにかけて、涙が伝った。

「泣いてんのか？　お？　ホームレスにくっさーい精液を連続でまんこの中にぶちまけられて……おお？　どう……なん……だ……おい？」

　香澄を辱《はずかし》める言葉を浴びせるたびに、光井の欲情に拍車がかかっていた。

「豚。いつまで押さえてんだ？」

　光井が言うと、四郎がのろのろと香澄から離れた。

「おい……豚……精液ぶっかけられないなら……別のものぶっかけろや……これを……飲め……」

　光井が、空いている左手に持ったグラスを四郎に差し出した。グラスには、半分ほど水が入っていた。

「ななな、なん、なん、なんですか？」

四郎が怪訝な表情でグラスを受け取った。

「いいから……飲め……」

光井の右手の上下運動が激しさを増した。恐る恐る、四郎がグラスを傾けた。

「退け！」

光井は香澄の上で果てた勝重の脇腹を蹴りつけた。

その間も、右手の動きは止めなかった。

「豚、香澄の顔の上に跨れ……」

「え？」

四郎が、訝しげな顔を光井に向けた。

「いいから……言うとおりに……しろ！」

首を傾げつつも、四郎が香澄の顔に跨った。

「どどど……どうして、こここ、こんな格好を、すすす……するんですか？」

「身体の調子、悪くないか？」

「いいい、いいいえ……痛っ……痛たたたた……」

急に、四郎が苦痛に顔を歪め腹を押さえた。

「その水には……下剤を……大量に……混ぜた」

「トトト……トイレ……」

「そこでしろ！　精液の代わりに、下痢便を香澄の顔にぶっかけろ！」

香澄は、耳を疑った。

上体を起こそうとした瞬間——視界が茶色く染まり、強烈な悪臭が鼻腔の粘膜を刺激した。

「あああ……あああ……あああ……」

五秒、十秒……夥しい量の便が香澄の顔に降り注いだ。

「臭いか……？　悔しいか……？　泣きたいか……？　お……お前は……ホームレスの……下痢に塗れた……糞女だ……おおぅふ……おっ……おっ……おっ……」

光井の喘ぎ声——ペニスから放出された粘液が、便に塗れた香澄の顔に白い斑模様を作った。

19

バスルームに白く立ち込める湯気に包まれ、香澄は放心状態で立ち尽くしていた。

ノズルから放出される湯水をいくら浴びても、香澄の身体に付着した「悪夢」を洗い流すことはできなかった。足もとに溜まる褐色の液体から、異臭が立ち昇ってきた。

どれくらいの時間、そうしていただろう。床に溜まる褐色の液体が透明になる頃には、香澄の全身は火照りふやけていた。

不意に、ホームレス達の恍惚の顔が脳裏に蘇った――生温い液体が放出された感触が膣内に蘇った。

「ああ……あああ……」

香澄はガニ股になり、噴出する湯水で薄汚れた精液をすべて洗い流すとでもいうように、指で押し広げた膣にシャワーのノズルを当てた。

「ああああ……ああああ……あああー!」

人差し指と中指を捩じ入れ、膣の中を掻き毟った。太腿から伝った鮮血が、赤い血溜まりを作った。

「いつまでシャワーを……おいっ、なにをしておるんだ!」

扉を開けた光井が、驚愕の声を上げた。

香澄は無言でシャワールームを出た。濡れた身体のまま、バスタオルも巻かずにリビングルームに向かった。いつの間にか、ホームレス達の姿はなかった。

どうでもよかった。もう、過ぎ去ってしまったことだ。屈辱を悔い、恨んだところで、なかったことにはならない。ケダモノ達に中出しされ、糞を顔面に浴びせられた事実は消えはしない。

光井を憎んでないと言えば、嘘になる。できることなら、地獄に叩き落としてやりたかった。

だが、我慢できた――許すことができた。来夢との関係を壊さないため――光井にどれだけ虐げられても、美莉亜からDVDを買い取る金を工面するためなら我慢できる。

香澄は、そこここに脱ぎ散らかされた下着と衣服を拾い身につけると、ソファに倒れ込むように座った。睡魔に、瞼が重くなった。金を受け取ったら、とりあえずはなにも考えずに眠りたかった。

美莉亜に連絡するのは、明日でいい。DVDを買い取ったら、来夢を誘ってどこかへ旅行しよう。これからが、自分と来夢の新たな門出だ。

信一との離婚を早急に成立させなければならないが、蛇のようにしつこい性格はひと筋縄ではいかない。これまでがそうであったように、あの手この手で嫌がらせをしかけてくるだろう。

信一は、手切れ金で引き下がるような男ではない。自分を取り戻すためには、卑劣な手段も厭《いと》わないだろう。

美莉亜に頼んで、知り合いの不良に痛めつけさせる。

だめだ。それでは、美莉亜に新たな借りができてしまう。せっかくＤＶＤを取り戻しても、一生、美莉亜の言いなりにならなければならないことは眼にみえている。

ならば、なんとか説得して手切れ金で納得させる？

それもだめだ。手切れ金で離婚を約束したとしても、味を占めた信一は、二度、三度と金を要求してくるに違いない。

信一が眼の前から消えてくれないなら、香澄が消えるしかない。

誰も知り合いのいない国……異国の地で、来夢とふたりで暮らせばいい。光井との愛人契約が不履行になってしまうが、外国までは追いかけてこないはずだ。

「まだいたのか？」

光井の声で、香澄は我に返った。

腰に巻いたバスタオルが、でっぷりとしたメタボリック腹に食い込んでいた。

「用が終われば帰ります」

香澄は、契約金を遠回しに催促した。

「用って、なんだ？」

「契約のお金を、まだいただいてません」

「ああ、そうだったな」

光井が放った封筒が、香澄の膝の上に載った。

香澄は封筒を手に取った。中には、一万円札が十枚入っていた。

「これは、なんですか？」

「契約金だ」

平然とした顔で、光井が言った。

「契約金ですって⁉　冗談は、やめてください」

「冗談なんかじゃない。俺は至って本気だ」

「本気って……契約金は二千五百万なのに、封筒に十万しか入ってないじゃないですか⁉」

香澄は、気色ばみ訴えた。

「ああ、言い間違えた。契約金じゃなくて手切れ金だ」

光井が、薄笑いを浮かべながら言った。

「手切れ……金？」

香澄は掠れた声で繰り返した。

「そうだ。遠慮しないでとっとけ」

「ど、どういうことですか⁉　あんなひどいことやって、いまさら契約を破棄するなんてできるわけないでしょう！」

頭に血が昇り、香澄は理性を失ってしまいそうだった。

「お前に飽きたんだよ」

光井は、悪びれたふうもなく言った。

「そんな理由、通用しませんから！　約束通り、二千五百万を払ってください！」

香澄は、物凄い形相で詰め寄った。

「お前が決める問題じゃない。契約を破棄すると言ったら破棄だ。十万貰えるだけでもありがたく思え。高級デリヘルでも一時間五、六万ってところだ」

光井が、下卑た笑いを浮かべた。

「馬鹿にしないで！　二千五百万を払わないなら、訴えるわよ！」

「どうぞ、お好きに」

光井が、余裕の表情で肩を竦めた。

「脅しじゃないわよっ。そんなこと訴えられたら、社会的立場がまずくなるんじゃないの⁉」

「全然。こんな契約は、裁判所ではなんの効力もないからな。お前が未成年なら別だが、四十女とアブノーマルなセックスしたからって、それがなんの罪になるんだ？　逆に、これ以上二千五百万を要求し続ければ、お前が脅迫罪で訴えられることになる。だから、訴えたければ勝手にすればいい。さあ、わかったらさっさと帰れ」

光井が、野良猫にそうするように手で追い払う仕草をみせた。

「私を……騙したのね？」

香澄の声は、怒りに震えていた。

「騙したんじゃない。飽きたんだって言っただろう？」

光井が、小馬鹿にしたように鼻で笑った。

脳内が、新雪の降り積もったゲレンデのように白く染まった。

――馬鹿な女ね。

脳内で、声がした。

――少女の前でセックスを強要されたり、ホームレスに中出しされたり、顔にうんこかけられたり……その挙句に、飽きたから契約は破棄ですって？　最初から、二千五百万払う気なんてなかったのよ。何回か弄ぶために、騙したに決まってるじゃない。あんたって、本当に、救いようのない女ね。これで、DVDを買い取ることはできないわ。来夢っていう青年が観たら、どうなるのかしら？

脳内の声が、香澄を嘲った。

来夢にDVDを観られたら、間違いなく嫌われてしまう。もし逆なら……来夢が見ず知らずの女に愛撫されて絶頂に達してしまったら、許せるだろうか？　以前と変わらず、キスやセックスができるだろうか？

無理だ。心で許そうとしても、来夢を汚《けが》らわしく思ってしまい拒絶するに違いない。来夢に愛想を尽かされたとしても仕方がない。そんなことになったら……。

香澄は激しく頭を左右に振った。どれだけ振っても、香澄を怯えさせる不安が思考から消えることはなかった。

「お願いします！」

不意に香澄は立ち上がり、光井の足もとに跪いた。

「失礼なことを言ったなら謝ります。だから……契約を破棄しないでください！」

香澄は、床に額を擦りつけ懇願した。

「どこまでも自惚れたババアだな」

後頭部を踏みつけられた香澄の顔は、フローリングの床にひしゃげた。

「もう、やり尽くしたんだよっ。お前みたいなババアに、二千五百万の価値があると思うのか⁉」

光井は、香澄の頭を踏み躙《にじ》りながら訊ねた。

「でも……あなたは……契約に納得したじゃないですか⁉」

「本当のことを教えてやるよ！　俺はな、若い女が好きなんだ。それも、未成年……十七歳か十八歳が一番の好物だ。俺からしたらな、二十歳だってもういい年の女だ。倍の年の四十なんてな、もう女とは言わん。干物だ、干物。ただな、新鮮でジューシーな素材ばかり食べてると、たまに干物みたいな粗食もしてみたくなる。だが、干物を普通に食べるだけじゃ満足しないから、ホームレスの精液や糞のトッピングってやつが必要だってわけだ。端から、二、三回おもちゃにして使い捨てにしようと思ってたのさ。悔しいか？　お？　悔しいなら、訴えてみろ。私とおまんこしたら二千五百万くれるって契約したのに守ってくれないってな。お。訴えてみろよ？」

光井が、香澄の後頭部を踵で蹴りつけた。フローリングの床が、屈辱の涙に濡れた。

「どうして……どうして、そんな嘘を……」

香澄は、血が滲むほどに唇を噛み締めた。

思考が混乱していた。二千五百万が手に入らない……。自分は、なんのためにこんな野卑な男の「おもちゃ」になったのだ。

「そうだとわかってるなら、あんたみたいな豚に抱かれるわけないじゃない……」

香澄は、絞り出すような声で呟いた。

「あ？　いま、なんと言った？」

光井が気色ばみ、香澄の髪の毛を鷲摑みにして立ち上がらせた。

「好きこのんであんたみたいな豚に抱かれるわけないって言ったのよ！」

鬱積した怒りが、ついに爆発した。

「豚だと……⁉ 金目当ての色情狂が！ てめえは、ガキの前で突っ込まれているときも、まんこ濡らしてよがってただろうが！」

香澄は、光井の顔に唾を吐きかけた。

「くそババア！」

光井の怒声に続いて、頰に平手打ちが飛んできた。仰け反る香澄の腹に、光井の爪先が食い込んだ。

息が詰まり、胃液が逆流した。間髪をいれずに、今度は顎を蹴り上げられた。天井が、回っていた。

「まったく、くそいまいましいババアだ。こっちが、金を貰いたいくらいだ。俺は寝るから、さっさと出て行け！」

捨て台詞を残し、光井がドアに向かった。

脳みそを鷲摑みにされたような激痛に襲われた。頭蓋骨が軋んだような耳障りな金属音が耳の奥で鳴り響いていた。頭の中で、シンバルが打ち鳴らされている。

香澄は仰向けになったまま耳を塞いだ。シンバルは、鳴りやまなかった。金属的な残響音が、頭蓋内を跳ね回った。

「……させない」

香澄は、上体を起こした。

赤く燃える視界――光井の背中が、ズームアップした。

「……させない」

硬く冷たい感触が、掌に広がった。

「なんだ、まだ用が……」

振り返った光井の顔を目がけて、香澄は右腕を振り下ろした。こめかみから鮮血を噴き出し、光井が腰から崩れ落ちた。香澄が握り締めているクリスタルの灰皿からは、血が滴っていた。

「お……おい……ば……馬鹿な真似はや……やめろ……なにをするんだ⁉」

恐怖に強張った顔で香澄に訴えながら、光井が尻で後退した。すぐに、ドアで行き止まりになった。

「邪魔……させない」

香澄はうわ言のように呟き、光井の脳天に灰皿を叩きつけた。

「ひぃや！」

寸前のところで光井が躱《かわ》した。

激しい衝撃音がしてターゲットを見失った灰皿がドアの木枠を抉った。

香澄は、トカゲさながらに這いずって廊下に逃げようとする光井の背中に馬乗りになった。

左手で髪を鷲摑みにして固定した光井の後頭部を、渾身《こんしん》の力を込めて灰皿で殴りつけた。

濁音混じりの叫び——視界が赤く染まり、頰を生温かい液体が濡らした。

「やめろ……やめてくれ……」

涙声で言いながら懸命に這いずる光井を、香澄は見下ろした。完全に、我を見失っていた。

香澄は、深呼吸を繰り返した。気を静め、理性を取り戻そうとした。

——なにしてるの？　はやく止《とど》めを刺しなさい。

脳内で、声がした。

——こいつは悪人なの。躊躇《ちゅうちょ》する必要はないわ。死んだほうが世の中のためよ。

声が香澄を煽った。

——それに、こいつを殺さなければ、あなたは来夢に振られるのよ？　それでもいいの？

「いやよ」

香澄は覆い被さるように、ふたたび右腕を振り下ろした。重々しい感触が前腕に伝わった。

ふたたび頬に付着する生温い液体。

苦し紛れに、光井が身体を回転させ仰向けになった。

「な……なんでも……言うこと……聞く……」

「いやよ」

光井の声を遮るように、口に灰皿を打ち下ろした。

無数の白い欠片が飛び散った。

「ふぁ……ふぁのむ……やめへふぅれ……」

前歯が欠け空気が漏れた声で、光井が命乞いした。

「いやよ！　いやよ！　いやよ！　いやよ！　いやよ！　いやよ！　いやよ！　いやよ！」

なにかに憑《つ》かれたように、香澄は腕を振り下ろし続けた。

獣の唸り声のような荒々しい呼吸が聞こえてきた。

それが自分の呼吸だと気づくのに、時間がかかった。

光井の身体から、軟体動物さながらに力が抜けた。

香澄は、灰皿を振り下ろす手を止め光井を見下ろした。

頬骨は陥没し、鼻は潰れ、眼球は垂れて流れ、額は頭蓋骨が露出し、顎は砕け……もはや、光井の顔は判別がつかないほどに崩壊していた。

香澄は、ゆらゆらと立ち上がった。

殺人者になってしまった……。警察に追われてしまう。捕まったら……最悪死刑を宣告されても不思議ではない。どうすればいい……どうすれば……。

不意に、恐怖心が込み上げた。頭から血の気が引き、視界が青褪めた。

落ち着いて……落ち着くのよ——香澄は、平常心を掻き集めた。

光井との関係を知っているのは、紹介業者の「アシストファイナンス」の神田という女性店長だけだ。あのホームレス達は今夜だけの繋がりなので、二度とここにくることはないだろう。

証拠を残さなければ、疑われることはない。疑われたとしても、証拠がなければ捕まることはない。

いま大事なことは、動転しないことだ。このマンションには、少なくとも今夜は誰もこないはずだ。とにかく、冷静に証拠隠滅することだ。

香澄は、キッチンからゴミ袋を探し出し洗面所に向かった。顔もブラウスも返り血に染まっていた。

ブラウスを脱いでゴミ袋に詰め、顔と手を洗った。洗面台に付着した赤い水滴を入念に洗い流した。タオルで蛇口の指紋を拭き取った。肘《ひじ》でシャワールームの扉を押し、床に落ちている髪の毛を拾ってゴミ袋に入れた。

リビングに戻った香澄は、周囲に視線を巡らせた。どこかで、粘着テープをみた覚えがあったのだ。

粘着テープは、テレビ台の上に置かれていた。香澄は、粘着部分が外側になるように四本揃えた指に巻きつけた。

屍の周囲の床に、重点的に粘着テープを押しつけた。髪の毛、衣服の繊維一本たりとも残さぬようにするためだ。床に垂れる鮮血に触れないように細心の注意を払った。

踵に痛みが走った。光井の歯の欠片を踏んでいた。

全神経を集中させ、部屋の隅々まで「掃除」した。たっぷり一時間はかかり、終わる頃には腰がパンパンに張っていた。

「床掃除」の次は指紋だ。ドアノブはもちろんのこと、ソファ、テーブル……触れた可能性のある場所をタオルで拭って回った。

指紋を拭き終えた香澄は、バッグから爪切りを取り出した。

屍の右腕をタオル越しに取り、香澄は爪を切った。抵抗される際に摑まれ、屍の爪に香澄の皮膚が残っている可能性があった。

以前に、刑事ドラマの脚本を書いていたときに得た知識だった。ドラマと現実が違うことはわかっていたが、考えつくかぎりはやっておいたほうがいい。

　左右の切った爪が落ちないようゴミ袋に入れた。

　リビングを出て、寝室、トイレ、洗面所、シャワールームで同じ作業を繰り返した。すべてを終えたときには、午前二時を回っていた。

　香澄は、寝室のクロゼットの扉を開けた。ブラウスは返り血を浴びたので、上に着る衣服が必要だった。ハンガーにかけられたスーツの中に、女性物のピンクのカーディガンが交ざっていた。香澄には派手過ぎるが、贅沢は言っていられない。それに、深夜にタクシーに乗るだけなので人目を気にする必要もなかった。

　香澄はカーディガンを羽織り、寝室を出た。リビングルームに戻り、忘れ物がないか――自分の痕跡がないかを確認した。

　玄関に行った香澄は沓脱ぎ場で息を殺し、ドアスコープを覗いた。人の気配がないことを確認し、外に出た。エレベータには眼もくれず、非常階段を使った。エントランスを抜け、無我夢中で駆けた。マンションから一メートルでも遠くへ離れたかった。

　いつの間にか、大通りに出ていた。深夜の時間帯なので、車もまばらでタクシーはなかなかつかまりそうになかった。一心不乱に走ってきたので、いまいる場所がどこかわからなかった。

気が抜けたのか、急に膝が震え始めた。不意に胃が伸縮し、背中が波打った。

街灯の明かりにぼんやりと照らされるアスファルトに、吐瀉物《としゃぶつ》が撒き散らされた。

香澄はよろめく足取りで路肩に身を寄せ、自動販売機に背を預けた。

バッグからスマートフォンを取り出し、リダイヤルしようとしたが、指先が震えていうことをきかなかった。

深呼吸を繰り返し、気を落ち着かせた。四、五分ほどして、ようやく指先の震えがおさまった。

リダイヤルボタンを押してほどなくすると、洋楽のクラブミュージックが受話口から聞こえてきた。二度、三度、メロディコールが繰り返し流された。時間が時間なだけに、寝ていても不思議ではなかった。

五度目のメロディコールが始まった。

『はーい、もしぃ？』

電話を切ろうとしたそのとき、呂律《ろれつ》の回らない声で美莉亜が出た。背後では、大音量で音楽が流れていた。寝ていたのではなく、クラブで遊んでいるのだろう。

「もしもし、私だけど」

『え⁉　誰⁉　私じゃわかんないよ！』

「わかるでしょ⁉」

香澄は、いら立つ声で言った。

『あ？　もしかしておばさん？』

電話口で、美莉亜が爆笑した。仲間といるのか、複数の笑い声が重なった。

「お金、用意できたんだけど、どこに行けばいい？」

激憤を堪え、香澄は訊ねた。

『こんな時間にお金できたとかマジウケるんだけどー！』

ハイテンションの美莉亜の声に続き、ふたたび大笑いが聞こえた。

香澄は眼を閉じ、怒りから気を逸らした。我慢だ。短気を起こしてしまえば、すべてが台無しになってしまう。

「ふざけてないで、まじめに聞いてちょうだい」

香澄は、努めて冷静な声で言った。

『いま踊ってるからさ、明日……』

「大金を持ってると落としそうで怖いから、今夜のうちにして！」

美莉亜に、最後まで言わせなかった。

『なんだよ、マジ、ウザ！　じゃあ、渋谷きたら電話して！』

一方的に言い残し、電話が切られた。

香澄は、すぐに別の番号をリダイヤルした。コール音が二回、三回……五回、六回……。

お願い……出て……お願い……。

『はい……もしもし……』

祈りが通じた！　眠そうな来夢の声が受話口から流れてきた。

胸が震え、涙腺が熱を持った。

「ごめんなさい、遅い時間に。私よ」

異変を悟られぬため、声がうわずったり掠れたりしないよう注意した。

『香澄……こんな夜中に、どうしたの⁉　なにかあったのか⁉』

優しく気遣ってくる来夢に、嗚咽を漏らしそうになった。

「ううん。大丈夫よ。それより、ひとつだけ、お願いがあるの」

香澄は、みえもしない来夢に笑顔を作って言った。たとえみえなくても——来夢と接しているときには、最高に魅力的な女性でありたかった。

『なんだい？』

香澄は、眼を閉じた。瞼の裏に、コバルトブルーの海とパウダースノーのような砂浜が浮かんだ。砂浜を、香澄と来夢が寄り添って歩いていた。

どこかの国を思い浮かべたわけではない。国など、どこでもよかった。来夢とともに過ごせれば、たとえ地獄であっても香澄にとっては天国なのだから……。

20

終電はなくなっているというのに、渋谷の街は人込みで溢れ返っていた。新宿や六本木の深夜街と違って、未成年と思しき若者の姿が目立つ。

「ハチ公」の銅像によじ上ろうとする者、地べたに座り込み酒盛りをする者、ショーウインドウを鏡代わりにダンスする者、パトロール中の警察官と小競り合いする者……若者達の人生を舐めたような態度にいつもなら小言やため息が出る香澄だったが、いま、それらは風景のひとコマでしかなかった。

タクシーに乗っている間も降りてからも、香澄は現実感のない夢の中にいるようだった。

そう、夢だ。

いつもなら、究極に幸せな場面、究極に不幸な場面で、タイミングを計ったように眼が覚める。今回も、同じはずだ。

陥没した頬骨、ひしゃげた鼻、飛び出した眼球、露出した頭蓋骨、砕けた顎……。あれが、現実であるはずがなかった。

恐怖のどん底に叩き落とされ、人生は終わりと覚悟した瞬間に夢は終わるだろう。だが、いつまで経っても眼が覚める気配はなかった。灰皿を振り下ろした右手には、光井の頭蓋骨が砕ける感触が生々しく残っていた。

香澄は、センター街に足を踏み入れていた。美莉亜に指定されたのは「東急ハンズ」の前だった。彼女は、近くのクラブにいるらしい。

泥酔したギャルふうの少女、酔い潰れて地面に寝るサラリーマン、小競り合いする少年達……嬌声《きょうせい》も怒声も、なにも聞こえなかった。ただ、色を失った視界に人影が蠢いているだけだ。

——これは、現実よ。

音を失っているはずの耳に、声が聞こえた。

——何度も、何度も、灰皿で頭蓋骨を叩き割り、光井を殺したの。これから、どうする気？　夜が明ければ、警察が動き出すわ。

声が、香澄を追い詰めた。

「指紋も血痕もきれいに拭き取ってきたから、証拠は残ってないわ」

香澄は、自分を安心させるように言い聞かせた。

——そんな甘い考えで、よく脚本家が務まるわね？　あなたの体毛、体液、皮膚……たとえ眼にみえなくても、鑑識課が現場を調べればなにかの反応は出るはずよ。ガソリン撒いて焼き払わないかぎり、証拠が消えるわけないでしょう？

声が、呆れたように言った。

「万が一のことがあっても、そのとき私は日本にいないわ」

香澄は、虚ろな声で呟き記憶を巻き戻した。

——黙ってたら、わからないだろう？　お願いってなに？

真夜中に電話をかけた香澄に来夢はいやな声ひとつ出さずに、優しく訊ねてきた。

——もし……もしもなんだけど、私がどこか遠くに行こうってお願いしたら、来夢はどうする？

——海外旅行かなにか？　俺も、行きたいな。

来夢は、無邪気に言った。

——そういうのじゃなくて……私とふたりで、異国の地で暮らす気がある？　って意味なの。

祈るような思いで、香澄は意を決して口にした。

——なにか、あったの？

怪訝そうな来夢の声色に、香澄は我に返った。都合のいい、甘い夢だ。

――ごめんなさい。いま聞いたこと、忘れて……。

――いいよ。香澄がそうしたいっていうなら、喜んで。

来夢の言葉を思い出しただけで、涙腺が熱を持った。彼の優しさが、香澄の罪悪感に爪を立てた。

まさか、自分がつい一、二時間前に人を殺したとは夢にも思っていないだろう。そして、これからやろうとしていることも……。

考えごとをしているうちに、待ち合わせ場所の「東急ハンズ」の建物が現われた。

迷彩柄のパーカを着た美莉亜が、ガードレールに尻を預けスマートフォンをイジっていた。

「待った？」

香澄が声をかけると、顔を上げた美莉亜が舌を鳴らした。

「自分から呼んでて、なに遅れてんの！」

「マスターデータ、持ってきたでしょうね？」

美莉亜の文句を聞き流し、香澄は訊ねた。

「持ってきたわよ。おばさんのほうこそ手ぶらだけど、三千万、用意できたわけ⁉」

データを宙に翳した美莉亜が、怪訝そうな顔で訊ね返してきた。

「あなたより先に着いて、ある場所に隠してあるわ。こんな真夜中に、大金の詰まったバッグを抱えてふらふらしてたら物騒でしょう？」

言い終わらないうちに、香澄は足を踏み出した。

「どこに行くのよ⁉」

美莉亜の問いかけを無視し、香澄は歩き続けた。「東急ハンズ」から数十メートル離れた、とある雑居ビルに入った。脚本の仕事で「ＮＨＫ」には何度もきているので、この界隈の土地勘はあった。

香澄が選んだ雑居ビルは来月から一棟丸ごとリフォーム工事が始まるので、現在、テナントは仮の店舗で営業している。つまり、無人ということだ。

エントランスに入ると、香澄はまっすぐ階段に向かった。工事前で電気は通っていないので、エレベータは作動していない。

「何階まで行くわけ？」

美莉亜の不機嫌そうな声が、香澄の背中を追ってきた。

「もうすぐだから」

一階でなければ、何階でも構わなかった。

「着いたわ」

三階の踊り場で、香澄は美莉亜に言った。

「ここにバッグを入れてあるから、確認して」

香澄は、ガスの元栓が収められている扉を指差した。

「んだよ……かったるいな……」

ぶつぶつ言いながら、美莉亜が香澄を押し退け前に出た——扉を開けた。

「なんにもないじゃん！　どうなって……」

血相を変えて振り返った美莉亜の表情が、香澄の手もとをみて凍てついた。

香澄の右手には、カッターナイフが握られていた。

「私、以前、刑事ドラマの脚本を書いたときに警察の人に聞いたんだけど、刃渡り三センチあれば心臓を貫くことができるんだって。でも、頸動脈を狙うなら一センチの刃渡りでも殺せると思わない？」

香澄は、口もとに冷酷な笑みを湛《たた》えて美莉亜を見据えた。

「な……なんのまねだよ……」

「残念だけど、お金はないわよ。あなたは、ちょっとやり過ぎたわね」

「そ……そんなことでビビると思ってんのかよ？　ハッタリ言ってんじゃ……」

香澄は、美莉亜のショートパンツから伸びた太腿に切りつけた。裂けた皮膚から、みるみる鮮血が滲んだ。

美莉亜が、恐怖に怯えた眼を香澄に向けた。

「マスターデータ」

香澄は抑揚のない口調で言い、左手を差し出した。

「ふ、ふざけんな！　そんな脅し……」

「言っておくけど脅しじゃないし、加減もわからないから動脈とかざっくりいくかもしれないわ」

本気だった。美莉亜が従わないなら、殺す覚悟はあった。

ひとりもふたりも同じだ。それに、日本にいるのもあと僅かだ。

国を捨て、家族を捨て、職を捨て……幼い頃からの思い出のすべてを捨てることに、まったく後悔がないと言えば嘘になる。

だが、隣には来夢がいてくれる。それだけで、香澄には新たな人生を歩もうという希望が持てた。

「ほら……やるよっ、こんなもん！」

美莉亜が、声を震わせながらも強気な姿勢を崩さず、マスターデータを香澄に投げつけた。

「あなた、立場がわかってないようね。来夢の親御さんの借金を肩代わりした三千万は彼のためだからなにも言わないわ。だけど、あなたが私にしたことは許せない。このビデオに映っている私にたいしての仕打ち……どう責任を取ってもらおうかしら？」

香澄は足もとに落ちたマスターデータを拾い上げ、美莉亜の鼻先に突きつけた。

「お、おばさん、私を脅す気？」

美莉亜の顔は、恐怖に強張っていた。

「脅すなんて、私にはそんな暇はないわ」

言い終わらないうちに、香澄は右腕を横に薙《な》いだ。

美莉亜の左の頬が、パックリと裂けた。

「痛いっ……」

美莉亜が悲鳴を上げ、頬を押さえ屈み込んだ。

「あなたのせいで、私の人生は滅茶滅茶になったわ。こんな掠り傷で、なにを大袈裟《おおげさ》にしてるのよ⁉」

香澄は美莉亜の髪の毛を鷲摑みにすると、前髪の生え際に水平にカッターナイフの刃を当てた。

「やめろよっ！　なにすんだよ！」

美莉亜が、ヒステリックに喚き散らした。

「暴れると、顔を切り刻むわよ！」

香澄は怒鳴りつけ、カッターナイフを前頭部から後頭部に走らせた。

美莉亜の編み込まれている髪が、刈り取られた羊の毛のように剃り落とされた。

「いい顔になったわ。切腹する落ち武者みたいよ」

香澄は、ざんばら髪になった美莉亜を鼻で笑った。

「……こんなことして、ただで済むと思ってんの⁉　知り合いの半グレ達が黙ってないわよ⁉」

涙に充血した眼で、美莉亜が睨みつけてきた。

不意に、おかしくなった。香澄は、まるで舞台役者のように腹の底から声を出して笑った。

「な……なにが、おかしいのよ⁉」

美莉亜を無視して、香澄は大笑いした。笑い続けながら、美莉亜を剃髪《ていはつ》した。カッターナイフなので剃刀《かみそり》のようにはうまく剃れず、美莉亜の頭は斑坊主になった。

「いまの私には、怖いものなんてないの。皮肉だけど、あなたのおかげでね……」

香澄は虚ろな声で言うと、腰が抜けたようにへたり込む美莉亜の背後から首筋にカッターナイフの刃を当てた。

「や……やめろって……悪かったよ……謝るからさ……」

美莉亜の恐怖が、カッターナイフを通して伝わってきた。

「世の中には、謝っても済まないことがあるの……」

香澄は、眼を閉じた。

幼い少女の前で嬲り者にされ、ホームレスに犯され、小便を飲まされ……挙句の果てに人殺しになってしまった。それらすべての原因が、美莉亜に撮られたビデオだった。美莉亜が自分を脅さなければ……ケダモノ達に陵辱させなければ、人殺しにならずに済んだ。こそこそ逃げ隠れせず、来夢と平穏な日々を送ることができた。

そして、ゆくゆくはふたりの家庭を……。広がりかけた幸福の妄想を、香澄は打ち消した。

「どんなに謝られても……時間を巻き戻すことはできないでしょう……」

無意識に呟く香澄——カッターナイフを持つ手に力が入った。

「こ……殺さないで……許して……悪かったから……」

香澄の知っている生意気で横柄な美莉亜は、いまやどこにもいなかった。

微塵の同情心も起きなかった。何度生まれ変わっても殺したいほど、美莉亜が憎かった。

「今後一切、私と来夢にかかわらないで。メールを一回でもしたら、今度こそ殺すわよ」

背筋の凍りつくような冷え冷えとした声で警告した香澄は、美莉亜を置き去りに階段を下りた。

美莉亜を殺さないのは、許したからではない。彼女への憎さよりも、来夢への愛が勝っていたからだ。

ビルを出た香澄は、闇黒の空を仰いだ。夜明け前の一番深い闇は、まるで自分の行く末を暗示しているようだった。

☆

アパートの前に停められているスクーターのミラーを覗き込み、香澄はルージュを引いた。

光井の血の臭いが完全に消えているかどうか、不安になった香澄は一度自宅に戻り、シャワーを浴びてから来夢のアパートを訪れたので、空は白み始めていた。

アイラインの滲みがないか、ファンデーションにムラがないかを入念にチェックした。

一番きれいな自分で、来夢の前に立ちたかった。会ってないのは僅か数日なのに、香澄には数ヶ月にも感じられた。

ドアの前に立った香澄の鼓動は、早鐘を打っていた。

震える指先で呼び鈴を押そうとしたとき、ドアが開いた。

「待ってたよ」

来夢は香澄を招き入れ、沓脱ぎ場で抱き締めると唇を重ねてきた。唇をこじ開けるように侵入してきた舌が、香澄の舌に絡みついた。

香澄は来夢の逞しい背中に腕を回し、貪るように舌を吸った。互いの激しい息遣いと唾液の混じり合う音が、室内に淫靡に響き渡った。服の上から、香澄の胸を来夢が鷲掴みにした。

「ねえ……先に話を……」

喘ぎながら、香澄は言った。

「話はあとだ……」

ブラウスをたくし上げられ、壁に押しつけられた。

中腰になった来夢は露になった乳房を揉みしだき、乳首を吸い、転がし、嚙んだ。香澄の口から、吐息が漏れた。

太腿の内側に押しつけられた来夢の硬くなったペニスを握り締めた手を、香澄は前後にゆっくりと動かした。

欲情に駆られた香澄は腰を屈め、来夢のスエットパンツをずり下げた。勢いよく跳ね上がった亀頭が、下腹を叩いた。

香澄は来夢の臀部に爪を立て、猛々しく反り返ったペニスを手を使わずに咥えた。円を描くように頭を回し、裏筋にねっとりと舌を絡めながら亀頭を吸った。

来夢の呻き声とともに、臀部の筋肉が引き締まった。頰を窄《すぼ》め亀頭を集中的に吸いつつ、左手で陰茎を扱き、右手で陰嚢《いんのう》を揉んだ。

来夢の息遣いが荒くなった。香澄は亀頭から離した口で陰嚢を含み、睾丸《こうがん》を舌先で転がし、陰茎に上下させる左手の速度を上げた。

口内で、来夢の陰嚢が収縮するのと対照的に掌でペニスの怒張が増した。

「か……香澄……」

法悦の表情――半開きの潤んだ眼で、来夢が香澄をみつめた。香澄もみつめ返しながら、ペニスにむしゃぶりついた。

上目遣いに来夢を見上げた香澄は、裏筋に舌を這わせ、唇で陰茎を締めつけ、激しく顔を前後に動かした。

「うふぅむぁ……」

声にならない声――香澄の口腔《こうこう》が、生温かい液体に満たされた。香澄は両手でペニスの根もとを締めつけ、精液を一滴残らず搾り取るとでもいうように吸引した。

来夢が、狂おしいほどに愛おしかった。もし彼が、罪を贖《あがな》うために死を求めてくるのなら……香澄は、喜んで舌を嚙み切るつもりだった。

21

ソファに座り、シャワーの音と来夢の鼻唄に耳を傾けていた。香澄は、左右の太腿を密着させた。まだ、秘部が熱を持っていた。つい数分前まで入っていた猛々しい「来夢」の感覚が、香澄の下半身に残っていた。

来夢とセックスしたのは、ずいぶんひさしぶりのような気がした。やはり、愛する男性に抱かれるのは幸せだった。弛《ゆる》みかけた口もとを、香澄は引き締めた。

問題は、これからだ。

香澄は、できるだけはやく日本を発たなければならない。捜査線上に香澄の名前が上がらないという保証はないのだ。殺人罪で投獄されれば、死刑や無期懲役は免れたとしても、二十年近くは出てこられないだろう。

出所する頃には、香澄は還暦を迎えている。そのとき来夢は四十七……男盛りの年齢だ。それに、二十年もの歳月、来夢が待っていてくれるとは思えなかった。

なにより、殺人者になった女と交際を続けるはずがない。バレなくても、来夢が日本を離れて自分と海外で暮らすことを受け入れてくれるかどうか……。

数年先の話というのならば、可能性はあるはずだ。だが、一、二週間のうちに……となれば、そう簡単に事は運ばない。

無理は承知だった。もし、来夢が受け入れてくれたとしても、日本に残した家族や知人に香澄と行動をともにしていることを口外させてはならない。

なぜ、香澄の存在を隠さなければならないのか、当然、来夢は疑問に思うに違いない。信一に追われたくないからという理由では納得しないだろう。かといって、真実を話すわけにはいかない。ひどい目にあって仕方なく殺した……などの言いぶんが理解されるはずもない。

どんなひどい仕打ちを受けたとしても、人殺しの免罪符になりはしない。

しかし、それでも、諦めたくなかった。もともとは、来夢にレイプDVDを観られないために始まったことだ。来夢との未来を守るために……。

シャワーの音がやみ、バスルームの扉が開く音がした。

「さっぱりした」

バスタオルを腰に巻いた来夢が、缶ビールを片手に香澄の横に座った。

さっき抱かれたばかりなのに、来夢の六つに割れた腹筋をみると胸が高鳴った。プルタブを引くときに隆起する前腕の筋、ビールを流し込むときに上下する喉仏……香澄は、フェロモン溢れる来夢の肉体美に見蕩《みと》れた。

「飲む？」

　缶ビールを差し出してくる来夢に、香澄は首を横に振った。どんなに強い酒を飲んでも、酔えそうになかった。

「なんか、話があるって言ってなかったっけ？」

　思い出したように、来夢が顔を向けた。

「うん……」

　香澄は、曖昧に頷いた。

「どうしたの？　なにか、深刻なこと？」

　来夢の優しさが、怖かった。その優しさが霧のように消えることが……。

「俺にも言えないことなの？」

「ねえ、私のこと好き？」

「なんだよ、急に？　好きに決まってるじゃん」

「どのくらい好き？」

「どのくらいって……君のためなら死ねるくらい好きだよ」

　まっすぐみつめてくる来夢の瞳に、息ができなかった。

「私のためなら……死ねる？」

喘ぐような声で、香澄は繰り返し訊ねた。

瞬間、来夢の表情が止まった。しかし、すぐに口もとを綻ばせると力強く頷いた。

「死ねるよ」

香澄は、来夢の逞しい胸に身を預けた。

「ねえ、海外に行こう？　パリとか……ニューヨークでもいいわ」

「いいよ。俺、海外、行ったことないんだ」

「旅行じゃなくて……生活するってこと」

香澄は、胸に抱かれたまま来夢を見上げた。

「生活⁉　それ、どういうこと？」

来夢が、眼を丸くした。

「私と、海外に住むの」

息を止め、香澄は来夢の返事を待った。数秒が、数分にも感じられた。

「いや？」

恐る恐る、香澄は訊ねた。

「とんでもない。嬉しいよ。海外に住めるだけのお金を貯めるのに、何年……いや、十年以上かかるかな」

来夢が指を折りながら破顔した。

「できれば、来週には日本を発《た》ちたいの」

「来週だって⁉」

来夢が、素頓狂な声を上げた。

「やっぱり、無理よね」

落胆のため息が、唇から零れ出た。

「いくらなんでも、来週は急だよ。本当に、なにがあったの？」

それまでとは一転して、来夢が心配そうな顔を香澄に向けた。

無理もない。いきなり、一週間後に海外に住もうなどと言われたら誰だって困惑する。

「もう、なにもかもがいやになっちゃったのよ。私の仕事って、視聴率が悪かったらすべて脚本のせいにされるの。プロデューサーには散々嫌味を言われるし、スポンサーや芸能事務所にはお詫びに回らなければならないし……業界での人間関係に疲れちゃって。この前も、私の書いた二時間ドラマの視聴率が五パーセントを切って、テレビ局に呼び出されて……」

香澄は、大きなため息をついてみせた。テレビ局が視聴率至上主義なのも、低視聴率の際に脚本家に非難が集中するのも、スポンサーや主役の所属事務所に謝罪するときがあるのも、すべて本当のことだった。

香澄の話、ということを除いては。

香澄の脚本のドラマは軒並みヒットし、主役の芸能事務所から指名を受けることも珍しくなかった。だが、香澄には日本を飛び出したい理由が必要だった。

「そっか……俺には想像もつかない世界だけど、大変なんだな。ごめんな、全然、気づいてあげられなくて……」

来夢は申し訳なさそうに言いながら、香澄の肩を抱き寄せた。嘘だとは微塵も疑わずに労《いたわ》りの言葉をかけてくる彼に、罪悪感で胸を掻き毟られた。

「ううん、いいのよ。あなたには、なんの責任もないんだから」

「ありがとう。だけど、男としては君が苦しんでいるのになにもしてあげられないことに責任を感じるよ。あのさ、海外に行かなくても、仕事を辞めれば？　俺が頑張って働くからさ。そりゃ、香澄ほどの稼ぎは無理だけど、バイトを掛け持ちすればふたりで生活するくらいの金はなんとかできるよ」

「バイトを掛け持ちなんてしたら、ダンスができなくなるじゃない？　将来、プロのダンサーになるのが夢なんでしょう？　アメリカとか、ダンスの本場ならチャンスも広がるわ。ね？　夢を諦めるなんてだめよ。日本に執着しなくてもいいじゃない⁉　ふたりで一緒にいれば、世界のどこで暮らしても同じよ」

　香澄は、演技ではなく熱っぽい口調で訴えた。自分の嘘のために、来夢の夢まで奪うなど耐えられなかった。

「仕事は、どうするんだよ？　海外じゃ、香澄だって無職だろ？　俺も働くことになるし、どっちみちダンスをやってる暇はないよ。でも、君のためなら、ダンスができなくても平気さ」

　来夢が、香澄の大好きな少年のような微笑みをみせた。支え合って生きて行こう……そう言ってあげられないのが哀しく、つらかった。

「だめよ……そんなのだめっ。お金なら、当分の間、ふたりが生活に困らないだけの貯金があるから安心して」

　口を衝く嘘が、香澄の罪の意識に拍車をかけた。来夢の母親の借金を肩代わりし、貯金は底を突いていた。

　貯えがあれば、ビデオを美莉亜から買い取るために光井の性の奴隷になる必要もなければ、殺人者になることもなかった。だが、真実を来夢に話せはしない。

「当分って、貯金なんて働かなきゃすぐになくなるだろう？」

「大丈夫。あなたは、お金のことはなにも心配しないでいいから。私を信じて……」

嘘を真実にすればいい——異国の地で来夢と生活するのに困らないだけの金を作ればいい。

知人にはもう、金の無心はできない。借りることができないなら、奪えばいい。

人を殺して国外に逃亡する香澄に、罪を重ねることへの躊躇いはなかった。

「だけど、来週は急過ぎるよ。恥ずかしいから言わなかったけど、お金を借りてる人もいるから、せめて返すまでは日本を離れられないんだ。その人達に返済するまで、待ってくれないか？」

「いくら？」

「え？」

「借金は、いくら？」

「二百万ちょっとだけど」

「それ、私が払ってあげるから」

どの道、金を作らなければならないのだ。二百万くらい増えたところで、大差はない。

「気持ちだけ、受け取っておくよ」

来夢が、唇を噛み視線を逸らした。

「遠慮しなくても……」

「俺は……ヒモになりたくない」

香澄の声を、来夢の押し殺した声が遮った。

「来夢、違うの。誤解しないで！」

「誤解じゃない。君の貯金で海外に住んで、働きもせずに好きなダンスをして、借金まで払ってもらって……ヒモじゃなきゃ、なんなんだよ⁉　たしかに俺は、香澄に比べて稼ぎも少ないよ。でも、男だからさ。俺が、香澄を養いたいんだ」

来夢のまっすぐな瞳が、香澄の胸を貫いた。

「ごめん。私が悪かったわ。じゃあ、返してくれればいいわ。二百万も、海外での生活費も。来夢の仕事がみつかって、お金を稼げるまでの間に貸すだけよ。それならいいでしょ？」

香澄は、祈る思いで来夢をみつめた。

「急いで日本を発ちたい理由を、どうしても教えてくれないのか？　俺達、これから一緒にやってゆくんだろう？　一生のパートナーになる相手にも、言えないことなのか？　なあ……香澄！」

来夢が、香澄の肩を摑み訴えかけた。

「ごめん……もう少し、時間をちょうだい。心の整理ができたら、必ず話すから」

墓場まで、秘密を持ってゆくつもりだった。しかし、来夢の純粋な想いをこれ以上、踏み躙ることはできなかった。

一年、二年……何年先になるかはわからないが、必ず来夢に真実を告げることを心に誓った。たとえ捨てられても、警察に突き出されても……来夢になら許せる。

来夢が、無言で立てた小指を香澄の顔前に翳した。

「約束だよ」

香澄は来夢の小指に小指を絡め、小さく顎を引いた。

この幸せが幻であっても、いまだけは現実だと信じていたかった。

☆

タクシーは新宿西口周辺を走っていた。後部座席に身を預けた香澄は、虚ろな視線を窓の外に向けていた。

人気のラーメン店に並ぶサラリーマン、声高に笑いながら連れ立ってコンビニエンスストアに入るOL、微笑ましい笑顔でベビーカーを押す母親……香澄以外の世界は平穏な時が流れていた。彼らには、今日という一日も平凡な日々のひとコマに過ぎない。だが、いまの香澄にはその平凡な日々は手の届かない夢の世界に思えた。

――どうしたんだ？　君のほうから連絡してくるなんて珍しいじゃないか？　若い男の勢

いだけのセックスに飽きて、僕の熟練のテクニックが懐かしくなったか？　ん？

――話があるので、今日、お時間をいただけますか？

――離婚届なら判は押さないぞ。

――違います。あなたの嫌がる話ではありません。

――ほう……どういう風の吹き回しかな？

――お昼休み、「サマータイム」で待ってますから。

香澄は、信一と出会った頃にふたりでよく会っていた中野のカフェを指定した。本当は、もう二度と行きたくないカフェだったが、信一の猜疑心《さいぎしん》を払拭するには最適な場所だ。

『殺害されたのは経営コンサルタント会社経営、光井重雄さん五十五歳……』

香澄の心臓は、ラジオから流れてくるニュースに跳ね上がった。

『光井さんは自宅マンションのリビングルームで、何者かに鈍器のようなもので数十回に亘って殴りつけられた模様です。警察では、頭蓋骨や顔の骨が陥没、粉砕するほど執拗に殴りつけた手口から、怨恨《えんこん》の線で捜査を――』

「あーやだやだ、恐ろしいね」

運転手が、ラジオのスイッチを切った。

捜査状況が気になったが、ラジオを消さないでほしいと言えば運転手に印象を残してしまう恐れがあった。

「頭蓋骨や顔の骨が陥没するまで殴るなんて、よっぽどの恨みがあったんでしょう。私の予想じゃ痴情の縺れだと思うんですが、お客さんはどう思います？」

香澄は、お喋りな運転手のタクシーに乗った不運を悔やんだ。

「さあ、どうなんですかね……」

香澄は、曖昧に言葉を濁した。まさか運転手は、自分が話しかけている客が犯人だとは夢にも思っていないだろう。

「まあ、どんな事情があっても、人を殺すのはよくないですね。もし警察に捕まらなくても、犯人は必ず地獄に落ちますよ」

吐き捨てる運転手の言葉が鋭利な刃物のように、香澄の胸を抉った。

「そうとも、かぎらないんじゃないんですか？」

無意識に、香澄の口が開いた。言ったあとに、すぐに後悔した。

「と、言いますと？」

運転手が、ルームミラー越しに怪訝な視線を向けてきた。

「人殺しはもちろんいけないことですが、中には、仕方のない事情というものもあるかもしれません。たとえば、十数年前に奥さんをレイプされて赤ちゃんを殺された旦那さんが、犯人の青年が死刑にならなかったら必ず殺すって言ってたんですが、もし本当に殺したとして、その旦那さんは地獄に落ちなきゃならないんでしょうか？」

「同情はしますけど、だからといって人殺しはいけません……」

「運転手さんの奥さんと子供さんがレイプされて殺されても、いまと同じことが言えますか！」

香澄は、運転手の言葉を大声で打ち消した。

「え……私、なんか、気に障ること言いましたか？」

戸惑う運転手に、香澄は自分が余計なことを口にしてしまったと気づいた。運転手は一般論を語っていただけだが、香澄は自分が責められているように感じたのだ。

「あ……ごめんなさい……。その旦那さんの事件を思い出して、つい……」

香澄は、重々しく張り詰めた空気を慌てて取り繕った。

「中野は、どのあたりにつけましょうか？」

運転手が気を取り直したように訊ねてきた。

「ここでいいです」

五千円札を渡して釣銭を受け取った香澄は、タクシーを降りた。

「中野サンプラザ」から数十メートルほど歩いたところに、「サマータイム」のオレンジ色の看板がみえた。

店に入ると、昔、ふたりがよく座っていた窓際の席にいた信一が手を上げた。

「どうした？　やつれた顔して？　安月給のダンサー青年とセックスのやり過ぎか？」

下卑た笑いを片頬に貼りつけた信一が、粘っこい視線を香澄の胸や腰のあたりに這わせた。

こんな卑しい男と結婚したという事実は、香澄の一生の汚点だ。

「すみません。お仕事中に呼び出して」

香澄は信一の問いかけを無視し、席に着いた。信一は、中野区役所の職員だった。

「とりあえず、注文は……」

「家に戻って、もう一度あなたとやり直そうと思ってます」

香澄は、信一を遮り、いきなり本題に入った。極力、無駄な会話は省きたかった。悠長に構えている暇はない。香澄には、時間がなかった。

「それ、本気で言ってるのか？」

狐に摘まれたような顔で、信一が訊ね返してきた。

「ええ。本気です。いままで、勝手ばかりしてすみませんでした」

香澄は、殊勝な表情で詫びると頭を下げた。来夢との未来のためなら……香澄はどんなに罪深い女になることもできた。

22

午後六時を二十秒過ぎたところで、ドアチャイムが鳴らされた。定時きっかりに帰宅するところは、昔と同じだった。

チャイムを聞くと、パブロフの犬さながらに条件反射で鳥肌が立つのも同じだ。

「お帰りなさい」

香澄は、帰宅した信一を笑顔で出迎えた。

笑うのが、こんなにも苦痛だということを初めて知った。別居前の一年間は、出迎えすらしないほどに夫婦仲は冷え切っていた。それは、いまも変わらない。

いや、別居期間に信一のことがさらに嫌いになった。正直、こうして向かい合っているだけで気分が悪くなる。

来夢との未来のため……束の間の辛抱だ。

「僕とやり直そうというのは、本当だったんだな。それとも、なにか魂胆でもあるのかな？」

信一が、皮肉っぽい口調で言いつつ片側の口角を歪めた。

「食事の支度をしますから、先にお風呂に入ってて……」

靴を脱ぐなり、鞄を放り投げた信一が香澄に抱きつき廊下に押し倒した。

歯周病特有の悪臭が鼻粘膜を刺激し横隔膜が痙攣した。別居前より症状が進んでいるのか、臭いがきつくなっているような気がした。

「なにをするんですか……やめてください！」

「僕とやり直すんだろう？　夫婦がセックスして、なにが悪いんだ？　ん？」

「いきなり、こんなところでいやです！」

香澄は、胸を揉もうとする信一の手首を摑んだ。

「意外な場所のほうが燃えるだろう？　君も、濡れてるんだろう？　僕が、たしかめてやろう」

下卑た笑みを浮かべ、信一が香澄のスカートの中に手を入れてきた。

「話を先にしてからじゃないと、いやです！」

香澄は、渾身の力を込めて信一の胸を押し返した。

「話？　なんの話だ？」

「とにかく、部屋に行きましょう」

香澄は腰を上げ、信一をリビングに促した。六畳の洋間に置かれたライムグリーンのソファは、ふたりがまだ仲睦まじい頃に購入したものだ。

——これ、ちょっと派手じゃない？　黒とか茶とか、無難な色にしない？

麻布の輸入家具専門店のソファ売り場で、ライムグリーンのソファを勧める信一に香澄は難色を示した。

——カーペットやほかの家具が黒や茶系が多いから、ソファくらいは明るい色にしたほうがいいんじゃない？　ふたりの結婚生活みたいにさ。

記憶に浮かぶ信一の優しい笑顔が、いまとなっては信じられなかった。

「このソファを買った頃は、僕らはあんなに愛し合っていたのにな」

香澄の心の中を読んだかのように、信一が言いながら腰を下ろした。

「あのときのあなたは、いまみたいに皮肉っぽいことや下品なことを言う人じゃなかったわ」

香澄も記憶を手繰りつつ、信一の隣に座った。

嫌味を口にしたわけではない。出会った当時の信一は物腰が柔らかく、口数の少ない優男だった。少なくとも、香澄に暴言を吐いたり嫌がらせをしたりするような男ではなかった。

いつから、信一は変わってしまったのだろうか？

「僕だけの責任だというのかい？」

「……私の責任だというつもりですか？」

「君は、気づいてなかっただろうね。先に変わったのは君のほうだということに」

「なんですって……？」

「結婚してから君は、あっという間に売れっ子の脚本家になった。毎週が締め切りみたいな生活スタイルになって、君は部屋に籠りっきりで執筆しているか、テレビ局で打ち合わせをしているかのどちらかで、ひとつ屋根の下に住んでいても顔を合わせるのが日に三十分もなかった。僕達は会話もなくなり、気づいたら夫婦というよりは同居人みたいな関係になっていた」

「仕事なんだから、しようがないじゃない」

「夫婦の生活を犠牲にしてまで、仕事を優先するべきなのか？」

「夫婦関係が冷え切ったのは、私の仕事ばかりが原因じゃないでしょう？」

「もちろん、すべてを君のせいにする気はないさ。僕にも責任はある。あるときから、僕は異様に嫉妬深くなり、君を束縛するようになった。理由はわかっていた。不安だったんだよ。僕は給料も安いし、家と職場の往復だけで交友関係も少ない。たいする君は、稼ぎも多いし交友関係も広い。いつか捨てられるんじゃないかという怯えが、君への執着となってしまった。どこに行くんだ？　誰と会うんだ？　今日はなにをやっていたんだ？　誰からの電話だ？　誰に電話をかけてるんだ？　そりゃ、こんな旦那、僕だって愛想を尽かすよ」

自嘲する信一を、香澄は驚きの眼でみつめた。

「……自分がやっていたことの認識があったんですか？」

「ああ。どんどん、いやな男になっていっているなって自己嫌悪に陥ったよ」

信一が、苦笑いした。

香澄の胸に罪悪感が広がった。こんなにまともな会話ができる信一を見たのは、およそ十年ぶりだった。

「卑怯じゃないですか？　いまさら反省したふうなことを言われても……」

「君がやり直してもいいって言ってくれたから、僕もこのままじゃいけないなって思ったんだよ」

なにかを悟ったような穏やかな表情は、忌み嫌っていた夫とは別人のようだった。

「宇宙人をみるような眼をしてるね。まあ、当然だよな。君にとっての僕は、執念深くて、嫉妬深くて、日本で一番嫌いな男だろうからね。認めるよ。でも、思い出してほしいんだ。中野のカフェでの僕を」

信一の言葉に導かれるように、十二年前に記憶を巻き戻した。

中野区役所近くのカフェ……「サマータイム」で脚本を書くのが香澄の日課だった。

脚本といっても、当時の香澄は駆け出しでレギュラーの仕事はなかった。大御所の脚本家のアシスタントが主な仕事で、テレビ局への売り込みのための脚本を執筆していたのだ。

——俺はアイスコーヒーを注文しただろ⁉ お前はなにを考えてるんだ！

五十代と思しきサラリーマンふうの男性が、若いウエイトレスを怒鳴りつけた。

——あ……でも、お客様はホットコーヒーをご注文なさって……。

恐る恐る、ウエイトレスが反論した。

——はぁ⁉ お前、なにか⁉ 俺が嘘をついてるっていうのか！ ああ！ どうなんだよ！

男性がテーブルに拳を打ちつけウエイトレスに詰め寄った。

——いえ……私はそういうつもりで……。

——そういうつもりじゃなかったら、どういうつもりなんだよ！ お前は、客を嘘つき呼ばわりしてるんだぞ⁉ わかってんのか！

男性の怒りは増すばかりだった。周囲には数名の客がいたが、みな、みてみぬふりをしていた。止めなければ……そう思っても、尋常ではない男性の怒りに香澄の声帯は萎縮していた。

――すみませんでした……。

ウエイトレスが泣き出しそうな顔で詫びた。

――はぁ!?　三十秒前まで俺を嘘つき呼ばわりしてたくせに、どういう風の吹き回しだ？　謝ればなにをしても許されるのか!?　たとえば、俺がお前の尻を触っても謝ればいいんだよな？　そうだろ？　触ってやろうか？

萎縮するウエイトレスをみて、男性がエスカレートした。相変わらず、周囲の客はみてみぬふりをしていた。客だけでなく、フロアの奥にいる年配の女性スタッフも関わり合いになりたくないとばかりにそ知らぬ顔をしていた。

――ホットコーヒーでしたよ。

不意に、トイレから、小柄な身体をグレイのスーツに包み、ストライプ柄のネクタイを締めた若い男性が現われた。若いといっても、香澄と同年代……二十代後半から三十代前半にみえた。

――なんだ!?　お前は？

中年男性が、剣呑《けんのん》な顔を若い男性に向けた。

――あなたの後ろの席にいた者です。僕がトイレに行く前に、あなたはホットコーヒーを注文していましたよ。

若い男性が、中年男性に歩み寄りながら言った。

——お前っ、嘘をつくんじゃない!

——嘘をついてるのは、あなたのほうじゃないですか! いいや、問題はそこじゃありません。もし、あなたが本当にアイスコーヒーを注文して彼女が間違っていたとしても、さっきみたいな怒りかたはどうかと思います。

若い男性が、諭《さと》すように言った。

——偉そうにっ、お前、何様のつもりだ!

——もし彼女が、あなたのお子さんだったら? もし、彼女を怒鳴りつけるあなたをお子さんがみていたら?

——お前にそんなこと言われる……。

——誰がどうのじゃなくて、僕達みんな、子供の手本になるような大人になりましょうよ。

中年男性を遮った若い男性が、笑顔で言った。

香澄は、思わず拍手をした。少し遅れて、ひとり、ふたりとほかの客が手を叩き始めた。ほどなくすると、店内が拍手の渦に包まれた。

——な、なんなんだよ……やめろよ……。

動揺した中年男性が、きょろきょろと首を周囲に巡らせつつ拍手をやめるように言った。

だが、鳴りやむどころか余計に拍手の音が大きくなった。

――じょ……冗談じゃない！　こんな店、二度とくるか！

千円札をテーブルに叩きつけ、中年男性が店をあとにした。

――ありがとうございました。

礼を言うウエイトレスに会釈した若い男性が、窓際の席に座った。

――少し、座ってもいいですか？

若い男性のテーブルに歩み寄った香澄は訊ねた。大胆な行動に出た自分に、驚きを隠せなかった。

――あ……はい、どうぞ。

さっきまでの毅然とした態度で中年男性に抗議していたときとは打って変わった内気な感じが、いい意味でギャップだった。

――勇気がありますね。黙ってみていた自分が恥ずかしいです。

――僕も、こんな感じです。

若い男性がコーヒーカップを握ると、黒褐色の液体がソーサに零れた。よくみると、手が震えていた。

――本当は、凄く怖かったんですよ。僕、喧嘩《けんか》とかしたことありませんし……さっきのは、瘦せ我慢です。

言うと、若い男性が笑顔になった。

——あ、自己紹介まででしたよね。私、片岡香澄っていいます。仕事は、脚本書いてます。

——脚本家さんというのは、ドラマとか映画とかの台本を書いている人ですか？

若い男性が、興味津々の表情で身を乗り出してきた。

——でも、まだ自分の作品は書かせてもらってないんです。有名な脚本家の先生のアシスタントをしながら勉強してます。あなたはどんなお仕事をしてるんですか？

積極的な自分に、香澄は戸惑いを隠せなかった。大学時代に二年間付き合っていた彼氏と別れてから……社会人になってからの香澄に恋人はいなかった。

脚本家の仕事は派手にみえるが、打ち合わせと執筆の繰り返しで異性と出会う機会も時間もない。なにより、締め切りに追われる日々を送っているので精神的な余裕がなく、恋人がほしいとは思わなかった。

——僕は、区役所の職員です。あ、田中《たなか》信一と言います。地味ですよね……名前も仕事も。

若い男性——信一が、自嘲気味に言うと眼を伏せた。

——公務員って、素敵じゃないですか。

——え？　そんなこと言われたの、初めてですよ。

——脚本家の仕事って、三日寝られなかったかと思えば一週間仕事がなかったり極端なので、公務員の安定と規則正しさに憧れてるんですよ。

——僕なんかは逆に、脚本家さんとか芸能関係のお仕事って別世界で凄いなって思います。

——隣の庭は……ってやつですね。

——あの……隣の芝生……じゃなかったでしたっけ？

信一が、遠慮がちに言った。

——あ！　そうでしたね！　脚本家失格ですね。

香澄が大笑いすると、信一も控えめに白い歯をみせた。

その日の出会いをきっかけに、ふたりは「サマータイム」でお茶をするようになり、恋仲へと発展した。

いまでは一分でも同じ空気を吸いたくないほど忌み嫌っている信一と、当時は、一分でも長く過ごしたいと思っていた。目の前の信一とあのときの信一が、同一人物だとは信じられなかった。

あの正義感が強く純粋で内気な信一を別人に変えたのは、自分なのかもしれない。

「君に付き纏い、執着し、不快な思いをさせてきたことは謝るよ。言い訳にならないけど、それだけ君を愛していたんだ」

信一から、香澄は視線を逸らした。彼の瞳に、「昔の信一」をみつけてしまいそうで怖かった。

たしかに、信一は変わった。純粋さと正義感は失われ、狡猾《こうかつ》で卑屈な男になった。

だが、香澄は信一以上に汚れてしまったのかもしれない。

「プロポーズしたとき、僕が約束したこと覚えているかい？」

不意に、信一が訊ねてきた。香澄は、小さく頷いた。

――香澄さん。これ……。

交際を始めて半年が過ぎたある日の夜、青山のフレンチレストランで信一がベルベットの小箱を香澄の前に置いた。小箱を開けると、眩《まばゆ》いばかりの煌《きらめ》きが瞳を支配した。

――信一さん……。

――僕と、結婚してほしい。

なんの飾り気もないシンプルなプロポーズが信一の人柄を表わしていて、胸に響いた。

――僕は、君のために生きる。もし、君から嫌われても、一生、僕は君を愛し続けることを誓うよ。

感激に胸が詰まり、香澄は食事が喉を通らなかった。

「いまでは、すっかり君のストーカーみたいになってしまって……。こんな形で、あのときの約束を果たすなんて皮肉だね」

　信一が、寂しげに笑った。

　いろんな思いが交錯し、高地で走っているように息苦しくなった。零れそうになる涙を、香澄は懸命に堪えた。

「どうしたの？」

　香澄の異変を察した信一が、心配そうな顔を向けた。

「やめてよ……」

　香澄は、掠れた声を絞り出した。

「どうして……どうして、昔のあなたに戻るの？　そんなの、困るわ……」

　眼差しも、声音も、表情も……隣にいるのは、香澄の愛した信一だった。

「君が、もう一度、僕にチャンスをくれたからだよ。強過ぎる愛も、時には毒になるってことを学んだからね。出会ったばかりの頃に、戻ろうよ」

「私は……ほかの男性と関係を持ったのよ？　あなたも、知ってるでしょう？」

　詰ってほしかった。侮辱してほしかった。ねちねちと、責め立ててほしかった。そうでなければ、これから自分がやろうとしていることが……。

「正直、胸が張り裂けそうなほどつらい。だけど、何年間も君を苦しめた報いだと思ってる。

今度は、僕が耐えて、克服する番さ」

香澄は、膝の上で握り締めた拳に視線を落とした。信一を正視できなかった。犯した罪が過去形なら、罪悪感も克服できる。だが、現在進行形の「罪」は克服できない。

「私のやったことを……許せるの？」

「ああ、もちろんさ」

「どうして、言い切れるの⁉　あなたの妻は、年の離れた青年に抱かれたのよ⁉　それも、一度ではなくて、何度も抱かれたわ。それでも、許せるっていうの⁉」

香澄は、挑発的な言葉を並べた。

——なぜ、不利になるようなことを言うの？　信一が改心してくれて、あなたの計画はやりやすくなるでしょう？

頭の中で、もうひとりの「香澄」が窘《たしな》めてきた。

わかっていた。信一の優しさに身を委ねたふうを装うほうが事がうまく運ぶことを。しかし、ほんのひとかけら残っている良心が香澄を駆り立てた。

「不快じゃないと言ったら嘘になる。でも、許せるよ。だって、僕が苦しんでいるぶんと同じだけ……いや、それ以上に君を苦しめてきたからね」

頬を生温かい滴《しずく》が濡らした。

嬉し涙ではない。後悔の涙でもない。

一度は愛した夫の純粋な気持ちに触れても、嬉しさも後悔も感じない自分にたいしての涙だ。

「ひとつ、訊いてもいいかな？」

信一が、ティッシュペーパーを差し出しながら言った。香澄は頷き、ティッシュで涙を拭った。

「どうしてやり直そうと思ったの？　別居してからの僕は嫉妬に狂って、君にひどいことばかりやってきた。僕が女でも、こんな下劣な男と縒りを戻す気にはなれないな」

当然の、質問だった。愛したのは事実でも、愛が蘇ったわけではない。信一のもとへ戻ってきた本当の理由を、言えるわけがなかった。

「ひどいことをしたのは、お互い様だから……。それに、それだけ嫉妬してくれたっていうことは、私を好きでいてくれたっていうことでしょう？」

自分が昨日、人を殺したと知ったら信一はどんな顔をするだろう。

「そうか……ありがとう、許してくれて」

信一の言葉が入ってこないように、香澄は心を閉ざした。受け入れてしまえば、理性が決壊してしまいそうだった。

「本当のこと言えば、『サマータイム』では君の言うことが信じられなくて疑心暗鬼だったんだ。なにか企んでいるんじゃないかって。だから、帰ってきてからもわざといやなことをして君を試したりした。でも、いまは違うよ。もう、君のことは信じてる」

香澄も、半信半疑だった。縒りを戻したいから演技をしているのではないかと疑っていた。

違った。

信一は、本気で昔の自分に戻ろうとしている。いや、信一自身はなにも変わっていなかった。夫婦生活の中で、知らず知らずのうちに香澄が彼を変貌させたのかもしれない。

「シャワー浴びてから、ご飯をいただくよ」

「疲労回復の入浴剤を入れてますから、ゆっくり湯船に浸《つ》かってね」

「なんだか、夢みたいだよ。また、君とこんな会話ができるなんて」

感極まった顔で言うと信一は立ち上がり、部屋を出た。

湯船に浸かると信一は、最低三十分は風呂から出てこない。シャワーだと十分も経たないうちに出てきてしまうので、湯船に湯を張ったのだ。

バスルームの扉が閉まる音を確認した香澄は俊敏な動きで寝室に向かった。

信一の習慣が、以前と変わっていないことを願った。

寝室に入ると迷わずクロゼットの扉を開けた。スーツが吊るされたハンガーを掻き分け、上半身をクロゼットの奥に突っ込んだ。

衣服を整頓する白のプラスチックボックスが三段重ねてあった。上のふた箱を下ろし、一番下のプラスチックボックスの蓋を取った。詰め込まれているセーターやカーディガンを退けると、底のほうに薄茶のエコバッグが入っていた。

香澄はエコバッグを取り出し、中身を確認した。無造作に輪ゴムで括られた十の札束——習慣は、変わっていなかった。

信一は銀行をまったく信用しておらず、結婚当初から自宅に現金を置くタイプだった。別居前に、一千万の簞笥《たんす》貯金があることは知っていた。

ただ、この金に手をつけようと思ったことは一度もなかった。信一の金に手をつけるくらいなら、身体を売ったほうがましだった。軽蔑していた男の金を盗んで、それ以下の人間になりたくなかったのだ。

しかし、いまの自分は人殺しだ。どんな悪事を働いても、これ以上、堕ちることはない。

香澄は自分に言い聞かせ、エコバッグを取り出しプラスチックボックスを元通りに戻すと、寝室をあとにした。


荷物を取りに行ってきます。明日の午前中までには戻ってきますから心配しないでください。

香澄はメモをリビングのテーブルに残し、玄関に足を向けた。

バスルームから聞こえてくる信一の鼻唄に、心が疼いた。

いや、気のせいだ。

咎める良心など、残っているはずがない。たとえ残っていたとしても、自分には良心の呵責を感じる資格はない。

心を入れ替え真摯《しんし》に向き合おうとしてくれた夫を利用し、金を奪い、若い男のもとに走る女——自分は、最低最悪の女だ。

香澄は、鼓膜に蘇る信一の声から逃げるように、玄関を飛び出した。

23

月明かりに照らされた旧市街の石畳を、香澄は来夢と歩いていた。

スイスは、二度目だった。

脚本を書いているドラマのロケでルツェルンを訪れたのが十年前——次はプライベートで

訪れようと決めていた。逃亡先としてスイスを訪れることになったのは皮肉だが、来夢と一緒なので幸せだった。

「行ってみない？」

香澄は、数メートル先の教会を指差した。

「かわいらしい教会だね」

来夢が言うように、ベビーピンクの外壁の教会は御伽《おとぎ》の国のお城のような趣があった。

「さすがに、時間的に開いてないでしょうね」

香澄は言いながら、観音開きの扉に手をかけた。

予想に反して、扉は開いていた。教会の中は、ステンドグラスから射し込む月光で幻想的に染められていた。

「こういうところで、式を挙げたいね」

来夢は、厳かな雰囲気の空間を見渡しながら言った。

「私は二度目なのに……いいの？」

「もちろん。香澄は、俺の嫁さんになるんだからさ」

来夢が、香澄を抱き寄せた。

「嬉しい……」

逞しい胸に顔を埋め、香澄は呟いた。

「幸せにするから」

香澄を抱き締める来夢の腕に、力が込められた。

いろいろあったが、来夢と日本を飛び出してよかった。改心した信一を欺《あざむ》き一千万を盗んだことに、罪の意識がないかと言えば嘘になる。

だが、あのまま日本に残り信一と縒りを戻すという選択肢は香澄にはなかった。万が一、信一とやり直そうと思ったとしても、殺人者となった香澄には不可能だ。

来夢の腕の力が強くなった。

「苦しいよ」

甘えた声で、香澄は言った。腕の力は弱まるどころかさらに強くなり、香澄の背骨に痛みが走るほどだ。

「来夢……苦しいって……痛い……」

息が詰まり、声が出せなかった。身体を捩り逃げ出そうとしたが、来夢の腕はビクともしなかった。

「俺のほうが、数百倍も痛かったよ」

香澄を抱き締めていたのは来夢ではなく、血塗れの男……光井だった。

香澄は、悲鳴を上げた。

「お客さん、ナビの住所に着きましたよ。大丈夫ですか？」

香澄は、眼を開けた。ドライバーズシートから、怪訝そうな顔で運転手が振り返っていた。

タクシーは、見覚えのあるコンビニエンスストアの前に停まっていた。香澄は状況を理解した。タクシーで移動中に、寝入ってしまったようだ。

「ごめんなさい」

香澄は千円札を三枚出して釣りを受け取ると、一千万が詰まったエコバッグを胸に抱えタクシーを降りた。

「香澄！」

アパートの前で、人影が手を振っていた。

「もしかして、ずっと待っててくれたの？」

香澄は、訊ねながら来夢に歩み寄った。

「旦那さんに捕まって戻ってこられなくなるんじゃないかって心配でさ」

不安げな来夢をみて、母性本能がくすぐられた。同時に、信一にたいしての罪の意識が胸に爪を立てた。

「ありがとう。でも、大丈夫よ」

「とりあえず、入ろう」

来夢は、香澄の肩を抱き寄せ部屋へと促した。

「旦那さんに、会ってきたんだろう？」

香澄をソファに座らせると、待ちきれないとばかりに来夢が訊ねてきた。それほどまでに心配してくれていた彼の気持ちが愛しかった。人殺しで盗人で……こんなに最低な自分を、気にかけてくれているだけで胸が熱くなった。

「うん」

「どうして、会いに行ったの？」

「私の貯金を、取りに行ったのよ」

香澄は、嘘をついた。

良心の呵責を感じたが、いま、本当のことを口にするわけにはいかない。

「貯金を？」

「ええ。私、銀行を信用していなくて、家にお金を置いているの。ちょうど、一千万よ」

言いながら、香澄はエコバッグの中身を来夢にみせた。

「こんな大金を家に⁉」

来夢が、驚きに眼を見開いた。

「私とあなたが、海外で暮らすための行動資金よ」

「あのさ……」

来夢がなにかを言いかけて逡巡《しゅんじゅん》した。

「どうしたの？」

「急いで海外に行きたい理由は、やっぱり教えてくれないのか？」

「……ごめんなさい。いまは、無理なの」

不可解に思われるのはよくわかっていた。だが、真実を明かすには、心の準備が必要だ。来夢がすべてを知れば、捨てられるかもしれない。もしかしたら、警察に通報されるかもしれない。いや、かもしれないではなく、普通ならそういう展開になるだろう。

「そうか……」

来夢が、深いため息をついた。

「怒った？」

「ううん。ただ、僕に信用がないのかな、って思ってさ」

寂しげな笑みを口もとに浮かべ、来夢が言った。

「違うのっ。来夢のことは信用してる……いいえ、来夢だけしか信用できないわ。なにも事情を話さないであなたに信じてほしいなんて都合がいいかもしれないけれど……本当に、ごめんなさい……ごめんなさい……」

うなだれた香澄の膝の上に、熱い滴が落ちた。

涙の理由は、哀しいからでも、悔しいからでも、怖いからでもない。そんなに単純な感情で説明できないほど、香澄の心の闇は深かった。

「いいんだ。もう、謝らないで。香澄は、なにも悪くないよ。俺のほうこそごめんな。信用していないとか言っちゃってさ」

来夢が、香澄の肩に優しく手を置いた。

「ねえ……行かなくてもいいのよ」

震える声で、香澄は唐突に切り出した。

「え？　なんで、そんなこと言うんだよ？　俺が、すぐには日本を発てないって言ったから？」

「そうじゃないわ。私の人生に、あなたを巻き込んでいいのかな、あなたにはあなたの人生があるのに……ふと、そう思ったの」

来夢の気を引こうとして、言ったのではなかった。もちろん、彼と離れたくなかった。できるものなら、生涯を共にしたかった。

しかし、自分は犯罪者だ。来夢は、なにも知らずに殺人者と逃亡生活を送るのだ。

罪悪感だけの問題ではない。最悪の場合、来夢は共犯になってしまうかもしれないのだ。

「俺の小さな頃の夢はね……」

言葉を切り、来夢が記憶を手繰り寄せるように眼を閉じた。

「大好きな人と一緒の空を見上げること……その夢は、いまも変わらない」

眼を開け、来夢が少年のような無垢な瞳でみつめてきた。荒々しい狼みたいなときもあれば、子犬のようなときもある。香澄は、そんな来夢の相反する二面性に惹《ひ》かれた。

「君の人生に巻き込まれるとしたら、それは俺にとって夢が叶うってことなんだ」

疑うことなき瞳——主人を見上げる愛犬の瞳。思春期の中学生のように、胸が締めつけられた。

——本当に、それでいいの？

不意に、頭の中で声がした。

——自分の欲望のために無実の青年の人生を台無しにする気？　ここで解放してあげれば、彼は新しい恋愛を始めることができるわ。それは平凡な恋かもしれないけれど、罪人と逃亡生活を送るよりましよ。

声が、香澄を窘めた。

――でも、彼は好きな人と同じ空をみるのが夢だと言ってたわ。

香澄は反論した。

――そうやって、彼の純真さを利用してよく平気ね？　あなたが人殺しだと知っても、彼は同じことを言うかしら？

「どうしたの？」

声が、香澄に追い討ちをかけた。香澄は、激しく頭を左右に振った。

来夢の怪訝そうな顔が目の前にあった。

「私……行くわ」

香澄は、意を決したようにソファから腰を上げた。

「どこに？」

「やっぱり、あなたを巻き込めないわ」

「まだ、そんなことを言ってるのか？　俺は、君と一緒に空をみたいんだ。澄み渡る青空でも、どんより曇った雨空でも、満天の星でも、真っ黒な夜空でも……君と、同じ空をみたいんだ」

想いを伝えてくる来夢の熱意に、決意が揺らぎそうになった。

「私には……あなたと同じ空をみる資格はないの」

香澄は、逃げるように沓脱ぎ場に走った。

いまここで未練を断ち切らなければ、来夢の未来を壊してしまうことになる。本当に彼を愛しているのなら、身を引くべきだ。

「待って」

背中に追い縋る来夢の声を振り切り、香澄は玄関を飛び出した。

夜の闇を切り取るヘッドライトが、香澄の視界を奪った。

ドアの開閉音に続き、複数の足音が近づいてきた。いきなり、腕を摑まれた。

「いや！　なにする……」

頬に衝撃が走る。キャップにサングラス、白のセットアップ姿の男が、香澄をヘッドライトのほうへと引き摺った。

恐怖に声帯が凍てつき、声が出なかった。

「香澄さんを離せ！」

来夢が、セットアップ男を殴りつけた。

「邪魔すんなや！」

筋骨隆々のタンクトップの男に羽交い締めにされた来夢の腹を、黒いマスクを嵌めた男が蹴りつけた。

崩れ落ちる来夢を、タンクトップ男と黒マスク男が競い合うように踏みつけた。

不意に、身体が浮いた。

起き上がったセットアップ男が、香澄を肩に抱え上げアルファードの後部シートに放り投げた。

「来夢！」

スライドドアが閉まった。

「車を出せ」

セットアップ男がドライバーズシートの運転手に短く告げると、香澄のみぞおちを拳で殴りつけた。瞬間、呼吸ができなくなった。

来夢……。声にならない声で、香澄は呼びかけた。

スモークガラス越しにふたりの男に蹴りつけられる来夢の姿が、視界からフェードアウトした。

☆

「ここはどこ⁉　あなた達は誰なの⁉」

香澄の声が、虚しく反響した。返事がないのは、誰もいないからなのか、それとも無視しているからなのか？　車が発進してすぐにアイマスクをつけられたので、どこに連れてこられたのかわからなかった。

椅子に縛られており、身動きが取れなかった。

「ねえ……どうして……こんなことするの⁉」

うわずった声で、香澄は訊ねた。相変わらず、誰の返事もなかった。得体の知れない相手に拉致された上に視界を奪われている恐怖に、香澄の心臓は破裂しそうだった。

自分をさらったのは、何者なのか？　来夢は、大丈夫だろうか？

蝶番《ちようつがい》の軋む音が、香澄の鼓膜を不快に掻き毟った。複数の足音が、不安を掻き立てた。

足音が近づき、ほどなくすると光が瞼に射し込んできた。香澄は、ゆっくりと眼を開けた。

青黒っぽくぼやけていた人影がクリアになると、香澄は息を呑んだ。

「感動的な再会じゃね？」

ニットキャップを被った美莉亜が、燃え立つ瞳で香澄を睨みつけてきた。顔には、香澄が切りつけた生々しい刃傷が縦横に走っていた。

「おばさん、まさか自分のやったこと忘れてないよね？」

ニットキャップを取った美莉亜の頭は斑坊主になっていた。

「あなたが……」

氷結した頭で、香澄はようやく状況を把握した。

「私をこんな目にあわせてさ、来夢と逃げようなんて甘いんだよ！」

美莉亜が、憎々しげに吐き捨てた。

「来夢は⁉　来夢は無事なの⁉」

「おばさん、来夢のことより自分の心配をしたほうがいいんじゃね？　タカ」

美莉亜が目顔で合図すると、セットアップ男がコテのような器具を手に歩み寄ってきた。

「な……なにする気？」

凍てついた視線を、香澄は「コテのような器具」にやった。

「私のこの頭と顔の傷のお返しをしてやるから。でも、安心しな。あんたみたいな素人じゃなくて、タカはタトゥー専門店で働いているプロだから素晴らしい作品に仕上げてあげるよ」

美莉亜が、片側の唇を吊り上げた。

「タトゥー……？　いやよ……やめて……」

唾液が干上がり、喉がからからになった。

「頬にタトゥーがあればイカしてない？　タカ、デザインの下絵をみせてやんなよ」

美莉亜に命じられたセットアップ男が、トレーシングペーパーを香澄の顔前に広げた。

トレーシングペーパーに描かれている下絵――男性器をみて、香澄は血の気を失った。

「頬にちんぽのタトゥーなんて、最高じゃん？」

美莉亜の言葉が、香澄の脳内で残酷な響きを帯びながらこだました。

「トシ、ケン、スタンバイして」

美莉亜に命じられたタンクトップ男が背後から香澄の顔を固定し、黒マスク男が足を押さえた。

「いやっ……いやよ！　離して……離して！」

「遠慮しなくていいって。特別に、ただで彫ってあげるから。芸術的な、カリ首の張った極太ちんぽをさ」

美莉亜の悪魔のような高笑いが、香澄の全身の細胞を凍てつかせた。

24

「お願い……や……めて……」

懇願する香澄の凍てつく声が、剝き出しのコンクリートの壁に吸収された。

室内は、窓がなく薄暗くじめじめとしていた。恐らく、どこかの雑居ビルの地下室に違いなかった。配線が飛び出した床には空き缶やら煙草の吸殻が散乱していた。もしかしたら、廃ビルなのかもしれない。上の階に人がいたとしても、香澄の声は届かない。

「四十のババァになっても、少女みたいに怖がっちゃうんだ〜」

怯える香澄を見下ろす美莉亜の瞳は、愉しくて仕方がないといったように生き生きと輝いていた。

ロープで椅子に縛られている上に、タンクトップ男に頭を、黒マスク男に足を押さえられているので、まったく身動きができなかった。

セットアップ男――酷薄な笑みを浮かべたタカが、タトゥー用の電子鍼《ばり》を香澄の鼻先に翳した。

恐怖に、思考はパンク寸前だった。一方で、自己嫌悪が香澄を苛んだ。

自分は顔の判別がつかないくらいに光井を撲殺したくせに、怯えている。殺されるわけでもないのに、哀願している。

卑しく、自己中心的な女だ。自分は、殺されても仕方のないことをやったのだ。

「おばさん、マジで言ってんの？　私の顔と頭をこんなふうにしておきながら、調子よくね？」

美莉亜が、頰の傷と斑坊主頭を指差しながら言った。

「なんでもするから……お願いだから……」

心とは裏腹に、香澄の口からは懇願の言葉が出続けた。

「金を払うんなら、考えてやってもいいけどさ」

美莉亜が、思わせぶりに言った。

「一千万なら、そこのバッグに入ってるわ」

香澄は、床に放置されているエコバッグに視線を投げた。

「ふざけんな！　約束は三千万なの忘れたわけ？」

「もう、それが全財産よ……」

「金がないならどこかで借金してきなよ」

「来夢のお母さんの借金を肩代わりするためにあちこちで借りたから無理だわ」

「無理ならいいよ。ほっぺにぶっといちんぽの絵を彫ってやるからさ」

美莉亜が、両足で床を踏み鳴らしながら笑った。

「そんな……」

脳内が闇に染まった。

「おばさん、別居してる旦那がいなかったっけ？」

美莉亜が、思い出したように言った。

「あの人に貯金なんてないわ」

彼女が手にしているエコバッグの中の一千万が信一の金だということを、美莉亜は知らない。

「おばさんの旦那ってさ、公務員っしょ？　信用あるからさ、あちこちで金借りれるんじゃん？」

「どうして、それをあなたが……？」

「私を舐めないでくれる？　こんだけのことやられてさ、おばさんのこと調べないわけないじゃん。どうすんの？　旦那に二千万を作ってもらうか、ほっぺにちんぽか選びなよ。あ、ちんぽを選ぶ場合さ、ズル剝けバージョンと包茎バージョンと、どっちがいい？」

美莉亜が、ニヤついた顔を近づけてきた。

悪魔のような女だ。だが、その「悪魔」も人殺しはしていないはずだ。

「主人には……お金を借りることはできないわ」

「じゃあ、タトゥーを彫るってわけだ？」

香澄は返事をせず、眼を閉じた。

もちろん、頰に性器のタトゥーを彫られるなど冗談ではなかった。しかし、改心した信一を利用して一千万を盗み出した上に、さらに二千万を用意してほしいなどと言えるわけがなかった。

「おばさんが嫌がるほうをやらなきゃ意味ないから、旦那に電話してもらうわ」

香澄が眼を見開くと、加虐的な笑みを浮かべる美莉亜がいた。

「どんなに脅されても、それだけはできないわ」

「じゃあ、これならどう？　タカ！」

美莉亜に命じられたタカが、部屋から出て行った。

三十秒もしないうちに、すぐにドアが開いた。

「来夢！」

香澄は叫んだ。手錠をかけられた来夢が、タカに引き摺られるように入ってきた。

「香澄っ、怪我は⁉」

「人の心配してる余裕なんてねえだろ！」

美莉亜が怒声とともに来夢の腰を蹴りつけた。

「大丈夫？」

うつ伏せに倒れた来夢に、香澄は呼びかけた。

「まったくさ、こんなババアの、どこがいいんだよ？」

美莉亜が、来夢の背中に馬乗りになり髪の毛を鷲摑みにした。

「乱暴はやめて！」

「クソババアのくせに、恋愛映画のヒロイン気取ってんのか？　ババアはいいから、来夢と遊んでやって」

嘲りながら美莉亜が言うと、香澄の頭と足を押さえていたタンクトップ男と黒マスク男が来夢を引き摺り起こした。タンクトップ男が用意したパイプ椅子に座らされた来夢の背後に回った黒マスク男が、喉もとにカッターナイフの刃を当てた。

「やめてっ！」

「やめてほしければ、旦那に電話して二千万を用意してもらう？」

美莉亜が、香澄のスマートフォンを香澄の鼻先に突きつけた。

「何度も、同じことを……」

「私のセリフだよ！　次に訊いたときにかけなきゃ、来夢の喉をぶっすりいっちゃうから。言っとくけど、私、執念深いんだよ。若くて美人に乗り換えられるんなら納得だけどさ、なんで、こんな『終わった女』に横取りされんだよ？　私のプライドがどんだけ傷ついたかわかる⁉︎　しかも、彼氏取られた女に顔刻まれて髪刈られるしさ。愛したぶんだけ、憎しみも半端ないから」

充血した美莉亜の眼が、脅しでないことを物語っていた。

「どうすんだよ？　旦那に電話すんの？　しないで来夢が喉から血を噴くとこみる？　カウントダウン、始めるよ！　十、九、八、七、六、五……」

蒼白な顔の来夢が、怯えた瞳で香澄をみつめた。

「四、三、二……」

「かけるからやめて！」

「番号」

香澄の叫びと重複するように、美莉亜が言った。

観念した香澄は、十一桁の番号を口にした。信一には申し訳ないが、来夢を見殺しにはできない。

「最初から言うこと聞けば、愛しい来夢君が傷つかなくても済んだのにね～」

小馬鹿にしたように言いながら、美莉亜がスマートフォンの番号キーに指を走らせた。

「ほら」

美莉亜が、スマートフォンを香澄の耳に当てた。出ないで……。コール音を数えながら、香澄は心で祈った。

祈りも虚しく、コール音が途絶えた。

『もしもし？』

受話口から流れてくる信一の声に、香澄の罪悪感が膨張した。

「あの……」

『香澄か？　急にいなくなって、びっくりしたよ』

信一の声は穏やかで、怒っている様子はなかった。一千万を持ち出されたことに、まだ気づいていないのだろう。気づいていたら、こんなに冷静ではいられないはずだ。

「二千万」

美莉亜が囁いた。

「あの、言いづらいんだけど……頼み事があるの」

香澄は、言葉を濁しながら切り出した。

「なんだい？」

「言うだけ、言うわね……二千万が、必要なの」

勇気を出して、香澄は言った。

沈黙が、怖かった。二千万を無心するだけでもありえないのに、一千万を盗まれていると知られたら……。考えただけで、ゾッとした。

美莉亜が、別のスマートフォンを香澄の顔前に翳した。

ないしょで3000万のしゃっきんしてた。しゃっきんとりにつかまっているからたすけて――平仮名だらけの馬鹿丸出しのカンペに香澄は眼を通した。

『一千万じゃ、足りなかったのか？』

香澄は、耳を疑った。

「知ってたの……？」

『ああ、一千万がなくなって気づかないほどセレブじゃないからな』

「知ってたら、どうして……すぐに連絡してこなかったの？」

『君は相当な理由がないかぎり、そんなことをする女じゃないからね』

良心が悲鳴を上げた――罪の意識に、心が壊れてしまいそうだった。自分は、来夢との海外逃亡資金にするために信一の貯金を盗んだのだ。

「ごめんなさい……」

『なにに使うのか、教えてはくれないのか？』

「ある人から借金をしてしまったの……」

『三千万も、どうして？』

当然の疑問だ。適当な理由で躱せるような金額ではない。

それに、真摯に向き合ってくれている信一を欺きたくはなかった。

「来夢君って男性、覚えてるよね？」

香澄の言葉に、来夢と美莉亜が眼を見開いた。

バカ！　なにを言うの！――美莉亜が、スマートフォンのディスプレイを突きつけてきた。

『ああ、君がつき合ってた宅配の彼だよね？』

「ええ。その来夢君と、海外で暮らすつもりであなたの一千万を盗んだの」

香澄は真実を伝えた。

信一が、息を呑む雰囲気が伝わった。

不利になるとわかってはいたが、正直になることが香澄のせめてもの償いだった。

なに考えてるんだ！　やめろ！――鬼の形相でスマートフォンを突き出す美莉亜を無視した。

『残り二千万も、同じ理由で必要なのかい？』

動揺を押し隠し、信一が質問を重ねてきた。

「同じ理由じゃないけど、来夢君の関係のお金よ」

電話の向こう側で、荒い息遣いが聞こえてきた。

ひどいことを言っているということはわかっていた。信一も、さぞや怒っているに違いない。二千万を借りるどころか、警察に通報されても文句は言えない立場なのだ。

『これから訊ねることには、正直に答えてほしい。親戚から掻き集めれば、二千万はなんとかなると思う。来夢君のために使うお金だとしても工面するよ。ただ、嘘だけはつかないでくれ。彼と暮らすのか？』

「あなた……」

香澄は、二の句が継げなかった。どうして、怒らないのだ？　自分がやったことを考えれば、怒鳴られ、詰られるほうがましだ。

だが、信一は、どこまでも穏やかだった。つい最近まで、ストーカーさながらにつき纏い、嫌がらせばかり仕掛けていたというのに、人間とはここまで変われるものなのか？

「彼とは、別れたの」

「えっ……」

香澄の言葉に、来夢が絶句した。

『なぜ？　彼を愛しているんじゃないのか？』

愛しているからこそ……。口には、出さなかった。いまの信一にたいして、そこまで残酷にはなれなかった。

「とにかく、別れたのは嘘じゃありません」

哀しげに潤む来夢の瞳から眼を逸らし、香澄はきっぱりと言った。信一に、というより、自らに言い聞かせるために……。

来夢がどうなってもいいの？——修羅《しゅら》の形相の美莉亜が、スマートフォンを突きつけてきた。

『わかった。いつまでに必要なんだ？』

漏れ聞こえる信一の声に、美莉亜の瞳が輝いた。

「三日は無理？」

香澄は、スマートフォンのディスプレイに連なる言葉をそのまま口にした。

『二千万もの金額を集めるには、一週間はほしいな』

スマートフォンのボディに耳を当てていた美莉亜が、渋い顔で頷いた。

「ありがとう。じゃあ、一週間でお願いします。また、連絡するから」

『ああ、僕のほうからも進展があったら連絡するよ』

切りのいいタイミングを見計らい、美莉亜がスマートフォンの通話を切った。

「来夢と別れたって、本当？」

美莉亜が、疑わしそうな眼で香澄をみた。

「ええ、本当よ」

「香澄、一方的に……ひどいじゃないか。俺は、納得してないよ！」

来夢が、黒マスクの男に背後から喉にカッターナイフの刃を押し当てられた状態で抗議した。

「来夢のほうは、まだ未練たらたらだね。まったく、こんなババアのどこがいいの？　まあ、いいわ。私は、残りの二千万が手に入ればそれでいいし。アイマスクをしてからロープを解いてやって」

美莉亜に命じられたタカに視界を奪われ、代わりに身体の自由が戻ってきた。

「おばさん、解放してあげるから、一週間後の午前九時に二千万持ってきなよ」

「どこに行けばいいの？」

「あとで連絡するから。それよりさ、警察《サツ》とかにチクったら来夢をマジ殺すからね。脅しだと思うなら、チクってみればわかるからさ」

美莉亜が、押し殺した声で脅迫してきた。

「二千万を用意できたら来夢君を解放するってあなたの言葉を、どうやって信用すればいいわけ？」

「お金を受け取る前に、先に来夢を返してあげるから心配すんなって。万が一約束破ったらさ、警察《サツ》に垂れ込めばいいじゃん。別れたとかなんとか粋《いき》がってもさ、惚れてんのバレバレじゃん？　いい歳して若い男に入れ揚げる女って惨めだね〜」

美莉亜の高笑いに、香澄の腸は煮えくり返った。

「警察には、通報しない……」

香澄は、独り言のように呟いた。

「その代わり、来夢の身になにかあったら……殺すわよ」

剣呑な声で、香澄は美莉亜を恫喝《どうかつ》した。いや、恫喝ではなく、警告だった。

——ひとりもふたりも、同じよ。

頭の中で冷え冷えと響き渡る声——しばらくして、自分の声だということに香澄は気づいた。

25

煙草の灰や埃で黒ずんだのだろう、元はベージュ色と思しき絨毯。ヤニで黄ばんだ壁紙。窓の下に転がるハエや蚊の死骸。

「錦糸町《きんしちよう》サンルートホテル」は、香澄が泊まったことのないような安普請《やすぶしん》の部屋だった。一泊四千円の低料金なので、文句は言えない。安っぽいビジネスホテルに泊まっているのは、節約ばかりが理由ではなかった。

ベッドに腰かけた香澄は、スポーツ新聞の芸能欄の活字を追った。

芸能プロダクション「太陽プロ」の代表取締役、光井重雄さん（55）が殺害された事件の捜査が難航している。新宿署の捜査一課では、反社会勢力とのトラブルの線で捜査を進めているが、手掛かりは摑めていない。業界関係者の話では、光井氏は複数の広域指定暴力団と交流を持っており、芸能プロダクション以外にも不動産、飲食店など多角的に経営の手を広げていた。不動産会社の土地開発などで強引なやり口の光井氏にたいして恨みを持っている者も多く、いつかこういう事件が起こるのではないかと囁かれていたという。捜査が難航している理由が、敵が多過ぎて的が絞れない、というのも皮肉な話だ。

香澄は、スポーツ新聞に続いて、一般紙の朝刊、週刊誌の記事を貪るように読んだ。どの媒体の記事も、似たような内容だった。

——おひさしぶりです。片岡香澄です。店長の神田さんですよね？

五日前。二千万を作るために美莉亜のもとから解放されてビジネスホテルにチェックインした香澄が真っ先に電話したのが、光井を紹介した「アシストファイナンス」の店長の神田だった。光井殺しの容疑者として警察に香澄の名前が挙がるとしたら、それは、神田の密告しかない。

――はい、神田ですが……あの、どちらの片岡様でしょうか？

――「太陽プロ」の光井社長をご紹介いただいた、片岡ですけど。

――「太陽プロ」の光井社長……ええっと、大変申し訳ないのですが、その方の名前は存じ上げないのですが……。

同姓の人違いかと思ったが、声も同じだった。

――私、二千五百万を申し込みに行ったのですが、融資だと五百万が上限だと言われて、それで、投資なら二千万くらい……。

――すみません、私、光井社長って方のことも片岡様のこともわからないので、これで失礼します。

神田は香澄を遮り、一方的に電話を切った。

すぐに電話をかけ直したが、居留守を使われ出てきてさえくれなかった。何年も前の話ではないので、忘れていることはありえない。

ならば、どうして知らないふりをするのか？　最初は解せなかった香澄だったが、神田の立場になってみれば理由がみえてきた。

投資者斡旋といえば聞こえはいいが、神田が香澄にやった行為は交際クラブの愛人斡旋と同じだ。その事実が明るみに出れば、神田は罪に問われる恐れがあった。加えて、もし光井を殺害したのが違法に斡旋した香澄だったならば……。神田が香澄と関わり合いになりたくないと思うのは、当然のことなのかもしれなかった。

二千万を手にする時間だけ、稼げればよかった。来夢と海外に逃亡するという夢は捨てたので、警察に捕まることは怖くなかった。だが、美莉亜に監禁されている来夢を助け出すまでは捕まるわけにはいかない。

香澄はコンビニエンスストアのポリ袋から、買い込んできたいなり寿司の三個パックを取り出しひとつだけ食べると蓋を閉めた。

食欲がなかった。ビジネスホテルに身を隠してから五日間、おにぎり二個の日や菓子パンひとつだけの日が続いていた。

食欲……というよりも、生きる意欲が湧かなかった。

いま、香澄の生への執着は、囚《とら》われている来夢の安否が源になっていた。来夢さえ無事に助かれば、それでよかった。

残りの人生を謳歌しようなどという気はさらさらない。恐らく、自首することになるだろう。生涯を、牢獄の中で老い果ててゆくことに恐れはない。

四十を迎えて、身を焼き尽くすような恋愛ができた。それだけで、十分だった。

別居しているとはいえ、人妻の立場でひと回り以上も年下の美青年を愛し、愛された。

背徳の情事に、報いはつきものだ。世の中には、一生、結婚ができない者もいることを考えれば自分は幸せ者だ。

不意に、酸っぱい臭いが鼻を衝いた。

香澄は、自分の腋の下や腕の臭いを嗅いだ。考えてみたら、風呂に三日間入っていなかった。寝て、起きて、排泄《はいせつ》をして、呼吸をして……香澄の一日は、ただ、生存しているだけのようなものだった。

重い腰を上げてシャワー室に向かおうとしたとき、ベッドの上のスマートフォンが震えた。ディスプレイに浮かぶ番号は、信一のものだった。

「もしもし？」

『二千万、できたよ』

「え？　もう？」

香澄は、思わず訊ね返した。信一は、親戚中から掻き集めるのに一週間はかかるといっていたが、まだ五日目だった。

『ああ、君も急いでいるだろうと思ってね。それに、一日も早く君とやり直したくてさ。彼とは、別れたんだろう？　お金を渡したら、僕のところに戻ってきてくれるんだよね？』

遠慮がちに訊ねてくる信一に、胸が痛んだ。

「ええ、別れたわ」

香澄は即答した。嘘ではない。来夢は別れていないと言い張るだろうが、香澄の決意は変わらない。そうするのが、来夢のためだ。

「ただ、すぐに家に戻るかはわからないわ。少し、時間がほしいの」

ずるいかもしれないが、戻る気がないとは言えなかった。

別居中に浮気した妻に一千万を持ち逃げされたにもかかわらず、信一は咎めるどころか二千万も掻き集めてくれた。それも、妻が浮気相手のために使う金だ。

たしかに、別居直後は信一の執拗な嫉妬に苦しめられた。声を聞くだけで湿疹が出るほどに、生理的に嫌悪していた。いっそのこと死んでくれたら……と恐ろしい考えが頭を過ったのは一度や二度ではない。

だが、そんな醜い信一にしてしまったのは自分の責任だ。本来の信一は、いまのように包容力があり優しい夫なのだ。

『やっぱり、僕のやったことを許してくれないのか？　当然だよな。僕が君でも、あんないやな姿をみせた夫と縒りなんて戻したくないと思う』

　信一が、自嘲的に笑った。

「ううん、そうじゃないの。あなたは、悪くないわ。私の問題なの」

『彼と関係あること？』

「別の問題よ」

　問題が来夢ならば、信一とやり直すことができたかもしれない。殺人犯が妻だとわかったら、公務員の信一は職を失ってしまう。

　区役所を解雇されるだけなら、まだましだ。自分との夫婦生活を続ければ、信一の人生も崩壊するのは火をみるより明らかだ。

『待つよ』

　唐突に、信一が言った。

「え？」

『君の心の整理がつくまで……いつまででも、僕は待つよ』

　信一の深い思いに、スマートフォンを持つ手が――心が震えた。

「でも、あなたのもとに戻ると約束できないのよ？」

『知ってるよ。戻らないと、君が決めてることも』

「えっ……」

　香澄は絶句した。

『図星だろう？』

「それがわかってて、どうして二千万を作ってくれたの？」

『それに理由をつけるなら、せめてもの償いかな。君にたいしては、本当にひどいことをしてしまったからね』

「やめてよ……私のほうが、あなたの何倍も、いいえ、何十倍もひどい仕打ちをしているのに……」

　罪悪感の炎に焼き尽くされてしまいそうだった。

『君が来夢君と別れるというのは信用しているけど、心は彼のもとにあることはわかっているんだ』

　香澄の手に力が入り、スマートフォンのボディが軋んだ。

『それでもいいんだ。君とやり直したいとは思うけど、もう一度好きになってほしいとまでは望んでいない。時間をかけて、いつの日か、君がそういう気持ちになってくれると嬉しいけどね』

　信一が、寂しげに笑った。

――人殺しの私は、誰かに愛される資格はないわ。

真実を口にできたら、どんなに楽だろうか？

だが、それはできない。信一は、香澄が殺人を犯したと知っても見捨てはしないはずだ。見捨てるどころか、刑期が終わるまで待っているに違いない。

来夢も信一も、自分のような女のために人生を棒に振らせてはならない人物だ。

『なんか、答えづらいことを言っちゃったね。本題に入るけど、どこで渡せばいい？』

「あなたの指定する場所に行くわ」

『じゃあ、僕はいま新宿だから「伊勢丹」の前でもいい？』

「もちろん。一時間くらいかかるけど、大丈夫？」

『うん。適当に時間を潰しておくから』

「ありがとう」

電話を切った香澄はバッグを手に部屋を出た。

☆

『伊勢丹』の正面玄関にいた信一が、香澄を認めると手を上げた。

「ごめんなさい。待った？」

香澄は信一のもとへ駆け寄った。

「いまきたばかりだよ」

信一が、笑いながら言った。

「ん？　どうかした？」

「いや、昔を思い出してさ。デートのとき、君は一分でも遅れたら横断歩道を全速力で駆け渡ってきたよね。真夏なんて、デートの前に汗で全身がびしょ濡れになって、最初に洋服屋に行って新しい服を買ってさ」

信一が、懐かしそうに眼を細めた。

「そんなこともあったわね」

デートの前に、髪のセットや洋服選びに時間がかかり、でも、遅れないように走るので、待ち合わせ場所に到着する頃には髪も服も台無しになっていた。

「どこか、入る？」

「そうしたいけど、時間がなくて……」

申し訳なさそうに、香澄は言った。二千万を受け取ったら、一刻もはやく美莉亜のところに戻り来夢を救出したかった。

「だよね。はい、これ」

信一が、大きめの手提げ袋を香澄に差し出してきた。

「ありがとう……なんてお礼を言えばいいか……」

香澄は、深々と頭を下げた。

「やめろよ。人もみてるし。それに、僕らは夫婦だ。妻が困っているときに助けるのは、当たり前のことさ」

信一の優しさは、いまの香澄にとっては拷問だった。いっそのこと、詰られ、叱責され、思い切り恩に着せられながら貸してもらったほうが気が楽だった。

受けた恩を、生涯をかけて返してゆけるのならまだしも、もしかしたら、これが信一との最後になるかもしれなかった。

「このお金、返済する当てはあるの？」

「金融機関じゃなくて、借りたのは親戚だから利息もつかないし。まあ、最悪でも僕の退職金で返せる額だからさ。僕の心配よりも、君は大丈夫なのか？　なんだか、物凄くやつれたようにみえるけど」

「バタバタしてて睡眠不足なだけだから、少し眠れば大丈夫よ。やつれて、痩せたかしら？」

香澄は、冗談めかして言うと朗らかに笑った。

「よかったら、君がなにに巻き込まれているのか教えてくれないか？　こうみえても、意外と頼りになる男だよ」

信一は真剣な表情で香澄をみつめた。

胸の奥が、熱くなった。そうすることができたなら……。

香澄は唇を噛み締め、視線を足もとに落とした。

頼りたかった。すべてを打ち明け、楽になりたかった。だが、美莉亜に脅迫されている経緯など、話せるはずがなかった。

「ごめんなさい」

謝ることで、香澄は気持ちを伝えた。

「そっか。言いたくないのなら、構わないよ」

気を悪くしたふうもなく、信一は穏やかに言った。

「あなたにこんなに助けてもらっているのに……本当にごめんなさい」

「いいんだって。なにかの見返りを求めてやっていることじゃないからさ。じゃあ、急いでるんだろ？　もし、気が向いたら連絡をくれよ。期待しないで待ってるから」

信一は手を上げ、踵を返した。

もしも、安易に別居せずに信一と前向きに話し合いを重ねていたら、別れることにはならなかったのだろうか？　もしも、信一との夫婦生活がうまくいっていたなら、来夢と出会っても心惹かれることにはならなかったのだろうか？

思考を止めた。仮定の話を、いくら考えても仕方がない。過去をどれだけ悔やんでも、時を巻き戻せはしないのだ。

雑踏の中に消えゆく信一の背中が涙で滲んだ。

☆

二千万もの大金を持ったまま新宿にいるのは怖かったので、香澄は恵比寿に移動していた。

恵比寿駅西口の交番の近くで、香澄はスマートフォンを取り出しリダイヤルボタンを押した。

ラップのメロディコールが、鼓膜を不快に刺激した。

『もしぃ？　できたぁ？』

メロディコールが途切れて聞こえてくる美莉亜の呑気な声が、香澄の不快指数を上昇させた。美莉亜に渡す三千万を作るのに、どれだけ信一に迷惑をかけたと思っているのか？

「できたわ。どこに行けばいい？」

怒りを押し殺し、香澄は訊ねた。

『おばさん、いまどこにいんの？』

「恵比寿駅西口の交番の近くよ」

『なにそれ？　脅してるつもり？　変な考えを起こしたら、来夢がどうなっても知らないよ!?』

「大金を持ってると心配だから、そうしてるだけよ」

香澄は怒りに意識のフォーカスを当てないようした。警察に突き出す程度では、美莉亜にたいしての香澄の激憤はおさまらなかった。

『んじゃさ、とりあえず後ろみて。通り沿いに銀行があるでしょ？』

香澄は、スマートフォンを耳に当てたまま背後を振り返った。約十メートル先の通り沿いに建つ銀行の前に停められた黒のアルファード――車体に寄りかかり手を振る男を認めた香澄は眼を見開いた。

セットアップ姿の男――たしか、タカと呼ばれていた男だった。

「もしかして、尾行してたの？」

『おばさんのこと信用できなくてさ。だって、若い男に夢中になるような淫乱じゃん？　ヤリマンってさ、自分の欲望をコントロールできないんだよね。だから、急に自分の身がかわいくなって来夢を見殺しにするってこともありうるじゃん』

受話口から、美莉亜の高笑いが聞こえてきた。

「そんなこと、するわけないでしょう⁉」

『ま、どうでもいいけどさ、さっさと車に乗ってくれる？　色ボケババアを迎えにきてやってるんだからさ』

ふたたびの高笑いを断ち切るように、香澄はスマートフォンの電源をオフにし、アルファードに向かった。

「はやく乗れ」

タカがスライドドアを開け、香澄の腕を強引に引いた。

「おばさん、二千万は？」

ミドルシートに押し込まれた香澄に、リアシートから身を乗り出した美莉亜が訊ねてきた。

「ここにあるわ。来夢はどこ？　彼を最初に解放する約束よ」

「もうすぐ会わせてやるから。とりあえず車を出して」

美莉亜は香澄に面倒臭そうに言うと、タカに命じた。

アルファードが発車して百メートルほど走ったところで、すぐにスローダウンした。

「もう、着いたの？」

香澄は、窓の外の車が行き交う大通りをみながら怪訝な表情で訊ねた。

「うん」

「来夢は、どこにいるの？」

「ほら、呼んでるよ」

美莉亜が言うと、シートの背凭れ越しに来夢が起き上がった。来夢は後ろ手に回された手に手錠を嵌められていた。

「来夢、いたの？　大丈夫⁉」

「ああ、俺は大丈夫だよ」

「お金と引き換えに、おばさんと来夢を降ろしてやるから、ふたりで好きなとこに行けばいいじゃん」

「じゃあ、先に彼を自由にして」

「はいはい、わかりましたよ」

小馬鹿にしたように言うと、香澄は来夢の手錠を外した。

「外したから、はやく二千万を寄越しなよ」

香澄が紙袋をシート越しに手渡すと、美莉亜はすかさず札束を取り出し確認し始めた。

「一束百万だから」

「十二、十三、十四……十八、十九、二十！　たしかにあったわ。ドアを開けてやりな」

札束を数え終わった美莉亜がドライバーズシートのタカに命じると、スライドドアが開いた。

あまりにもあっさり約束を守る美莉亜が、逆に不気味だった。

「来夢」

美莉亜の気が変わらないうちに、来夢を促した。来夢が手首を擦りながら、シートを跨《また》ぎ越え、香澄の隣に座った。

「とりあえず降りて、それからタクシーで病院に行きましょう」

細かい話や今後のことは、車を離れてからだ。美莉亜のことだ。平気で裏切っても不思議ではない。

「いや、行かない」

「だめよ。一応、病院で診てもらわないと……」

「お前とはどこにも行かないって言ってんだよ」

香澄を遮る来夢の声は、いままで聞いたことのないような高圧的な響きを帯びていた。

「え……？　いま、なんて言ったの⁉」

「俺はこれから美莉亜と海外に旅行するんだよ」

「なんですって……あなた、なにを言ってるの⁉」

「俺が、てめえみたいなババアと本気で恋愛してると思ったのか？」

来夢が、片側の唇の端を吊り上げ加虐的に笑った。

「じゃあ、いままでのことは、なんだったの……？　私と過ごした日々は……なんだったの？」

掠れた声が、色を失った唇を割って出た。

「まだ、わからないのかよ？　脳みそまで歳食って賞味期限切れか？　クソババアが！」

「ちょっと～来夢、言い過ぎだって～。でも、超ウケるんですけど！」

美莉亜が来夢の肩を叩き、大笑いした。

夢だ……これは、悪い夢をみているに決まっている……。香澄は、眩暈《めまい》に抗いながら必死に自分に言い聞かせた。

26

「わ……私を……私を、騙していたの？」

自分の声とわからないほど、香澄は混乱していた。青褪めた視界のなかで、身体を密着させた美莉亜と来夢が嗤《わら》っている。

そんなことが、あるはずがない。来夢が美莉亜と交際していたのは聞いていたが、それは昔のことだ。

　あの優しくて純粋な来夢は、演技だったというのか？　美莉亜とグルになって、ずっと、自分を欺き続けていたというのか？

「だ〜か〜ら〜、さっきから、そう言っててんじゃん。逆に訊きたいんだけどさ、あんたみたいなおばさんが来夢みたいな若いイケメンと本気でつき合えてると思ってたわけ？」

　美莉亜が、嘲り、笑いながら言った。

「……もちろん……信じてたわ」

　消え入りそうな声が、干上がった喉から剝がれ落ちた。

　あの来夢の無邪気な笑顔が、偽りとは思えなかった。あの情熱的な口づけが、偽りとは思えなかった。

　身も心も焼き尽くされそうな……彼の腕の中で燃え尽きてもいいとさえ感じたひとときが、幻とは思いたくなかった。

「ねえねえ、聞いた？　このおばさん、まだ夢の中だよ！」

　美莉亜が、何度も手を叩き大笑いした。

「おい、よく聞け。この際だから、はっきり教えてやるよ」

　来夢が、スライドドアを閉めながら香澄を見据えた。

彼の眼には、みたこともないような嫌悪のいろが宿っていた。

「たしかに、あんたは四十女にしては結構イケてるビジュアルだと思うよ。肌もきれいだし、スタイルもいいし。けどさ、勘違いすんなよ。いま褒めてやったのは、四十にしては、ってことだから。若い女には、ぶっちゃけ、何千万かけても勝てねーから。ほら、みてみ？　美莉亜のぷるんぷるんした張りを」

来夢が美莉亜のタンクトップをたくし上げると、弾力のある乳房が露出した。Ｅカップはありそうな巨乳にもかかわらず、張りがあり、上向き加減の乳首が香澄の嫉妬心を刺激した。

「あんたのおっぱいも年の割には美乳だったけどさ、若い女には負けるって。やっぱ、垂れ気味だしさ、張りもねえしさ。ほら、みろよ、美莉亜の乳首を。ツンと上向いて、薄いピンクでさ、乳輪もちっちゃくてさ」

「いやだ……来夢……あんまりイジると濡れちゃうよ」

来夢の指先で乳首を摘まれた美莉亜が、鼻声を出し身体をくねらせた。

「あんたの乳首はさ、梅干しみたいな色だし、乳輪にぶつぶつはあるしさ、二十歳の女には勝てねえって。ここもだよ」

来夢の右手が、乳首から美莉亜の下半身に移りスカートの中に滑り込んだ。

「陰毛も薄くてビラビラも小さくて、色は乳首と同じで淡いピンクだし……たまんねえのは、締まりが抜群ってことだよ」

言いながら、来夢が右手を激しく動かした。湿った淫靡な音と美莉亜の喘ぎ声が交錯した。

「あっ……んぅ……あん……だめよ……したくなっちゃうじゃん……」

「それに比べてあんたのまんこは、ビラビラがでかくて、色は腐りかけの鶏肉みたいだし、ちんぽ入れてんのかわかんないくらいゆるゆるだしさ」

生まれて初めて恋い焦がれた男性が、眼の前で別の女性を愛撫しながら香澄の肉体を味噌《みそ》糞《くそ》にけなしている……。

香澄はいま、幻覚をみているに違いない。これが、現実なわけがない……いや、現実であってはならなかった。

「来夢……本当のこと……言ったら……だめ……だって……ババアが……かわいそう……じゃん」

美莉亜が恍惚の表情になる。

来夢は美莉亜のパンティをずらし、指ピストンを始めた。美莉亜の声のボリュームが上がり、ピチャピチャという音が車内に響き渡った。

「じゃあ……どうして……私とそういう関係になったの？」

涙が出そうになるのを、必死に堪えた。幻覚なら、正気に戻りたかった。いくら幻覚でも、これ以上は耐えられそうにない。

「金だよ、金。金のために、我慢してババアを抱いたのさ」

来夢が美莉亜の陰部から離した手で、渡したばかりの二千万の紙袋を叩いた。

「私の目の前で痛めつけられたのも……二千万を用意させるため？」

「ああ、あんたは俺にメロメロだから、ひと芝居打ったってわけだ。っていうかさ、お前、本気でやらせ過ぎだっつーの。マジ、痛かったぜ」

「ごめんごめん。ナデナデしてあげるからさ」

美莉亜が、来夢の股間を掌で擦った。

「ちげーよ！　そんなとこナデナデされたら、勃起すんだろ」

来夢の下卑た笑いが、鼓膜からフェードアウトした。香澄の知っている誠実で好青年の来夢は、どこにもいなかった。いや、下品で軽薄な彼が本当の姿で、香澄とつき合っていたときの姿が偽りだったのだ。

「もしかして……DVDも？」

香澄は、恐る恐る訊ねた。

「は？　DVD？　ああ、あんたが電マで潮吹いたやつだろ？　美莉亜とDVD観ながら大爆笑だったよ。でもさ、拉致られて知らねー奴に電マあてられて潮吹くなんてさ、おばさん、どんだけ欲求不満なんだよ、って引いたよ。なあ？」

「マジマジ！　来夢が私と観てるなんて知らないもんだからさ、あんた、必死こいて金作ってさ、超ウケたんですけど！」

頭の中が、真っ白に染まった。

あの痴態を来夢に観られないために、香澄は美莉亜の言いなりになった。あのDVDを買い戻すために、香澄は光井の性の奴隷になった。あのDVDさえなければ光井と関係を持つこともなく……殺人犯になることもなかった。来夢のためなら、それでも諦めがついた。来夢のためなら、自分の人生を犠牲にすることも厭《いと》わなかった。

「親も……親の借金の話も、嘘なの？」

──俺も美莉亜も、連れ子なんだ。お袋と美莉亜の親父さんは再婚で、だから、血は繋がってないのさ。去年離婚したんだけど、お袋には美莉亜の親父に借金があって……。

長いため息をつく来夢が、記憶に蘇った。

香澄が聞かされた話では、来夢の母親がカフェをオープンするときに出してもらった三千万の返済を、離婚後に美莉亜の父親が要求しているということだった。離婚後も、来夢と美莉亜が交際しているうちは父親も返済を求めなかったらしい。

──つまり、美莉亜さんとつき合っているうちはいいけど、別れたら彼女のお父さんが来夢のお母さんにお金を請求するっていうこと？

香澄の質問に、来夢は沈んだ顔で頷いた。

——お母様の借金、私が払うわ。三千万払えば、美莉亜さんに脅されることもないでしょう？　それくらいのお金なら、用意できると思うわ。

「俺のお袋、お前の親父と結婚してるときに借金あったっけ？」

回想の中の香澄の声に、来夢の声が重なった。

「は？　なんの借金？　っていうか、私のパパと来夢のママ、結婚なんてしたことねーし」

美莉亜のけたたましい笑い声に、香澄の脳みそは粟立った。

「っていうことらしいぜ」

来夢が、香澄を小馬鹿にしたように肩を竦めた。

「どうして……私にそんな嘘を？」

やっと出た声は、怒りに震えていた。

「だから、金を引っ張るためだって言ってんじゃん」

来夢が、悪びれたふうもなく言った。

「よくも……よくも、そんなひどい仕打ちができるわね？　私は……あなたの話を信じて、お母様を救おうと……」

「笑わせんなって。俺のお袋を助けるだなんて言ってる女が、その息子とセックスするか？　自分を善人みたいに言ってるけどさ、ぶっちゃけ、欲求不満の淫乱ババアなだけじゃん。亭主が中年のふにゃちん男だから、ギンギンに硬いちんぽがほしかっただけだろ？　俺の若い肉体を、手放したくなかっただけだろう？　ほら、これがほしかったんだろ？」

来夢がズボンとトランクスを脱ぐと、怒張したペニスが香澄の目の前で屹立した。

「ほら？　ほら？　ほら？」

来夢が、香澄の頰をペニスで叩いた。屈辱的な行為だが、ひさしぶりに眼にする来夢のペニスに鼓動を高鳴らせている自分がいた。

「私のもの！」

美莉亜が、香澄を押し退けペニスを口に含んだ。

「相変わらず、たまんねえフェラだな……」

来夢の法悦に浸った声に、香澄の脳奥でなにかが弾けた。

「馬鹿にするんじゃないわよ！」

香澄は怒声を上げ、美莉亜の髪の毛を摑むと平手で頰を殴りつけた。

「許さない！　許さない！　許さない！」

二発、三発、四発……。香澄は美莉亜をシートに押しつけ、平手打ちを乱打した。

「やめろ！　くそババア！」

頬に激痛――鬼の形相の来夢が、香澄の顔を拳で殴りつけてきた。香澄は背中からシートに叩きつけられた。

「……警察に、訴えてやるわ！」

金切り声で、香澄は叫んだ。

「は？　なに言ってんだよ？」

「あなた達のやったことは詐欺よっ。私が警察に駆け込めば、逮捕されるわ！」

「ざけんじゃねえぞっ、淫乱ババア！」

頬を赤く腫らした美莉亜が、白眼を剝いて罵声を浴びせてきた。

「なんとでも言えばいいわ。三千万は詐欺、三千万は脅迫……。二、三年の刑務所暮らしじゃ済まないわよ！　とくにあなたは二十歳を超えてるから、十年は刑務所から出てこられないでしょうね！」

香澄は、来夢を睨みつけた。切なさと哀しさが、胸奥に広がった。

まさか、来夢にこんなセリフを吐くことになるとは思わなかった。ドラマや映画なら悪夢にうなされる主人公が目覚めるというお決まりのパターンもあるだろうが、現実はそう都合よくはいかない。この車内で繰り広げられている地獄絵図は、すべてがじっさいに起こっていることなのだ。どんなに泣き叫んでも怒り狂っても、夢から覚めてほっとすることはない。

「やりたきゃ、やればいいじゃん」

美莉亜が、余裕の表情で言った。

「脅しなんかじゃないわよ。それとも、私が不倫してたから詐欺罪が適用されないと思ったら大間違いよ！　五万や十万だったら別だけど、六千万は男女間の貸し借りじゃ済まされないわ」

「おばさんの言うとおりなんじゃん」

認めながらも、なぜか美莉亜も来夢も余裕の表情なのが気になった。

「刑務所に入るの、いやじゃないの⁉　それとも、強がってるわけ⁉」

香澄の五臓六腑は、怒りの炎で焼き尽くされそうだった。たとえ土下座して詫びてきたとしても、ふたりのやったことは許されるものではないというのに、開き直るとは論外だ。

さっきまでは、来夢にたいして微かに残っていた同情心も完全に消失した。

「刑務所なんて、いやに決まってんじゃん」

来夢が吐き捨てた。

「だったら、お金を返した上できちんと詫びなさいよ！」

金が戻ったところで――詫びてもらったところで、失ったものは取り戻せはしない。殺人者となったいま、これまでの四十年間で得たものすべては闇へと葬られた。

　これから先は、六千万が戻ってきたら、借りた三千万を信一に戻して海外に渡るつもりだった。本当は、自首する予定だった。

　真実を知り、気が変わった。

　光井を殺すことになったのは、元を辿《たど》れば来夢と美莉亜のせいだ。ふたりが自分を嵌めなければ、光井に出会うことはなかったのだ。来夢の自分への純真さが本物であれば、刑務所で余生を送ることに恐怖も悔いもなかった。

　しかし、ケダモノにも劣る本性を知ったいま、犠牲になる気はなかった。

「なに言ってんだよ、ババア。金も返さねえし、謝る気もないから」

　嘲るように来夢が言った。

「なら、仕方ないわね。これから警察に行って……」

「俺らのことを訴えるなら、俺らもあんたのことを言うだけさ」

　来夢が、意味深に唇の端を吊り上げた。

「私のこと？　私の、なにを言うのよ？」

　香澄は、怪訝な表情で来夢に訊ねた。

「説明してやれよ」

来夢が、美莉亜に話を振った。

「おばさんさ、来夢とどこで出会ったか覚えてる?」

「彼が、ウチに宅配便を届けにきたのよ」

あのときの衝撃を、忘れるはずがない。

浅黒い肌に切れ長で涼しげな瞳、血管が浮く逞しい前腕、汗を吸ったユニフォーム越しにもわかる隆起した胸。高鳴る鼓動を、いまでも鮮明に覚えていた。

「それが、最初だと思う?」

「そうよ」

「おばさんはね。来夢は違う。もっと前から、おばさんのことを知ってたのよ。来夢だけじゃなく、ウチのメンバー全員ね」

「もっと前から私を知ってた? ウチのメンバー? どういうことか説明して」

「おばさん、本当に脚本家? 私らが、個人の思いつきでこんなことしてると思う? なわけないじゃん。おばさんを電マレイプしたときの目出し帽達も、運転してるタカも、タカと一緒にいた男達も、みんな、組織のメンバーだからさ」

「組織って……あなた達、ヤクザなの?」

香澄が訊ねた瞬間、車内に爆笑が響き渡った。

「勘弁してよ。ヤクザなんて、稼いでも上に全部吸い取られるだけだし、親分のために刑務所行くこともあるし、やってらんないって。私らは、もっと自由な集団……まあ、ワイドショーふうにいえば半グレ集団ってとこかな。ダサくていやなネーミングだけどね」

美莉亜が、下唇を突き出し肩を竦めた。

「来夢は私らのボスなんだよ」

「来夢が、半グレ集団のボス？」

美莉亜の話がピンとこずに、香澄は訊ね返した。

「もともと、私らさ、池袋あたりでヤンチャしてたカラーギャングからのつき合いなんだ。来夢は頭もいいし喧嘩も強いし、池袋、赤羽《あかばね》、板橋界隈じゃちょっとした有名人さ。でもさ、いつまでも喧嘩ばっかやってらんねーから、みんなで金になることしようって。そんで、いまの組織になったってわけ。喧嘩の代わりに金蔓《かねづる》探すのが仕事になって、振り込め詐欺なら半分ボケた年寄り、美人局《つつもたせ》ならエロくて金持ってる色ボケおっさん……で、結婚詐欺なら、欲求不満の中年女ってことで、調査部門のメンバーからおばさんの情報が上がってきたんだ。いつもひとりでスーパーとかコンビニで買い物してる、男っ気のない脚本家の情報がね」

「私を……事前に調査してたの？　来夢がウチに宅配便を届けにきたのも、偶然じゃなかったの⁉」

「んなわけないじゃん。私らこうみえても、用意周到ってやつ？　おばさんの行動を一ヶ月くらい尾行して、金蔓の資格ありって決定したら、次は来夢の出番でさ、おばさんの区域を管轄にしてる宅配会社に面接行ってさ、運命的な出会いを演出したってわけ」

あまりの驚きに、香澄は言葉を返せなかった。

来夢と出会う前から自分の行動は監視され、すべては金を騙し取るために仕組まれていたということか？　スパイ小説さながらの出来事が自分の周囲に起こっていたと聞かされても、香澄には実感が湧かなかった。

ただ、美莉亜が嘘をついていないことはわかる……やってもいない罪を犯したとでたらめを口にして得することはなにもない。

「だから、おばさんが来夢とつき合っていると思い込んでるときも、調査部門の人間がずっと張ってたんだよ。ちゃんと金を作ってもらわなきゃ困るからさ」

「ここまで言えば、もう、わかっただろ？　どうして、俺らがあんたから六千万を騙し取ったってバラしても余裕でいられんのか？　警察に訴えてやるって言われても慌てないのか？」

「え……？」

美莉亜の言葉を受け継いだ来夢が、香澄の表情を窺った。

香澄は、眉根を寄せ首を傾げた。

——俺らのことを訴えるなら、俺らもあんたのことを言うだけさ。

不意に、来夢が意味深な言い回しをした言葉が耳奥でこだました。

「私のこと……？　私の……！　もしかして……」

ある可能性が頭に浮かんだ瞬間、香澄の背筋に悪寒《おかん》が広がった。

「おばさ～ん、や～っと、わかった？」

美莉亜が、小馬鹿にしたように言った。

「この前ニュースでやってた『太陽プロ』の光井社長をおばさんが殺したの知ってんだよ」

来夢の言葉に、香澄は槍《やり》で胸を貫かれたような衝撃を受けた。

「はい？　なにを言ってるのかしら？」

平静を装ってみせたが、香澄は内心、激しく動転していた。

どうして⁉　どうして来夢がそのことを⁉　光井のことは、来夢や美莉亜は知らないはずだ。仲介した「アシストファイナンス」にしても、それは同じ。いったい、なにがどうなっているのか……。

「惚《とぼ》けなくてもいいって。言ったろ？　調査部門の人間が、あんたがちゃんと金作ってるか尾行してるってさ。電マＤＶＤを三千万で買い取れって美莉亜が言ったあとも、もちろんおばさんを監視してたよ。警察とか弁護士事務所に駆け込まれたらまずいからな。『アシストファイナンス』ってところに行ったことも、そのあと、『グランエステート新宿御苑』っていうマンションに行ったこともな。びっくりしたよ。ニュースで『太陽プロ』の光井なんちゃらって社長が殺されたって夜も、あんたが『グランエステート新宿御苑』から出てくるのを、監視部門の奴がみてんだからさ。金の件でトラブって殺しちゃったんだろ？」

鼓動が早鐘を打ち、喉が干上がった。シートに密着した太腿の裏を、不快な汗が濡らした。掌も、べっとりと濡れていた。

「そのマンションから出てきたからって、どうして私が殺したことになるのよ？」

ここを凌《しの》げるかどうかで、香澄の運命が決まってしまう。声や手足が震えないよう、動揺が顔に出ないよう、全神経を集中させた。

落ち着いて……大丈夫……証拠はないから……落ち着いて……証拠はないから……とにかく落ち着いて——。香澄は、自らを洗脳するように心で繰り返した。

「女も四十になるとふてぶてしいな。ほら！」

来夢が、スマートフォンをイジったあとに香澄の目の前に突きつけた。

光井の部屋に入っていく香澄の横顔が写った写真がディスプレイに浮かんでいた。

「調査部門にはただ尾行するだけじゃなくてさ、必ず写真におさめるように言ってんだよ。

偶然に不倫現場の証拠写真を撮ったりしてさ、金を引っ張るネタになるからさ。まさか、殺人の証拠写真がゲットできるとは思わなかったよ。ありがたく思えよ。本当はさ、殺人をネタに強請ったら六千万なんかじゃ済まないぜ？　まあ、下手に欲だして共犯みたいに思われてもいやだからさ、これで勘弁してやってんだよ。わかったろ？　あんたが俺らを詐欺で訴えられない理由が？　あんたが持ってるカードと俺らが持ってるカードじゃ勝負にならねえのさ。納得できねえなら、タレ込んでみ？　殺人犯が金を騙し取られたなんて騒いでも、警察も本気にしねえからさ」

得意げな顔で、来夢は香澄を見据えた。

「私がその部屋に出入りしたからって、殺人の証拠にはならないわ」

表情を変えず、香澄は言った。

気を抜けば、嘔吐しそうだった。気を抜けば、倒れてしまいそうだった。だが、弱味をみせたら一切が終わってしまう。なんとしてでも、シラを切り通さなければならない。捕まるわけにはいかない。

目の前のふたりを、地獄に道連れにするまでは……。

「ならさ、試してみる？　いま、警察にかけて全部ぶちまけてやろうか？」

美莉亜がスマートフォンを掲げ、サディスティックに詰め寄った。

香澄の選択——認めれば六千万の被害で済むが、認めなければ警察に捕まってしまう。いくら惚けても、光井を殺したのは自分だ。警察に取り調べられたなら、シラを切り続けられるものではない。光井から性的虐待を受けたことで情状酌量があっても、十年は出てこられないだろう。

十年の歳月、来夢と美莉亜がのうのうと生活するのは許せなかった。

「六千万……あげるわ」

絞り出すような声で、香澄は言った。

悔しさに、眼尻から頬に涙が伝った。

「最初から、素直になってりゃいいんだよ。人生終わったババアはさ、地味に暮らしてなって」

美莉亜が、雛壇に座る芸人さながらに大袈裟に手を叩き笑った。

太腿に立てた爪が皮膚を裂き、血が滲んだ。美莉亜の眼球に指を突き立て抉りぬいてやりたい衝動を香澄は懸命に堪えた。男ふたりを敵に回して、勝てる自信はなかった。

「じゃ、商談成立ってやつだな。おい！」

来夢が、ドライバーズシートのタカに声をかけるとスライドドアが開いた。

「じゃあな、くそババア。あんたとのセックスは、拷問だったぜ」

軽薄な笑みを浮かべた来夢の右足が、ズームアップした。

眉間に激痛――景色が回った。背中に衝撃――アスファルトに背中から叩きつけられた香澄の視界に夕暮れ空が広がった。

轟くエンジン音に、香澄はのろのろと上体を起こした。遠ざかるナンバープレート――朦朧とした脳内に、香澄は番号を刻み込んだ。

27

擦れ違う通行人が、弾かれたように振り返った。

来夢に蹴られた鼻は熱を持ち、口の中には鉄の味が広がっていた。ショーウィンドウに映る腫れ上がり鼻血が垂れる顔は、二度見されても仕方がない。

どのくらいの時間歩いたのか、どこをどう歩いたのか、まったくわからなかった。

アスファルトに痛打した背骨と尾骨がズキズキと痛んだが、心の痛みに比べればましだった。パンツの右膝が破れ血が滲んでいたが、構わなかった。

クラクションの嵐と急ブレーキを踏むタイヤのスリップ音が、香澄の耳を素通りした。

「馬鹿野郎！　轢《ひ》き殺されたいか！」

「どこ歩いてんだ！　こら！」

「死にたいのか！」

横断歩道でもない場所を渡る香澄に、罵声が浴びせられた。死にたいと思っているわけではない。あまりのショックに、思考力が低下しているだけだ。家庭を犠牲にしてまで惚れ抜いた来夢は、最初から金目当てで自分に近づいてきた詐欺師だったのだ。

しかも、悪魔のような美莉亜とグルで、香澄を嘲笑いながら六千万を騙し取った。

もちろん、大金を取られたことはショックだ。だが、それ以上にショックだったのは、来夢の豹変した本性だった。いやでいやでたまらなかったときの信一でさえ、さっきの来夢ほどではない。あんな軽薄で最低の男に夢中になっていた、自分の見る眼のなさが許せなかった。あんな下種な男のために、キャリアや家庭を犠牲にした自分の愚かさが許せなかった。

すっかり陽が暮れ、建物から明かりが漏れるようになった。腕時計の針は、午後十時を回っていた。

気づいたら、見覚えのある建物が目の前にあった。どの面《つら》下げて、家に戻ればいいのか？　無意識とはいえ、信一と暮らしていた自宅に戻ってきた自分の厚かましさに香澄はうんざりした。

信一は、息子のような年の不倫相手に渡すと知っていながら金を工面してくれたのだ。これ以上、信一に頼るのは甘えや図々しさを超えて、もはや犯罪の域に達する。しかも、比喩《ひゆ》ではなく、自分は本当に犯罪者——殺人者だ。信一を、巻き込むわけにはいかない。

引き返そうとした足を止めた。自首するにしても、来夢と美莉亜に復讐したあとだ。

ナンバープレートを辿れば、ふたりの行方を追えるかもしれない。だが、素人が個人で陸運局にかけあっても相手にしてくれないだろう。警察に六千万詐欺の被害届を出して捜査してもらえば手っ取り早いが、光井殺しがバレてしまう危険性があった。

その点、区役所で戸籍住民課に勤めている信一ならば、陸運局に伝手《つて》があっても不思議ではない。

最後よ……これで本当に最後。すべてが終われば、黙って消えるから……。香澄は、心の中で自分に言い聞かせた。

☆

「お帰り」

信一は、深夜に突然現れた香澄を責めも問い詰めもせず、穏やかな顔で迎え入れた。別居中に不倫し、浮気相手のために金を持ち出した自分を、どうしてこんなに優しく受け入れてくれることができるのか？

昔のように、ねちねちと責め立ててくれたほうが気が楽だった。一生、俺の罪滅ぼしをしろ、奴隷のように尽くせ……傍若無人に虐《しいた》げられたほうが、心が痛まなかった。

「あなた……私……」

「まあ、とりあえず入って」

信一に促され、香澄は部屋に上がった。

「お腹は空いてない？」

リビングのソファに香澄を座らせた信一が訊ねてきた。考えてみれば朝からなにも食べていなかったが、食欲はなかった。

「平気よ……ありがとう」

「じゃあ、飲み物を持ってくるよ」

「ううん、大丈夫。それより、大事な話があるからあなたも座って」

「彼と、なにかあったのか？」

香澄の隣に腰を下ろしながら、信一が心配そうな眼を向けた。

「そうね……なにかあったっていうか……」

不意に込み上げてきた嗚咽を押し殺すように、香澄は口に掌《てのひら》を当てた。

「彼に、なにかされたのか？」

信一が香澄の肩に手を置き、顔を覗き込んできた。

「ふたりは……グルだったの……」

嗚咽の波を避けつつ、香澄は言った。

「ふたりって？」

「美莉亜って女と来夢が、私からお金を騙し取るために……」

言葉が、嗚咽に呑み込まれた。

「そうか……」

信一が、小さなため息をついた。

「驚かないの？　あのふたりは、最初からお金が目当てで私に近づいてきたのよ？」

「なんとなく、想像はついてたよ」

「知ってたっていうの⁉」

香澄は、弾かれたように信一をみた。

「最初は全然わからなかったよ。もしかして……と思ったのは、君が大金を彼のために工面するようになったあたりからかな」

信一は、淡々と言った。

「どうして、教えてくれなかったの⁉」

香澄は、思わず強い口調になっていた。

「確信があったわけじゃないし、それに……」

「それに……なに？」

香澄は、言い淀む信一に続きを促した。

「最後まで行かないと、未練を断ち切れないと思ったのさ。君は来夢君に、真剣に惚れていたからね」

寂しげに笑う信一をみて、香澄の胸に後悔の念が込み上げた。

「ごめんなさい……。あなたは、ひどい目に遭わせた私にお金まで用意してくれたというのに……」

香澄は、素直に詫びた。

「謝ることはないさ。自分がそうしたくて、そうしただけだから。それより、僕を訪ねてきたのはなぜ？」

「このナンバープレートの持ち主と登録された住所を、調べてほしいの。あなた、区役所の戸籍住民課だから、陸運局へのルートあるでしょう？」

「まあ、知り合いに頼めば可能だと思うけど……そのナンバーは、来夢君が乗ってた車のものかい？」

香澄は頷いた。

「調べてどうするの？」

「それは、私の問題だから」

敢えて、香澄は素っ気なく言った。

来夢と美莉亜は、必ず地獄に道連れにするつもりだ。だが、ふたりとともに堕《お》ちるのは自分だけでいい。これ以上、信一を巻き添えにしてはならない。

「もう、いいじゃないか」

不意に、信一が言った。

「え？」

「復讐《ふくしゅう》なんて考えても、いいことはない。人を呪《のろ》わば穴ふたつ、って言うだろう？」

「六千万も、騙し取られたのよ？」

金額が問題でないのは、自分でもわかっていた。被害額が十万円でも、香澄は同じように許せなかったに違いない。

「たしかに六千万は大金だけど、彼らにかかわるとろくなことにならないよ。もう、あのふたりのことは忘れて平穏な生活を送ろうじゃないか？　な？　香澄」

信一が、諭すように言った。

それができるなら、そうしたかった。自分が殺人犯でなければ、残る生涯のすべてを信一にたいしての罪滅ぼしに使いたかった。

「ありがとう……でも、それは無理なの」

「彼のことが、まだ好きなのかい？」

「ううん、違うわ。いま、彼にたいしては憎悪しかないわ」

嘘ではなかった。来夢を愛したぶんだけ、憎悪は激しかった。

「じゃあ、僕とやり直すのがいやなの？」

「それも違うわ。以前よりあなたを理解し、いい妻になれるような気がするわ」

「だったら、どうして？」

信一が、もどかしげな表情で首を傾げた。

「ごめんなさい……いまは、それしか言えないの」

香澄はうなだれた。来夢と美莉亜にケジメをつけられれば自首するつもりなので、遅かれ早かれ信一の耳に届くだろう。

「わかった。君が言いたくないなら、無理には訊かない。ただ、彼らの居所がわかったらどうするつもりなのか、教えてくれないか？」

信一が、懇願するように言った。

「警察に通報して、詐欺罪で逮捕してもらうわ」

「だったら、僕が通報してもいいよね？」

試すように、信一が言った。

「だめよ！　私に住所を教えて！」

無意識に、大声になってしまった。

「なぜ？　彼らを警察に突き出すなら、君が住所を知る必要はないだろう？」

「とにかく、考えがあるのよ」

「香澄！」

突然、信一がソファから立ち上がり土下座した。

「あなた、なにを……」

「頼むから、危険な考えは捨ててくれ！　あんなくだらない連中のために、君の人生が崩壊するなんて……僕には我慢ならないんだ。恐ろしいことを考えるのは、やめるんだ！」

「私を信じて……」

香澄は見上げる信一から眼を逸らし、消え入る声で言った。

「わかった。ナンバープレートの車の持ち主と住所を調べるよ。でも、ひとつだけ条件がある」

信一が立ち上がり、香澄を見据えた。

「条件？」

「そう。この条件を呑んでくれなければ、君の頼みは受けられない」

「言ってみて」

「僕も彼らのところに行く。もし、君が復讐を考えているのなら、もう止めはしない。だけど、僕も一緒だ。相手はふたりだ。君ひとりより、僕が手伝ったほうが心強いだろう？」

予期していなかった条件に、香澄は混乱した。

男手があったほうが助かるのはたしかだ。来夢と美莉亜以外にも、タカと呼ばれていた男やほかの仲間もいるかもしれない。

警察に通報するだけなら問題ないが、香澄の考えている復讐はそんな生易しいものではない。刑務所に入る前に、ふたりの存在を消してしまうつもりだった。

女ひとりで完遂《かんすい》するのは、容易なことではなかった。ひとり殺している自分はもう、ふたりでも三人でも同じだ。

しかし、信一は違う。罪なき夫に、殺人の片棒を担がせるわけにはいかない。が、申し出を断れば来夢と美莉亜の居所が摑めない。もたもたしていると、海外に高飛びされてしまう。

「わかったわ。約束する」

香澄は、信一をみつめ返した。

住所を訊き出してから、信一を撒けばいいだけの話だ。

「じゃあ、シャワーでも浴びておいで。とりあえず、今夜はゆっくり休むんだ。僕は、晩酌でもしてるから」

笑顔で言い残しキッチンへと向かう信一の背中を、香澄は涙に潤む瞳で見送った。


夕刻の中野サンプラザのロビーは、人気アーティストのライブが開催されているせいか混雑していた。

「お待たせ」

人いきれを縫って、信一が現われた。スーツ姿の夫をみるのは、ひさしぶりのような気がした。

つき合い始めの頃は、彼の職場から近いサンプラザのロビーでよく待ち合わせたものだ。

どこでどう、ボタンを掛け違えてしまったのだろうか？　懐かしむことは許されても、戻ることは許されない。

自分には、引き返す道はない。踏み出すほどに闇が深くなるばかりなのはわかっていたが、それでも香澄には前に進む選択肢しかなかった。行き着く果てが、底なし沼だとわかっていても……。

「車は女性名義だったよ。里中《さとなか》美莉亜って、あのコだろ？　住所は大久保のマンションで、君には無断で悪かったが、興信所に頼んで調査してもらったよ」

信一が、書類封筒から取り出した複数の写真を香澄に手渡した。

写真にはマンションのエントランスに入ろうとする男女……来夢と美莉亜が写っていた。ふたりの手には、スーパーの袋が提げられていた。二枚目の写真も三枚目の写真も、仲睦まじいツーショットばかりだった。

「昨日の時点での写真だよ。ふたりに間違いないかい？」

奥歯をきつく噛み締め、香澄は頷いた。

写真を持つ手が震え、爪が来夢の顔に食い込んだ。人を欺き、嬲り、生き地獄を味わわせておきながら、自分達はのうのうと食材を買い込んでいる。六千万も騙し取れば、遊んでも贅沢な暮らしができるだろう。

怒りに燃え立つ眼が、写真の一点に釘づけになった。マンションの隣に写っているラーメン店に見覚えがあった。たしか、去年書いたドラマのロケで利用した店だ。

「どうする？」

信一が、窺うように訊ねてきた。

「やめとくわ」

「え？　やめる？」

想定外の返答だったのだろう、信一が拍子抜けした声で訊き返した。

「もう、振り回されるのが馬鹿馬鹿しくなったわ。こんな人達のために私の人生を浪費するのはごめんよ」

香澄は、吹っ切れたような清々《すがすが》しい顔で言った。

「本当に、忘れられるのかい？」

「ええ。もし、あなたが許してくれるのなら、夫婦生活をやり直したいわ」

「もちろんだとも！」

瞳を輝かせ破顔する信一に、香澄の心は痛んだ。何度、信一を欺けば……。

――わかって……あなたのためなの……。

香澄は、信一に負けない晴れやかな笑顔を向けた。

28

新大久保駅から徒歩数分の、大久保通り沿いを香澄は歩いていた。通称コリアンタウンと呼ばれていたこの界隈も、韓流ブーム絶頂期の頃に比べると衰退していた。

見覚えのあるラーメン店が視界に入ったとたんに、香澄は全身の血液が滾るのを感じた。ラーメン店の隣に立つベージュのマンション――信一が雇った興信所の調査員が写真におさめた、来夢と美莉亜の愛の巣だった。

午後三時。昼食時を過ぎた周辺は、人もまばらにしかいない。ニットキャップとサングラス、グレイのスエット姿に変装しているので、万が一、信一と擦れ違っても香澄だとは気づかれないだろう。

香澄は、「セザール新大久保」のエントランスに足を踏み入れた。

――二〇五号室が、ふたりが住んでいる部屋らしい。

鼓膜に蘇る信一の声に従い、香澄は階段を使い二階に上がった。忍び足で、香澄は二〇五号室のドアに向かった。

空白のネームプレイトに貼られたダンスを踊っているクマのシールが、香澄の怒りを掻き立てた。ここでふたりが愛を育みながら、自分を笑いものにし金を騙し取る打ち合わせをしていたのかと考えただけで、腸が煮えくり返る思いだった。

香澄は、いったん、階段へと引き返した。ふたりが部屋にいるかどうかわからない現状で、作戦を決行するかどうか……香澄は逡巡した。

作戦といっても、単純だ。ふたりが出てきたところをスタンガンで襲撃し、身体の自由を奪い、六千万を取り戻す。

金は自分のためではなく、信一に渡すためだ。香澄はもうこの世に未練はないが、信一は違う。夫には、自分に台無しにされたぶんも含めて幸せな人生を送ってほしい。

香澄はリュックを下ろし、中身を確認した。スタンガン、刺身包丁、粘着テープ、催涙スプレー……。中野のミリタリーショップなどで仕入れた物を、香澄はひとつずつ手に取った。

香澄に残された使命はふたつだけ——六千万を取り戻し、来夢と美莉亜を殺すことだ。

自嘲の笑いが込み上げてきた。人気脚本家という立場にありながら、夫を捨て、若い男との肉欲に溺れ、金を脅し取られ、騙し取られ、人を殺し、そしてまた、復讐のために罪を重ねようとしている。

人を呪わば穴ふたつ……人生をやり直すためにも、復讐心など捨てなさい。識者なら、そう諭してくるだろう。

しかし、香澄は、既に地獄に落ちている。ふたりを道連れにしなければ、気が済まなかった。そして、信一への贖罪《しょくざい》のためにも、三人は罰を受けるべきだ。

「あの、すみません……」

不意に声をかけられ、心臓が止まりそうになった。

恐る恐る振り返ると、箒《ほうき》と塵取《ちりと》りを手にした初老の男性が怪訝な顔で香澄をみていた。

「私、このマンションの管理人ですが、居住者の方ではないですよね？」

「はい、すみません。友人が住んでいるんですが留守だったみたいで、帰ろうかもう少し待とうか考えていたんです」

咄嗟に、でたらめが口を衝いて出た。

不審者だと思われ、警察に通報されたら厄介なことになる。

「二〇五号室の里中さんなら、婚約者の方と物件を見に行ってますよ」

「美莉亜さんがですか⁉」

突然の管理人の言葉に、香澄は思わず二〇五号室の住人の知り合いだと認めてしまった。

「ええ。もうすぐご結婚されるということで、最近、新居探しに不動産屋を回っているみたいです。まだ若いのに、賃貸じゃなく分譲というのが凄いですね」

「新居探し……」

香澄は、うわずった声で呟いた。

ふたりは、海外に高飛びするのではなかったのか？　あれも、嘘だったのか？　自分から騙し取った六千万で、新居を購入し、幸せな新婚生活を送ろうというのか？

怒りに、脳みそが沸騰した。霧散してゆきそうになる平常心を、香澄は懸命に掻き集めた。

いま、管理人の前で取り乱すわけにはいかない。

「じゃあ、まだ、しばらく戻ってこないかもしれませんね。ありがとうございました」

香澄は、疑われる前に引き揚げることにした。

マンションを出た香澄は、奥歯をきつく嚙み締めながら大通りに向かって歩いた。

ふたりが結婚して日本に新居を構えるという事実が、香澄の怒りを増幅させた。嫉妬とか、そういうレベルではない。自分にも責任の一端があるとはいえ、ふたりにたいしての感情は憎悪と呼んでもよかった。

とりあえず、時間を潰さなければならない。通り沿いのカフェに入った香澄は、フロアに向かおうとして足を止めた。

窓際の席で仲睦まじくパスタを食べているカップルは、来夢と美莉亜だった。

瞬間、カフェを出ようか迷ったが、思い直してフロアを奥に進んだ。ニットキャップとサングラスで変装しているので、香澄だとバレることはない。

逆に、今日は会えないかもしれないと諦めかけていたので、この偶然はチャンスだった。

香澄は、敢えて、ふたりの背後の席に座った。正面に、豪快にパスタを頰張る来夢の顔がみえた。

「お決まりでしょうか？」

「アイスティーで」

ウエイターに香澄は、いつもより低い声音で注文した。

「俺はさ、渋谷とかがいいな。ダンススタジオもライブハウスも多いし、便利じゃん」

来夢が言っているのは、新居のことに違いない。

「けどさ、渋谷は高いって。それに、買わなくてもさ、賃貸でよくない？」

美莉亜は、意見が違うようだ。

「大丈夫だって。ババアから巻き上げた金があるんだからさ。俺、マイホームってやつを持つのが小さい頃からの夢だったんだよ」

来夢の言い草に、胃液が沸騰するような怒りを覚えた。そのババアがすぐそばのテーブルで話を聞いているとは、夢にも思ってはいないだろう。

「マイホームなんて、邪魔なだけだって。引っ越したくなったときに身軽に動ける賃貸のほうが絶対に楽だし。それにさ、来夢も宅配の仕事辞めてプーなんだからさ、貯金はしておいたほうがいいって。ね？」

美莉亜が、みかけによらず堅実なことを諭すように言った。

「金なら、近いうち、また、どでかいのが入るからさ」

来夢が、意味深な笑いを片側の頬に張りつけた。

「それって、もしかして、あれのことを言ってんの？」

「ああ」

「もう、やめたほうがよくない？　ババアのときみたいにはうまくいかないかもしれないしさ」

どうやら、自分と同じようなカモからふたたび金を騙し取るつもりらしい。こんな男を愛してしまった自分が、情けなく、許せなかった。

「ババアの殺人ネタで脅せば、旦那も金を出すしかないだろう」

香澄の聴覚が敏感に反応した。殺人ネタで脅す？　旦那？　まさか、信一のことを言っているのか？

「でも、逆に警察《サツ》にタレ込まれたら？　旦那は、なにもやってないから開き直られたらヤバいよ」

「あの旦那はババアに夢中だから、それはねえよ。俺が演技でババアとつき合ってるとき、嫉妬に狂ってみっともねえのなんのって。今回だってよ、ババアに金を持ち出された上に、別に二千万も作っただろ？　しかも、俺に渡す金だってわかっててだぞ？　いくらモテねえからってさ、ここまで馬鹿だとギャグだと思わねえか？」

来夢が、あたりの眼も憚《はばか》らずに大笑いした。

「あ、それ、私も思った！　若い男と浮気した女房に未練たらたらでウケるよね！」

美莉亜も、テーブルを叩いて大笑いした。

席を蹴りかけた香澄は、寸前で踏み止まった。いま、感情のまま動いてしまえばすべてが台無しになってしまう。見方を変えれば、ここで一気に情報収集ができるのだ。

「で、来夢、どうするつもり？」

「簡単なことだ。旦那を呼び出して、女房が殺人犯だとぶちまける。バラされたくなけりゃ、三千万ほど用意しろってな」

「三千万で足りる？　私、海外旅行もしたいし車もほしいんだよね〜。また、六千万くらい貰っちゃおうよ。公務員って、銀行からたくさんお金借りられるんでしょ？」

美莉亜が、能天気に言った。

「いやいや、いくら天下の公務員様でも、もう六千万は無理っしょ？　せめて、五千万で勘弁してやろうぜ」

「なにそれ？　たいして変わらないじゃん！」

ふたりが顔を見合わせて、ふたたび笑う。彼らはまるで、なにを食べに行くかを話し合っているとでもいうような軽いノリで、信一を脅迫する話をしていた。

「いつやるわけ？」

「善は急げだっけ？　公務員って五時には仕事終わるんだよな？　七時頃電話すっか？」

「うん！　ねえ、五千万入ったらさ、車買いに行こうよ！」

香澄は伝票を持ち、席を立った。

「あの、いまアイスティーを……」

「急用ができたので、お釣りはいいです」

香澄はレジに千円札を置いて、店を出た。

至急連絡ください——香澄は、信一にメールした。

来夢が七時に電話をする前に、信一に連絡を取らなければならない。

後悔した。もっと早く、打ち明けておくべきだった。

香澄は通りを渡り、コンビニエンスストアに入った。雑誌コーナーで雑誌を選んでいるふりをして、ガラス越しに、出てきたばかりのカフェの出入り口に視線をやった。食事もほぼ済ませていたので、そんなに長居はしないはずだった。

ふたりを処理する計画を、予定より早める必要があった。自分だけならまだしも、信一まで毒牙《どくが》にかけようとするなど許せるものではない。

五分、十分……店員が立ち読みをする香澄を気にし始めたので、興味もないファッション誌を適当に手に取りレジに向かった。

釣銭を受け取りながら振り返った視線の先――カフェから、来夢と美莉亜が出てきた。楽しそうに、じゃれ合いながら歩いている。

――待ってなさい。いまのうちよ。その幸せが砂上の楼閣《ろうかく》だということを、すぐに思い知らせてあげるから。

香澄は、冷え冷えとした眼でふたりをみつめながら誓った。

☆

「セザール新大久保」の建物がみえてきた。

香澄は、三、四メートルの距離を保ちながらふたりを尾行していた。まさか自分たちが尾《つ》けられているとも知らずに、相変わらずふたりは呑気にじゃれ合っていた。

香澄には、信じられなかった。人を地獄に落としていながら……また、いまから新たな罪を重ねようとしていながら、彼らからは罪悪感というものがまったく感じられなかった。

これが、ジェネレーションギャップというものか？　いや、ふたりが特殊なだけなのだろう。

ルシファー、ヴァンパイア……悪魔やドラキュラは、寓話の産物だと思っていた。人間のなりをしていても、己の欲望を満たすために他人を犠牲にする来夢や美莉亜はドラキュラとなにも変わらない。ひとつだけはっきりしているのは、昔から現在に至るまで、悪魔やドラキュラが最終的に栄えた物語はないということだ。

彼らが、「セザール新大久保」のエントランスに足を踏み入れたのをみた香澄の胸に焦燥感が広がった。部屋に入られてしまえば、しばらくチャンスがなくなってしまう。

しかし、ふたりが揃った状態で不意討ちしても返り討ちにあう危険性が高い。かといって、このチャンスを逃すわけにはいかない。

あれやこれや考えている間に、来夢と美莉亜がエレベータに乗った。香澄が階段の途中で足を止め息を潜めていると、エレベータのドアが二階で開いた。

「あれ……おかしいな、カギがねえ……。どこかで落としたのかも……」

「マジ？　ちょっと勘弁してよ」

「いま探してくるから、待っててくれよ」

「あ、ちょっと！」

呼び止める美莉亜を残し、来夢がエレベータに乗った。

千載一遇のチャンス——香澄はスタンガンを手に足音を殺し、階段を上がった。ドアのほうを向きぶつぶつと文句を言っている美莉亜に、香澄は背後から忍び寄った。

「カギあった……あんた……」

来夢の気配と勘違いして振り返った美莉亜の頸動脈にスタンガンの電極を押しつけた。

毒蛇に咬まれた鼠さながらに身体を硬直させた美莉亜を抱きかかえ、引き摺るようにエレベータに乗せた。

最上階に到着すると二階のボタンを押し、エレベータを下りた。非常階段を使い、屋上に美莉亜を連れて行った。電流で足も縺れているので、ほとんど荷物を引き摺っているような感じだった。

死角――貯水タンクの陰に美莉亜を連れ込み、粘着テープで手足を拘束した。

「私の正体が気になる?」

恐怖に怯えた眼を向けてくる美莉亜の前で、香澄はニットキャップとサングラスを取った。

「あぅあ……」

スタンガンの影響で口が回らない美莉亜が、香澄をみて言葉にならない呻き声でなにかを訴えた。

「人生、そんなに甘くはないということを教えてあげるわね」

「ぁうぁう……」

「どんなに命乞いしても、あなたをあと五分以内に殺すから無駄よ」

香澄は刺身包丁を取り出し、狂気の宿る瞳で美莉亜を見下ろした。

「どふ……どふして……は……はんたが……」

「どうしてあんたが？　って、言ってるの？」

香澄は、スタンガンの電流で痺れて聞き取りづらい美莉亜の言葉を確認した。美莉亜が怯えた表情で頷いた。

「まあ、呆れた……どうして自分がこんな目にあうかがわからないわけ？」

美莉亜の頰に刺身包丁の刃を押し当てながら香澄は訊ねた。

「ゆ……ゆるひて……」

「許して？　まさか、許してって言った？」

ふたたび頷いた美莉亜が顔を歪めた。

「ほら、動くから顔が傷ついたじゃない」

香澄は冷酷な笑みを張りつけ、刺身包丁を持つ手を手前に引いた。

「お……お願いしまふ……ゆるひへ……」

美莉亜の頰に垂れる鮮血に涙が入り混じった。

「もしかして、泣いてる？　私の人生を滅茶苦茶にしておきながら、よく泣けるわね？」

言いながら、香澄は反対側の頰を切りつけた。美莉亜が苦痛と恐怖に顔を歪めれば歪めるほど、香澄の怒りは増幅した。

すべてを、他人のせいにするわけではない。もちろん、若い男に溺れた香澄にも非はある。だからといって、それが美莉亜と来夢の悪業の免罪符にはならない。

「あなたは、地獄に落ちるだけのことをやったのよ。のうのうと、幸せな人生を送れるわけないでしょう？　だから、私が手伝ってあげる。あなたを、殺してあげる。でも、楽には死なせないわよ。私が苦しんだぶんの何倍もの苦痛を味わわせてあげるから」

香澄は美莉亜のTシャツをたくし上げ、露になった乳房を鷲摑みにした。

乳首に刃先を当てられ、美莉亜が表情を失った。

「死ぬ前に、惨めな姿をみせてあげる」

「美莉亜！」

香澄が乳首を切り取ろうとした瞬間、聞き覚えのある声がした。

「おもしろくなってきたわね。こっちよ！」

香澄は、美莉亜の背後に回り首筋に刃を当てると大声を出した。

「美莉亜……お前は！」

来夢が、香澄の姿を認めて血相を変えた。

「いいところにきたわね。ドラマでも、なかなかこんないいタイミングでは現われないわよ」

香澄は、小馬鹿にしたように言った。

「ババア、てめえ、どういうつもりだ⁉」

「あなた達、似た者同士ね。この女も同じようなことを言ってたけど、相手にやったひどいことは忘れてしまう都合のいい性格をしてるのね」

「なんだと⁉　てめえ、誰に口を利いてんのかわかって……」

「あなたこそ、状況わかってる？」

香澄は、刺身包丁を持つ手に力を込めた。

「待て……おい！」

「鬼畜みたいな人間でも、好きな人のことは守ろうとするのね」

皮肉っぽい笑みを浮かべ、香澄は美莉亜の鎖骨を切りつけた。

「いふぁい！」

「やめろ！」

来夢が悲痛な声で叫んだ。

「あらあら？　かすり傷で大袈裟ね」

「てめえ、なにが望みなんだ⁉」

怒りに震える声で、来夢が言った。

「望み？　そうね、なにがいいかしら？　じゃあ、まずズボンとパンツを足首まで下ろしてちょうだい」

「は？　てめえ、なにを……」

「まだ傷が足りないの？」

香澄は、刺身包丁の刃を美莉亜の喉に食い込ませた。

「わかったから、待て！　くそったれが……」

来夢が屈辱の表情でデニムとトランクスを下げた。

「そのまま、正座して」

香澄が命じた通り、来夢がコンクリート床に正座した。

これで、足の自由は奪われた。

「ほら、歩きなさい」

香澄は、美莉亜の頸動脈に刺身包丁を当てたまま、来夢の背後に移動した。

「そのまま、じっとしてないと大事な彼女の血管を切るわよ。彼の両手を後ろに回して手首をこれで縛って。変な気を起こしたら、わかってるわね？」

香澄は美莉亜に粘着テープを渡し命じると、背中に切っ先を突きつけた。

「てめえ、こんなことして、ただじゃおかねえからな……」

美莉亜に手首を縛られながら、来夢が恫喝してきた。

「まだ、立場がわかってないようね」

言い終わらないうちに、香澄は来夢のうなじに切りつけた。

悲鳴を上げた来夢がコンクリートの床でのたうち回った。

「あなたも足首を揃えて縛って」

悶え苦しむ来夢を横目に捉えつつ、香澄は美莉亜に命じた。

「貸しなさい」

美莉亜から粘着テープを奪い、香澄は彼女と来夢の両手首を立て続けに拘束した。

「出血で死んじまう……救急車を呼んでくれ……」

来夢が、泣き出しそうな声で懇願した。

「情けないわね。首にかすり傷ができた程度で死ぬだなんて。本物の苦しみはこれからよ」

香澄は来夢の傍らに屈み、サディスティックな口調で言った。

「なにをする気だ⁉」

「そうね。女が男に復讐するときの定番は……」

香澄は、委縮して干涸びた芋虫のようになっている来夢の性器に視線を当てた。

「お、おい……なにを考えてるんだ？」

来夢が首を擡げ、怯えた表情で訊ねてきた。

「そんなにちっちゃかったかしら？」

香澄は、馬鹿にしたように言いながら亀頭を指先で摘まんで引っ張ると、陰茎の根もとに包丁の刃を押し当てた。

「お、お、おい……なな……なにをするんだ……ま……待て……頼むから……やめてくれ……」

来夢は半べそではなく、涙を流していた。

「あなた達が犯した罪が、ほんの少し償えるようにしてあげるわ！」

刺身包丁を持つ手に力を込めて前後に引いた。

硬くもなく柔らかくもなく……濡れたゴムを切る感触が右手に伝わった。

視界を赤い鮮血が染めるのと同時に、来夢の絶叫と美莉亜の悲鳴が鼓膜を震わせた。

血の海で激痛に転げ回る来夢の横で、美莉亜が狂ったように泣き喚いていた。

香澄は、左手の親指と人差し指で摘まんだ、切断された陰茎を虚ろな視線でみつめた。

自分は、こんな肉切れに惑わされていたのか？　自分は、こんな肉切れに溺れていたのか？


不意に、自嘲の笑いが込み上げてきた。女とは、儚《はかな》く哀しい生き物だ。

十代の頃は、可憐《かれん》な蕾《つぼみ》の周囲を蜂や蝶が舞い花開く瞬間を心待ちにしていた。

二十代の頃は、咲き誇る花びらの美しさを讃えるように蜂や蝶が寄り集まってきた。

三十代の頃は、花弁から溢れ出す甘い蜜を蜂や蝶が夢中で貪っていた。

四十代になり花びらが色鮮やかさを失うと、寄ってくる蜂や蝶が極端に減った。

五十代になり花びらが色褪せると、蜂や蝶の姿が消えた代わりに蟻や蠅が寄ってくる。

六十代になり、花びらが色と水分を失うと蟻や蠅さえ姿を消す。

色を失っても、花びらは残り蜜も出ているのに……花としてみてもらえないせつなさと寂しさ。


「頼む……救急車を呼んでくれ……くっつかなく……なってしまう……」

来夢が、気息奄々の体《てい》で訴えた。

「え？　これのことかしら？」

香澄は、汚らわしい肉切れを宙に掲げて振った。

「早く……しないと……救急車を……救急車を……」

恐怖と失血のせいで、来夢の顔はおしろいを塗ったように白く変色していた。

「そんなになってまで、まだ、セックスしたいの？」

香澄は、肉切れで来夢の頬を叩きながら言った。

「謝る……いままでのことは……謝るから……頼む……頼む……」

来夢の声は、消え入りそうにか細く弱々しかった。

「小学校で習わなかった？　ごめんで済めば警察はいらないって」

香澄は、嘲るように吐き捨てて笑った。

「てめえ……絶対に……ぶっ殺してやる……」

最後の力を振り絞るように、来夢がドスを利かせた声音で恫喝した。

「死ぬまで性格は変わらないって本当ね」

香澄は吐き捨て、美莉亜のもとに移動すると、鼻を摘まみ頬を鷲摑みにした。

呼吸するために大きく開けた美莉亜の口に、香澄は肉切れを放り込んだ。

「いやっ……」

美莉亜が吐き出した肉切れを、香澄は靴底で踏み躙った。

「おいっ……」

来夢が、充血した眼を大きく見開き絶句した。

「これで、縫合できなくなったわね」

半死半生の身体をくねらせ、来夢が香澄の足もとに這いずってきた。

粘着テープで拘束された手で、必死に香澄の足を退かそうとしている。

「これがほしいの？　もう、使い物にならないわよ」

香澄は肉切れを摘まみ上げるなり、フェンスの外に投げ捨てた。

「あぁ……」

来夢の顔が凍てついた。

「なにガッカリしてるの？　あなた、さっきから救急車呼んでくれって言ってたけど、生かしてもらえると思ってるわけ？」

「た……すけ……て……くれ……お願いだ……」

波打つ胸板、荒い呼吸、半開きの瞼——意識を失いかけながら、命乞いする来夢を香澄は冷え冷えとした瞳で見下ろした。

「誰が助けるものですか。世界中の死刑囚を見逃しても、あなた達ふたりは許さないから。いい気味ね。ババアババアって馬鹿にしていた女に、人生終わらせられる気分はどう？　だいたいさ、おばさんのなにがいけないわけ⁉　歳を取ることが、そんなに恥ずかしいわけ⁉　あんただって二十年もすれば、立派なおばさんよ⁉　皺が増えて肌に張りがなくなって胸やお尻が垂れて……それって、自分はならないとでも思ってんの⁉　あ！　ごめん。あなた達いまから死ぬから、中年にもなれないわ」

どこか、遠くから聞こえる声——どこか、遠くから聞こえる高笑い。

それが、自分のものだと気づくのに、束の間の時間を要した。

「ど・ち・ら・に・し・よ・う・か・な・て・ん・じ・ん・さ・ま・の・い・う・と・お・り……」

刺身包丁の切っ先を、美莉亜、来夢の順番で交互に指す香澄の声はうわずり、瞳の焦点は合っていなかった。

「う・め・ぼ・し・は・ん・ぶ・ん・か・き・の・た・ね！」

切っ先が、来夢で止まった。

「あなたから、最初に地獄に送ってあげるわ」

頭頂から突き抜けるような甲高い声で笑いながら、香澄は刺身包丁を振り上げた。

「香澄っ、やめるんだ！」

来夢の胸に振り下ろそうとした腕を、香澄は宙で止めた。

屋上のドアから現われた、見覚えのある男——倒錯していた精神が、平常心を取り戻した。

「あな……た？　どうして……ここへ？」

香澄は、狐に摘まれたような顔で信一に問いかけた。

「彼から、五千万を持ってこいと脅されてね。二百万しか集められなかったけれど、とりあえず交渉しようと思ってきたんだ。そしたら、マンションの住人が屋上で刃物を持った女の人が騒いでるって教えてくれて……彼らを恐喝罪で訴えたから、もうすぐ警察が到着するよ。とりあえず、ここを離れよう」

信一が、諭すような口調で言いながら歩み寄ってきた。

「もう、知ってるんでしょう？」

「なにを？」

「私がやったことよ」

「君がふたりにされたことを考えると、これくらいは情状酌量の範囲内さ。執行猶予が付くのは間違いないよ」

信一が、香澄を安心させるように力強く顎を引いてみせた。

「そのことじゃないわ」

「というと？」

「新宿御苑の芸能事務所社長殺人事件……来夢は、脅迫のネタにそのことを言ったはずよ」

「ああ、聞いたよ」

表情を変えずに、信一が頷いた。

「驚かないの？」

信一が距離を詰めるぶん、香澄は後退《あとずさ》った。

「ああ。『太陽プロ』の光井社長というのは、複数の女性トラブルを抱えている人だったらしい。金の力で女性を奴隷のように扱って、過去には自殺者も出ているそうだ。君が光井社長を殺そうと思うまでに、どれだけひどい目にあってきたかは、察しがつくよ」

「光井が鬼畜みたいな男でも、私の罪が正当化されることはないわ」

香澄は、さらに後退った。

「たしかに、こっちのほうは執行猶予は難しいだろう。でも、君がどんな仕打ちを受けていたかを僕の知り合いの弁護士に話せば、五年くらいの刑で済むと思う……いや、腕利きの弁護士を何人つけてでも、軽い刑にしてみせるよ。もちろん、僕は、君が出てくるまで、五年でも十年でも待ってるから」

信一が、柔和な笑顔で言った。

「ありがとう」

香澄は微笑みを返した。

「じゃあ、僕と一緒に行こう」

手を差し出す信一に、香澄はゆっくり首を横に振りながら後ろに下がった。

「そういう問題じゃないの。私は、二十年……いいえ、無期懲役でも構わないと思ってる。どんな理由があったとしても、私のやったことは許されることでないわ」

「香澄、君が光井を殺したことを気に病んでいるのはわかる。でも、人間、やり直すのに遅いなんてことはない。十年とか二十年とか、そんな長い刑にはならない。罪を贖《つぐな》ってから、もう一度、僕と一緒にやり直そう」

信一が、ひと言、ひと言、嚙みしめるように言った。

夫が誠実であればあるほど……優しければ優しいほど、香澄の足は後退した。

「あなたは私を許せても、私は私自身を許せないわ」

香澄は、刺身包丁を喉もとに突きつけた。

「お、おいっ……なにしてる⁉　馬鹿な真似はやめろ……包丁を捨てるんだ！」

「こないで！」

足を踏み出しかけた信一を、香澄は鋭く制した。

「死んでどうなる⁉　なあ、香澄っ……」

「生きててどうなるの？」

香澄の悲痛な叫びが、薄曇りの空に吸い込まれた。

——生きてて、どうなる？

この一ヶ月、何度も自問自答した言葉だった。

「僕がいるじゃないか！　夫婦で、髪の毛が白くなるまで支え合おう。そう考えれば、四十代なんてまだまだひよっこだよ。さ、包丁を渡して……」

香澄は、刺身包丁を信一の足もとに放った。

「香澄、わかってくれた……」

信一の安堵の笑顔は、身を翻しフェンスを乗り越えた香澄をみて、凍てついた。

「香澄！」

信一の絶叫が、物凄い勢いで過ぎ去ってゆく景色とともに、鼓膜から遠ざかってゆく。

——ごめんなさい。あなたのもとに戻るには、私は汚れ過ぎたわ……。

景色が、闇に塗り潰された。

この作品は「yomyom pocket」（新潮社）に二〇一三年九月から一六年一月まで連載されたものを加筆、修正した文庫オリジナルです。

登場する人物、団体その他は実在のものと一切関係ありません。

不倫純愛《ふりんじゅんあい》

一線《いっせん》越《こ》えの代償《だいしょう》

新堂冬樹《しんどうふゆき》

平成29年12月10日　初版発行
平成30年5月20日　2版発行

発行人——石原正康
編集人——袖山満一子
発行所——株式会社幻冬舎
〒151-0051東京都渋谷区千駄ヶ谷4-9-7
電話　03(5411)6222(営業)
　　　03(5411)6211(編集)
　　振替00120-8-767643
印刷・製本—図書印刷株式会社
装丁者——高橋雅之

幻冬舎文庫

ISBN978-4-344-42677-1　C0193　し-13-23